SANTIAGO DÍAZ

LE BON PÈRE

Traduit de l'espagnol par Thomas Dangoumau

THRILLER

le cherche midi

Du même auteur
au cherche midi

Talion, traduit par Karine Louesdon et José María Ruiz-Funes, 2020

Directrice de collection : Marie Misandeau

Titre original : *El buen padre*
Éditeur original : Blackie Books

Conception graphique : Justine Dupré
Mis en pages par Nord Compo
Dépôt légal : mai 2022
ISBN 978-2-7491-7236-1

Vous pouvez consulter notre catalogue général
et l'annonce de nos prochaines parutions sur notre site :
www.cherche-midi.com

92, avenue de France
75013 Paris

LE BON PÈRE

À Patricia

Il y a des choses qui doivent être faites et que l'on fait, mais on n'en parle jamais. On essaie de les justifier ; elles ne peuvent l'être. On les fait, simplement. Et ensuite on les oublie.

Mario Puzo, *Le Parrain*

I

1

La rue principale du quartier résidentiel clignota soudain sous la lumière bleue des gyrophares. L'une des deux voitures de patrouille freina dans la pente qui menait au garage d'une grande maison et l'autre dérapa dans le jardin devant l'entrée, emportant avec elle un rosier et un petit palmier. Quatre agents, trois hommes et une femme, se ruèrent hors des voitures. Le premier arrivé à la porte tambourina dessus.

— Police ! Ouvrez !

Face à l'absence de réponse, le plus expérimenté recula de deux pas.

— Dégagez de là !

— On devrait pas demander une autorisation ? objecta son collègue.

— Pas le temps ! répondit la policière, déterminée.

Après plusieurs coups de pied, la serrure céda et la porte s'ouvrit. La poignée resta encastrée dans le mur en plâtre. La lumière intermittente qui arrivait de l'extérieur inonda le vestibule.

— Police ! Y a quelqu'un ?

Ils sortirent leurs armes et entrèrent en éclairant l'intérieur de la maison avec leurs lampes. À peine arrivés dans le salon, ils se figèrent en découvrant une tache de sang au plafond. Ils l'observèrent en silence pendant de longues secondes, pressentant que ce serait une nuit difficile.

— C'est au-dessus, dit l'un d'entre eux, comme si ce n'était pas une évidence pour les autres.

— Il faudrait avertir le Groupe spécial d'opérations, non ?

— La victime est peut-être encore vivante, objecta celui qui avait défoncé la porte.

Ils grimpèrent l'escalier quatre à quatre. En entrant dans la chambre, ils trouvèrent l'explication aux appels à l'aide que leur avait rapportés une voisine : au sol, sur le ventre, au milieu d'une mare de sang, gisait le corps sans vie d'Andrea Montero. Il s'en dégageait une légère odeur métallique qui suffit à retourner les tripes du plus jeune des agents.

— Je vais informer le central, réussit-il à marmonner, avant de sortir trouver un endroit où vomir son dîner sans souiller la scène de crime.

Sa collègue retourna le cadavre et découvrit une image qu'elle mettrait beaucoup de temps à effacer de sa mémoire : le visage était un caillot de sang dont on ne distinguait pas les traits ; cela pouvait être celui d'une jeune femme de vingt ans ou d'une femme de cinquante. Grâce à une photo qui se trouvait sur la commode, elle déduisit qu'elle devait avoir la quarantaine. Elle lui prit le pouls, sans espoir : en plus des plaies causées par au minimum cinq coups de couteau sur différentes parties du corps, la victime portait des traces de lacération aux mains et aux bras – preuve probable qu'elle s'était défendue. Elle avait une entaille au cou qui laissait voir que la jugulaire avait été sectionnée : c'était sans doute ce qui avait provoqué sa mort.

— Les fils de pute, dit-elle en serrant les dents de rage.

La voix de leur jeune collègue leur parvint soudain depuis la pièce contiguë :

— Ne bougez pas ! Mains sur la tête !

Les trois policiers accoururent. Un homme d'âge moyen était agenouillé sur le sol. Le genre qui passe inaperçu, des traits communs et le visage d'une personne inspirant confiance, quelqu'un que ses voisins qualifiaient sûrement de poli, charmant et incapable de faire du mal à une mouche. Mais la première impression que les policiers eurent de lui racontait une tout autre histoire : ses vêtements, son visage et ses mains étaient maculés de sang.

Il semblait en état de choc, comme s'il ne comprenait pas ce qu'il se passait ni pourquoi on était entré dans sa maison. À ses côtés, au sol, il y avait un grand couteau de cuisine recouvert de sang. Un des agents l'éloigna d'un coup de pied.

— Que se passe-t-il ? balbutia-t-il en regardant tour à tour les policiers qui le tenaient en joue.

— Mains sur la tête, je ne le répéterai pas !

L'homme considéra qu'il valait mieux obéir et, dès qu'il eut placé ses mains derrière sa nuque, un des agents lui passa les menottes.

Le lendemain, les journaux annonceraient qu'Andrea Montero était la trente-septième femme tombée sous les coups de son conjoint depuis le début de l'année.

2

UN AN PLUS TARD

Indira Ramos, capitaine de la police criminelle, examine son verre de jus d'orange avec attention, à la recherche d'un indice qui lui ferait suspecter qu'il n'est pas aussi propre qu'il devrait l'être. La serveuse lève les yeux au ciel devant cette scène qui se répète tous les dimanches depuis presque six mois.

— Alors, ça vous convient ?

— Le verre, vous l'avez lavé à la main avec un savon neutre, n'est-ce pas ? demande Ramos.

— Oui, madame... répond la serveuse d'une voix lasse. Comme les couverts, l'assiette et la tasse de café. Vous ne croyez pas qu'il serait temps de me faire confiance ?

Concernant l'hygiène, Indira ne fait pas plus confiance à cette serveuse qu'à qui que ce soit. Pourtant, quand son psychologue lui a imposé comme exercice obligatoire de prendre un repas hors de chez elle une fois par semaine, c'était cette cafétéria à l'autre bout de Madrid qu'elle avait choisie, car c'était la plus propre qu'elle avait trouvée. Quand vous souffrez d'un trouble obsessionnel compulsif, aucune précaution n'est superflue.

— Merci, Cristina, répond-elle enfin.

La serveuse force un sourire et revient derrière le comptoir. Indira nettoie la barquette à l'aide d'une serviette puis l'ouvre pour étaler le beurre sur le croissant grillé. C'est l'un des seuls caprices qu'elle s'autorise, peut-être ne devrait-elle pas, mais elle avait de toute façon déjà sept kilos en trop avant que cela ne devienne une routine. Malgré ce léger surpoids, ses traits fins et plutôt harmonieux lui permettent de sortir sans artifice. Heureusement, car elle fait des allergies aux produits de maquillage, entre autres intolérances. Ce qui commence à la préoccuper, ce sont ses cheveux blancs. À trente-six ans, elle n'en a pas encore beaucoup et elle réussit à les tenir en respect. Toutefois, au cas où, et plus par hygiène que par coquetterie, elle porte les cheveux courts. Le vrai problème surgira lorsqu'elle devra se teindre : elle est convaincue que la couleur lui causera des éruptions cutanées.

À peine a-t-elle porté le premier morceau de croissant à sa bouche que son portable sonne. Elle l'ignore, mais l'insistance de sa jeune adjointe l'oblige finalement à décrocher.

— Tu ne sais pas que c'est dimanche, aujourd'hui, Navarro ?

— Les assassins ne comprennent pas le concept de jour chômé, capitaine.

Parvenue à une dizaine de mètres de la scène de crime, délimitée par des rubans et protégée par des policiers en uniforme, Indira Ramos commence à circuler au milieu des badauds qui essaient d'apercevoir quelque chose. Mais un dimanche matin dans le parc du Retiro, immense oasis de verdure en plein cœur de Madrid, il y a beaucoup de monde, surtout aux abords du grand bassin. Indira est convaincue que le meurtrier se trouve dans cette foule. Les nombreux livres de criminologie qu'elle a dévorés affirment que nombre d'assassins ont pour habitude de revenir sur les lieux de leurs crimes, et que ce n'est pas uniquement une ficelle utilisée par les écrivains et les scénaristes. Certains reviennent pour vérifier que le cadavre a été retrouvé de la façon prévue, d'autres sont simplement excités de se trouver si près des enquêteurs, d'autres encore souhaitent s'assurer de n'avoir commis aucune erreur. Pourtant, le capitaine Ramos ne réussit à distinguer rien de suspect dans les manifestations de surprise, de dégoût ou de curiosité qu'elle rencontre. Alors elle décide de s'approcher pour parler avec le médecin légiste et avec ses collègues de la police scientifique.

Même à distance, elle ressent déjà leur profond rejet, perçoit les regards réprobateurs qui la désignent comme une traîtresse, capable de dénoncer un autre policier pour avoir fabriqué la preuve qui aurait pu conduire un fils de pute en prison. Sept mois après, le fils de pute est toujours en liberté, et il est extrêmement compliqué pour le capitaine Ramos de se faire respecter – personne n'a compris, et encore moins excusé, son attitude.

Mais que peut-elle y faire ? Elle est ainsi depuis qu'elle est née, et sa droiture lui a toujours causé des problèmes, la rendant impopulaire partout où elle est passée. Quand, pendant la récréation, un camarade se faisait taper dessus, il suffisait de lui demander de désigner les coupables ; quand, au lycée, un professeur s'absentait au cours d'un examen, il suffisait qu'il demande à Indira de le surveiller à sa place. Peut-être est-ce à cette époque que sa vocation a commencé à se forger, mais elle ne s'est jamais considérée comme une traîtresse ou une balance parce qu'elle avait dénoncé quelqu'un qui ne respectait pas les règles.

T'aurais dû étudier jusqu'à cinq heures du mat' comme je l'ai fait la nuit dernière et t'aurais pas eu à copier sur ton voisin, connard.

Cette intégrité et ses nombreuses manies l'isolaient au sein de son commissariat.

En passant près de l'un des agents qui surveillent la zone, elle ne peut s'empêcher de remarquer qu'il a un pan de chemise en dehors de son pantalon. Elle essaie de se mordre la langue, mais c'est au-dessus de ses forces.

— Pardon, pourrais-tu rentrer ta chemise, s'il te plaît ?

L'agent la regarde d'un air dédaigneux, et, au lieu d'obéir, il chausse ses lunettes de soleil. Indira, coutumière de ce type de réaction, se contente de le blâmer d'un regard. Puis elle sort des gants en silicone deux fois plus résistants que ceux que l'on donne au commissariat, ainsi qu'un masque FFP3 avec valve.

Le médecin légiste est penché à côté d'une immense valise ouverte. Indira s'approche et ne peut s'empêcher de détourner le regard en découvrant à l'intérieur, entouré de disques de musculation, le corps d'une femme d'âge moyen dans une position impossible, nu et gonflé de façon grotesque. Même après plus de dix ans à la Criminelle, il y a des choses auxquelles elle ne parvient pas à s'habituer.

— Capitaine, la salue le médecin légiste avec un geste de la tête.

Il semble moins incommodé qu'elle. Pour lui, c'est la routine.

— Je vous écoute.

— Femme de quarante-cinq ans environ. Vu l'état du cadavre, je dirais que le décès remonte à près de deux semaines. Elle est morte par balle.

Il soulève les cheveux de la victime et montre à Indira un trou rond aux bords blancs, une blessure sans trace de sang.

— Ensuite, on l'a jetée au fond du bassin, en s'attendant sûrement à ce que personne ne la retrouve jusqu'à ce qu'on le vide à nouveau. Mais à cause des gaz dus à la décomposition, la valise est remontée à la surface.

— On dirait que les meurtriers ne regardent pas assez les séries télé. Tout le monde sait qu'il faut ouvrir les cadavres et les vider avant de les balancer à l'eau si on ne veut pas qu'ils flottent.

Le médecin légiste hausse les épaules et poursuit son travail. Lucía Navarro s'approche de sa supérieure, déférente.

— Bonjour, capitaine.

— Je ne suis pas certaine que ce soit un bon jour, réplique Indira.

Elle examine Lucía de haut en bas. Celle-ci attend patiemment, en se disant que c'est une bonne chose que Ramos n'ait pas de rayons X à la place des yeux, car elle se rendrait alors compte que son soutien-gorge et sa culotte sont dépareillés. Finalement, le capitaine Ramos enlève un grain de poussière sur la veste de sa subordonnée avant de revenir à l'affaire :

— Qu'as-tu découvert, Navarro ?

— Le cadavre a été trouvé en tout début de matinée par un groupe de joggers. Ils ont vu la valise près de la berge, l'ont ouverte et sont tombés sur notre amie. Aucun papier d'identité, pas non plus de bracelet, collier ou tatouage qui pourraient nous aider à l'identifier.

— Et je suppose que l'état du cadavre rendra la tâche compliquée pour le faire à partir de ses empreintes digitales. Il faut vérifier les disparitions du mois dernier.

— Jimeno s'en charge déjà.

— C'est très profond ? demande Ramos en scrutant les bords du bassin.

— Cinquante centimètres dans la partie la moins profonde, puis cela va quasiment jusqu'à deux mètres.

— C'est-à-dire que l'assassin voulait que nous retrouvions la victime.

— Ou il a eu une opportunité de se débarrasser du cadavre et en a profité.

— Non, fait Ramos en secouant la tête. Une personne qui a un minimum de jugeote ne balance pas un mort dans un bassin aussi peu profond s'il souhaite le faire disparaître à jamais.

— Peut-être que c'est un idiot.

— Peut-être… Mais pour apporter une telle valise jusqu'ici sans que personne te voie, il faut planifier les choses. Il savait ce qu'il faisait et qu'au bout de deux semaines la valise remonterait comme une bouée.

— Il serait entré de nuit ? hasarde Navarro.

— C'est sûr. Il faut demander les enregistrements à la mairie et aux magasins des alentours. Quelle est la rue la plus proche ?

— O'Donnell, Menéndez Pelayo et Alfonso XII sont à peu près à la même distance.

— Les vidéos auront probablement été déjà effacées après tout ce temps, mais allez faire un tour dans chaque commerce et vérifiez tout scrupuleusement.

— Comme c'est dimanche, la moitié va être fermée.

— Eh bien, allez voir ceux qui sont ouverts ! rétorque Ramos.

Navarro acquiesce pour ne pas contrarier sa supérieure et s'éloigne.

Une explosion sèche fait sursauter Ramos, qui se retourne vers la valise. Une odeur nauséabonde s'infiltre peu à peu à travers son masque. La vision ne peut pas être plus répugnante : le cadavre est en train d'expulser par le ventre un jet de sang mélangé à un liquide jaunâtre, que le médecin légiste essaie de contenir avec ses mains.

— Que s'est-il passé ? demande-t-elle, horrifiée.

— Les gaz ont trouvé une porte de sortie, répond le médecin légiste.

Il a perdu de son flegme et a l'air nauséeux.

— C'est dégueulasse ! Cette odeur va me rester dessus pendant une semaine.

La puanteur ne met que quelques secondes à parvenir aux badauds, qui commencent à se boucher le nez et la bouche, puis à s'éloigner. Ramos les observe sans perdre un seul détail : peut-être que le coupable ne sera pas aussi sensible que les autres et pourra supporter cette pestilence jusqu'à la fin du spectacle. Mais très vite, il n'y a plus personne derrière les rubans en plastique.

— Nous savons désormais comment éloigner les curieux d'une scène de crime, commente le légiste, qui est parvenu à contenir le geyser pestilentiel avec de la gaze.

— Que le juge ordonne la levée du corps au plus vite.

Ramos quitte les lieux en reniflant ses affaires, convaincue qu'aucun désinfectant au monde ne pourra faire disparaître cette odeur, puis elle retourne chez elle afin de se doucher et de se changer.

3

Juan Carlos Solozábal est séquestré depuis deux jours – du moins le croit-il : la faible lumière qu'émet sans discontinuer l'ampoule au plafond a fait perdre à l'avocat de quarante ans toute notion du temps.

Il se lève de son lit de camp, les muscles engourdis par l'inactivité, puis ouvre l'une des bouteilles d'un litre et demi empilées près de la lourde porte en métal. À peine réveillé, après s'être rendu compte qu'on l'avait drogué et transporté dans une espèce de bunker de cinq mètres carrés, sans fenêtre et isolé de l'extérieur par des murs épais en béton face auxquels il ne sert à rien de crier, il a trouvé quatre packs de six bouteilles d'eau chacun, quelques boîtes de conserve et un papier avec quatre mots écrits dessus : « À toi de gérer ». Sur ce point, il est tranquille : il a suffisamment de vivres pour tenir un mois et demi. Une copine médecin lui répétait toujours que l'on n'a pas besoin de boire autant qu'on le croit. Il saisit une boîte de thon en conserve, tire sur l'anneau pour ouvrir le couvercle, puis observe un instant son fil tranchant en envisageant l'idée de se couper les veines pour en finir une bonne fois. Il est sûr qu'il s'épargnerait beaucoup de souffrances, mais son instinct de survie l'en empêche.

Quand il a repris conscience, encore étourdi par l'anesthésie, il a passé les premières heures à taper à la porte et à supplier qu'on le laisse sortir. N'obtenant pas de réponse, il a commencé à désespérer. Lorsque enfin l'épuisement a eu raison de lui et que sa voix s'est cassée, il a regardé ses mains tuméfiées puis s'est assis sur son lit de camp. Depuis, il attend, résigné, que ses ravisseurs viennent le tabasser. Si ses soupçons sur la raison de son enfermement sont bons, il ne sortira jamais de là vivant. Il prie simplement pour que cela soit rapide et pour ne pas tomber entre les mains d'Adriano ; d'après la rumeur, ce dernier prend un malin plaisir à inventer de nouvelles méthodes de torture et se met en rogne si ses victimes meurent trop rapidement.

Quelque chose l'intrigue, cependant : les vivres à côté de la porte. Pourquoi le nourrir si sa vie ne vaut plus rien ? Cet élément lui donne l'espoir qu'il se trompe, qu'il n'est peut-être pas là pour la raison qu'il croit. Et puis pourquoi n'a-t-il encore reçu aucune visite ? Cela aurait du sens si ses ravisseurs voulaient le briser psychologiquement ; or, ceux que Juan Carlos suppose avoir fait le coup sont tout sauf subtils...

4

Pendant qu'elle attend l'arrivée de son équipe, Indira Ramos lit le rapport préliminaire que lui a envoyé le médecin légiste. Il ne comporte pas beaucoup de renseignements, mais assez pour, petit à petit, dresser le profil de la victime autant que celui de son assassin. Tandis qu'elle pense à l'affaire, elle remet de l'ordre sur la grande table de réunion et autour, presque sans s'en rendre compte. Une fois qu'elle a terminé, c'est comme si un bataillon d'assistantes maniaques d'un sommet du G20 était passé par là : il y a, d'un stylo à l'autre, le même espacement, les papiers sont alignés avec les angles de la table et les verres d'eau remplis au même niveau et centrés sur les dossiers des chaises, eux-mêmes situés à dix centimètres exactement de la table.

La première à se présenter est Lucía Navarro. Elle mange une *empanada*. Indira la regarde avec un mélange d'angoisse, à cause de toutes les petites miettes qui tombent sur sa chemise, et de jalousie, car même si Lucía passe sa journée à manger, sa jeunesse et sa constitution lui permettent de rester svelte.

— Dis-moi que tu as trouvé quelque chose, Navarro.

— Aucune des caméras implantées autour de la zone ne couvre la grille du parc, capitaine. Malgré tout, j'ai demandé les enregistrements de deux banques et de deux magasins de vêtements, des fois que nous verrions quelqu'un passer avec une valise.

— Je n'y crois pas, mais il faut essayer.

Le lieutenant Iván Moreno ne semble pas avoir dormi plus de deux heures, même si c'est lundi et que personne ou presque ne se couche tard le dimanche soir. Si cela ne tenait qu'à Ramos, elle le virerait de son équipe d'un coup de pied au cul, mais elle sait qu'elle ne retrouvera jamais un policier avec plus de flair que lui. Et vu l'antipathie qu'elle suscite, elle ne trouverait pas forcément mieux. Si Moreno travaille sous ses ordres, c'est parce qu'il a été sanctionné. Sa carrière est jalonnée de bourdes et, s'il remplit les conditions nécessaires pour se présenter à l'examen de capitaine, des procédures disciplinaires en cours l'empêchent de progresser dans la hiérarchie. Il s'est opposé plusieurs fois à Ramos ; il sait qu'il devrait se contrôler, mais impossible pour lui de contenir le mépris qu'elle lui inspire depuis qu'elle a dénoncé son mentor et meilleur ami quelques mois auparavant. Pour le moment, et jusqu'à ce qu'il puisse le lui faire payer, il se contente de lui pourrir la vie dès qu'il en a l'occasion. Ramos sait que Moreno a du succès auprès de ses collègues féminines, mais elle ne lui trouve aucun charme avec ses cheveux décoiffés et sa barbe de trois jours. De plus, son style vestimentaire lui fait horreur. Il a beau être à la pointe de la mode, elle le trouve super ringard. Et ne comprend définitivement pas comment on peut choisir de porter des jeans troués – si au moins les trous étaient répartis de manière régulière...

— Tu t'es accroché à une clôture en venant ici ? le charrie-t-elle.

Moreno lui adresse un regard provocateur, s'assied près d'elle et, l'air de rien, déplace les papiers et stylos à sa place et aux places voisines. Ramos détourne la tête ; c'est comme si un petit labrador venait de se faire écraser sous ses yeux. Heureusement, l'arrivée du lieutenant María Ortega et de l'agent Óscar Jimeno lui permet de se focaliser de nouveau sur la réunion. Elle a partagé sa chambre avec María pendant leur formation à l'école nationale de police et, même si l'on ne peut pas vraiment dire qu'elles soient intimes, elles ont appris à se respecter. Impossible de ne pas remarquer la chevelure rousse de María. Elle refuse de la teindre, même si les délinquants la verront toujours arriver à un kilomètre de distance. Jimeno, lui, est à la fois avocat, psychologue et criminologue en plus d'être policier. Tout ce qu'il lui manque d'intrépidité, il le compense par un quotient intellectuel à la hauteur de celui d'Albert Einstein. Depuis tout petit, il veut être policier, mais il aurait pu être juge, neurochirurgien ou ingénieur aéronautique. Comme tout bon génie qui se respecte, il ne prend aucun soin de son apparence physique.

— Nous avons reçu le dossier préliminaire concernant le corps retrouvé dans le bassin du Retiro, commence Indira une fois tout le monde assis. Elle a été exécutée il y a environ deux semaines par un calibre 9 mm après qu'on lui a cassé tous les doigts de la main gauche.

— Règlement de comptes ? demande Ortega.

— Cela y ressemble.

— On sait de qui il s'agit ? intervient Moreno.

— Óscar ?

Tout le monde se tourne vers Jimeno. Malgré son intelligence, ou peut-être à cause de celle-ci, il est très maladroit. Il passe de longues secondes à fouiller dans ses papiers, remonte ses lunettes sur son nez à intervalles réguliers et rougit.

— Mon Dieu… soupire Indira. Si après tout ce temps tu nous dis que tu ne sais pas qui est la victime, je serai obligée de sévir.

— Si, je sais qui c'est, chef, répond Jimeno, soulagé d'avoir enfin trouvé ce qu'il cherchait. Je ne pourrais le certifier à cent pour cent, mais j'ai analysé les probabilités à partir des données que nous avons et des disparitions signalées le mois dernier, et je parierais qu'il s'agit d'Alicia Sánchez Merino, quarante-trois ans. Son mari a signalé sa disparition il y a douze jours. Voilà la copie du signalement.

— María, toi et moi on va tout de suite parler avec lui, ordonne Ramos à Ortega en prenant le papier.

— Dans vingt minutes, je dois aller au tribunal pour faire une déposition dans l'affaire de l'agression au couteau d'Usera, grimace María Ortega.

— C'est moi qui t'accompagne, chef. Pas question qu'au moment d'arrêter le suspect, tu te casses un ongle et que tu piques une crise, ricane Moreno, sarcastique.

Ramos le fusille du regard, tandis que le reste de l'équipe s'efforce de ne pas rire.

— On sait quelque chose au sujet de la valise ? reprend-elle.

— C'est un modèle de la marque Loewe d'il y a six ou sept ans, annonce Jimeno. Il est très cher, mais je crois que cette piste ne nous mènera nulle part. La valise pourrait avoir été achetée n'importe où. Quant aux poids qu'il y avait à l'intérieur, ce sont des modèles de chez Decathlon.

5

Le capitaine Indira Ramos et le lieutenant Iván Moreno montent dans l'ascenseur d'un luxueux immeuble de bureaux près du stade Santiago Bernabéu, siège du Real Madrid. Pendant l'ascension jusqu'au dernier étage, ils peuvent admirer une bonne partie des six kilomètres et demi du Paseo de la Castellana, une des artères qui structurent la capitale du nord au sud. Au nord, on distingue le Palais des Congrès et sa mosaïque de Joan Miró, le bâtiment du ministère de la Défense, avec ses centaines de fenêtres monotones, et la place de Cuzco. Au sud, le grand magasin El Corte Inglés, le quartier d'affaires AZCA – centre névralgique du business à Madrid – et Nuevos Ministerios, un énorme complexe de bâtiments gouvernementaux.

— Pour travailler ici, il faut soit avoir énormément étudié, soit avoir très peu de scrupules, commente Indira. Que savons-nous du mari ?

— Miguel Ángel Ricardos, homme d'affaires de quarante-huit ans, récite Moreno en consultant son calepin. Un vrai touche-à-tout : hôtels, restaurants, salles de spectacle, concessions automobiles... Il possède un appartement à Serrano, une villa à Zahara de los Atunes et une propriété du côté de Jaén. Il y a quelques années, le ministère des Finances a enquêté à son sujet et il a écopé d'une amende de trois millions d'euros. Il l'a payée et il est désormais en règle.

— Un mec avec autant de fric ne peut jamais être en règle. Et sa femme ?

— Alicia Sánchez, fille unique d'un banquier. Moins de propriétés que le mari, mais elle n'avait pas à se plaindre non plus. La plus remarquable, c'est une maison à Sotogrande. Peut-être que le mari a voulu la garder pour lui tout seul…

— Un mari ne casse pas les doigts de sa femme avant de l'assassiner.

Lorsque les portes de l'ascenseur s'ouvrent, une femme les attend. Si elle ne s'était pas présentée comme la secrétaire de Miguel Ángel Ricardos, ils l'auraient prise pour une mannequin venue là pour passer un casting. Tandis qu'ils la suivent dans un long couloir revêtu de moquette et aux murs décorés de scènes de chasse, le lieutenant Moreno ne peut s'empêcher de lui reluquer le cul, hypnotisé. Il se retourne vers Ramos comme s'il recherchait son approbation complice, mais elle lui renvoie un regard méprisant.

Deux gardes du corps qui attendent devant une porte en verre translucide se redressent en voyant s'approcher les policiers, mais se relâchent à nouveau quand Ricardos apparaît, cheveux gominés et costume à plus de cinq mille euros sur le dos. Il serre la main de Ramos et Moreno, puis les fait entrer dans un bureau à la décoration minimaliste, mais qui transpire l'argent.

— Bonjour. En quoi puis-je vous aider ?

Comment ça, en quoi puis-je vous aider ? pense le capitaine Ramos. Une personne qui a signalé la disparition de sa femme quelques jours auparavant devrait deviner que si la police lui rend visite, ce n'est pas pour lui parler de ses impôts.

6

Dans la cellule improvisée de la juge Almudena García, cinquante-neuf ans, on a laissé les mêmes bouteilles d'eau et cartons remplis d'aliments que dans celle de Juan Carlos Solozábal, avec une note identique qui lui suggère de bien les gérer. Mais, à la différence de l'endroit où est enfermé l'avocat, plus qu'à un bunker, le lieu ressemble au bureau d'une usine abandonnée, avec ses murs recouverts de graffitis, sa porte et ses fenêtres scellées avec des briques et du ciment. Sans le bourdonnement de l'ampoule solitaire du plafond et le sifflement de la grille de ventilation au-dessus du lit de camp, la juge García se retrouverait dans un silence total.

Les questions qu'elle s'inflige sur la raison de son enfermement sont encore plus violentes que l'absence de liberté, même si Almudena García soupçonne qu'on l'a enlevée à cause de l'un des jugements qu'elle a prononcés au cours de sa carrière. C'est ce qui peut se produire quand la lie de la société vous hait viscéralement. Ces dernières années, elle a ainsi été informée à trois reprises au moins qu'un attentat contre elle était en projet dans une prison ou une autre. Almudena sait qu'elle n'a pas toujours été aussi juste que ses fonctions l'exigent, que parfois la vie et l'expérience l'ont conduite à juger en obéissant davantage au cœur qu'à la raison. Mais quand vous avez devant vous quelqu'un dont la culpabilité se voit comme le nez au milieu de la figure, même si le fameux bénéfice du doute ne peut totalement être écarté, il est inévitable d'exercer le pouvoir qui vous a été confié. Il lui paraît clair qu'elle a envoyé plus d'un innocent en prison, mais le système n'est pas parfait et, en son for intérieur, elle est convaincue que, même si c'est malheureux, c'est beaucoup mieux que de laisser courir de potentiels coupables.

Cependant, ce qui l'empêche de dormir n'est pas son passif de juge, mais de joueuse. Un secret domine sa vie depuis le jour où elle a glissé la monnaie d'un café dans une machine à sous – ce qui, si cela s'était su, aurait sonné le glas immédiat de sa carrière. À cette époque, elle n'était pas dans une bonne passe : elle venait de se séparer de son mari infidèle, elle ne parvenait pas à contrôler son adolescent de fils et le tribunal avait plusieurs mois de dossiers en retard, avec des dizaines d'accusés arrivant au bout de leur période de détention provisoire. Almudena avait trouvé une échappatoire à la pression dans la machine à sous placée près de la porte du bar où elle déjeunait tous les jours. Au début, elle prenait cela comme une simple parenthèse, un dérivatif innocent, excitant dans une certaine mesure ; or très vite cela s'était transformé en obsession. Elle en rêvait jour et nuit, pouvait parcourir en voiture des dizaines de kilomètres pour trouver un bar où personne ne risquait de la reconnaître, même si son entrée y suscitait les mêmes regards condescendants et les mêmes chuchotements qu'ailleurs.

Mais ça, ça avait juste été le début...

7

Miguel Ángel Ricardos attend dans la salle d'interrogatoire tandis que le capitaine Ramos et son équipe l'observent *via* les caméras de surveillance.

Après avoir reconnu le cadavre de son épouse, il a accepté de se rendre au commissariat pour répondre à un interrogatoire de routine. Au début, cela lui avait semblé être une bonne idée afin de dissiper tout soupçon. Maintenant que cela fait une demi-heure qu'il patiente, il commence à penser qu'il n'aurait pas dû se montrer si coopératif avec cette policière. La manière dont elle lui a parlé et l'a regardé lors de sa visite dans ses bureaux lui a immédiatement fait comprendre qu'elle n'était pas de celles qui se laissent abuser, et encore moins corrompre.

— Il ne semble pas très nerveux, fait remarquer Óscar Jimeno. Et un homme qui a tué sa femme et va être interrogé par la police est censé l'être.

— Ne devrions-nous pas commencer avant qu'il regrette de ne pas avoir appelé son avocat ? demande Lucía Navarro.

Ramos acquiesce, pensive, puis se tourne vers le lieutenant Ortega.

— Viens avec moi, María.

— Je regrette, mais puisque c'est moi qui me suis présenté dans ses locaux, c'est à moi de l'interroger, intervient Iván Moreno.

Il se dirige vers la salle d'interrogatoire sans attendre l'aval de sa supérieure. Indira parvient de moins en moins à se maîtriser face à l'insolence de Moreno. Elle va devoir trancher dans le vif. À la prochaine erreur, elle n'hésitera pas à rédiger un rapport négatif – un de plus. Ce n'est qu'une question de jours.

L'agent Óscar Jimeno s'est trompé sur un point : le suspect est bel et bien nerveux, mais il sait le cacher. Ramos note que, malgré la climatisation poussée à fond, une goutte de sueur dégouline de la base de ses cheveux pour se perdre dans sa barbe parfaitement taillée.

— Devrais-je faire appel à mon avocat ? demande Ricardos dès qu'il voit entrer les policiers, tout en essayant de paraître tranquille.

— C'est votre droit, mais cela dépend si vous êtes coupable ou non, répond Moreno. Si vous ne l'êtes pas, vous pourrez rentrer chez vous dans quelques minutes.

— Avez-vous tué votre femme, monsieur Ricardos ? attaque Ramos, bille en tête.

— Évidemment que non ! s'exclame l'homme d'affaires, l'air indigné. Je l'aimais. C'était la mère de mes enfants.

— Quel âge ont vos enfants ?

— Douze et huit ans. Je devrais être avec eux en ce moment. Je ne sais pas comment ils réagiront quand ils apprendront ce qu'il s'est passé.

— Vous n'avez pas commencé à les préparer à cette éventualité ?

— J'avais bon espoir qu'Alicia reviendrait saine et sauve.

— Savez-vous qui pourrait avoir intérêt à la voir morte ?

Le regard de Miguel Ángel Ricardos s'assombrit un millième de seconde, une durée suffisante pour que les policiers comprennent qu'ils sont sur le bon chemin.

— Je vous repose la question, monsieur Ricardos ?

— Non, ce n'est pas nécessaire. Dans les milieux que je fréquente, il n'est pas compliqué de se faire des ennemis. Je suppose que beaucoup de personnes pourraient vouloir me faire du mal, et cela ne m'étonnerait pas qu'ils essaient de le faire à travers mon épouse ou mes enfants.

— Que faites-vous dans la vie exactement ?

— J'achète des entreprises, je les démantèle et je les revends ensuite par morceaux.

— De toutes les personnes que vous avez baisées, laquelle serait capable de tuer votre épouse ?

— Je ne crois pas que l'on doive accuser quelqu'un sans preuve.

— Écoutez, monsieur Ricardos, commence Indira en le regardant fixement, si vous nous cachez un renseignement sur un assassinat, nous pourrions vous accuser de rétention d'informations. Au minimum. Donc si j'étais à votre place, je raconterais illico tout ce que je sais.

Les gouttes de sueur sont devenues bien visibles et commencent à dégouliner du front jusque sur le bout du nez de Ricardos. Lorsque l'une d'entre elles tombe sur la table, Ramos craint de se trouver mal.

— Va chercher un mouchoir, ordonne-t-elle nerveusement à Moreno.

— Je ne crois pas que ce soit le moment, capitaine.

— Il va nous salir la table, putain !

Il y a désormais trois gouttes sur le plateau. Ramos est consternée. Alors Moreno descend sa manche de chemise et nettoie la petite flaque de sueur, sous le regard dégoûté de sa chef et celui stupéfait du suspect.

— Alors ? reprend le lieutenant Moreno. Vous allez nous raconter ce que vous savez ou nous vous accusons dans les formes ?

— Il vaudrait mieux que j'appelle mon avocat, répond finalement Miguel Ángel Ricardos.

Les avocats sont réputés tout compliquer pour les policiers, mais celui du millionnaire décroche le pompon. Il intervient toutes les dix secondes pour protester sur la forme, le fond ou l'intention des questions et, quand les policiers les formulent enfin à son goût, il recommande à son client de répondre à moitié, de la manière la plus neutre possible. Après plus d'une heure d'interrogatoire raté, Indira Ramos en a assez. Soudain, elle frappe violemment la table du plat de la main.

— Ça suffit, maître ! Si votre client ne répond pas à nos questions, il sera arrêté, on le transférera dans une cellule et demain, nous essaierons à nouveau. Mais je vous assure qu'il finira par parler.

L'avocat s'apprête à protester une fois de plus, mais l'homme d'affaires l'arrête et dépose les armes :

— Ça va, Felipe. C'est mieux de leur raconter ce que je sais.

— Tu es sûr, Miguel Ángel ? demande l'avocat avec gravité.

— Ils ont déjà tué Alicia, et je ne crois pas qu'ils s'arrêteront là.

— Qui a tué votre épouse, monsieur Ricardos ? reprend Ramos, insistante.

L'homme d'affaires porte son verre d'eau à ses lèvres, tremblant. C'est la première fois qu'il cesse de faire semblant depuis que le capitaine Ramos et le lieutenant Moreno sont allés lui rendre visite. Quand un coupable se sent mis à nu, il ressent très souvent un profond soulagement de ne plus avoir à mentir ; et s'il n'est pas un psychopathe de compétition, le fait d'avoir tué quelqu'un pèse sur sa conscience. Ce que ressent désormais Ricardos, c'est de la peur devant ce qu'il s'apprête à raconter.

— Une des entreprises que j'ai achetées l'an passé appartenait à un Colombien qui s'appelle Walter Vargas. Ce que je ne savais pas à ce moment-là, c'est qu'il s'agissait d'une société qui servait à blanchir de l'argent de la drogue. Quand j'ai voulu annuler l'opération, c'était déjà trop tard et Vargas a considéré que je devais l'indemniser parce que j'avais détruit son affaire.

— Combien d'argent vous réclamait-il ?

— Cinq millions d'euros.

Les policiers échangent un regard, impressionnés.

— J'ai refusé de payer, continue Ricardos. Je lui ai offert deux cent cinquante mille euros de dédommagement, mais Vargas n'en est pas resté là et m'a menacé de s'en prendre à mon épouse et à mes enfants.

— Connaissant les activités de ce Vargas, vous ne les avez pas placés sous protection ?

— Bien sûr que si. Tous les membres de ma famille et moi-même sommes protégés vingt-quatre heures sur vingt-quatre, mais mon épouse a profité d'une visite au centre commercial pour semer les deux gardes du corps qui l'accompagnaient tout le temps.

— Ce que je ne comprends pas, intervient Moreno, c'est la raison pour laquelle votre épouse voulait se retrouver seule alors qu'elle savait que l'on pouvait s'en prendre à elle.

Ricardos regarde son avocat, qui réfléchit aux conséquences de la déposition de son client et finit par hausser les épaules.

— Maintenant que tu as commencé, raconte-leur tout.

— Mon épouse avait un amant depuis plus d'un an quand elle a découvert que je couchais avec ma secrétaire. Depuis ce jour, nous avions chacun notre vie, même si nous continuions à habiter sous le même toit. Au début de cette histoire, elle a dû arrêter de le voir, et je suppose que cela a été trop dur. Quand elle ne l'a plus supporté, elle a fait une folie.

— Comment s'appelle l'amant de votre femme ?

— Rodrigo Blanco. C'est le professeur de natation de nos enfants. Mais je vous assure qu'il n'a rien à voir avec tout ça.

8

Noelia Sampedro, vingt-deux ans et l'allure d'une égérie de Victoria's Secret, frappe régulièrement les canalisations avec une boîte de conserve d'asperges. Elle ne perd pas espoir que quelqu'un entende le bruit à l'extérieur et découvre qu'elle est enfermée depuis samedi soir dans cet endroit – une espèce de douche collective aux murs couverts de carreaux autrefois blancs. Comme dans la cellule de la juge Almudena García, la porte d'accès est murée par des briques et du ciment, et une ampoule émettant une faible lumière est suspendue au plafond. En raison du bourdonnement constant qui provient de l'extérieur, elle semble être reliée à un petit générateur. Noelia prie pour qu'il ne s'arrête pas et qu'elle ne se retrouve pas totalement plongée dans l'obscurité.

Lorsque l'effet de la drogue qu'on lui a injectée dans le parking d'un luxueux hôtel du centre de Madrid s'est dissipé, elle a craint qu'on l'ait enlevée afin d'abuser d'elle, ou de la vendre à l'un des nombreux réseaux de trafic de femmes encore actifs en Espagne aujourd'hui. Mais dès qu'elle a vu les cartons de boîtes de conserve et les bouteilles d'eau avec le petit mot, elle s'est rendu compte que l'enlèvement n'avait rien à voir avec un quelconque réseau de traite des Blanches qui fournirait des prostituées aux dizaines de milliers de bordels répartis dans toute l'Europe.

Elle s'efforce de ne plus tourner et retourner le problème dans tous les sens, mais elle se demande sans cesse ce qu'elle fait là, dans ce lieu où les heures s'éternisent au point qu'elle se dit qu'elle va devenir folle.

Noelia dort par très courtes périodes. Quand elle se réveille, l'absence de stimulation extérieure conjuguée à l'intensité fluctuante de l'ampoule du plafond lui fait perdre tout repère temporel. Elle ne sait plus si quinze minutes ou trois heures se sont écoulées, mais de façon répétitive, elle recommence à frapper les canalisations. Peut-être qu'elle réveillera quelqu'un qui voudra rechercher l'origine de ce bruit si gênant. Au bout d'un moment, elle a songé que la cadence de ses coups pourrait faire penser à la personne qui les entendrait qu'il s'agit simplement d'un bruit de machine. Elle tâche de varier le rythme. Elle regrette d'avoir envoyé paître son cousin Javi quand il avait voulu lui apprendre à communiquer en morse, un après-midi de la fête de ses quinze ans.

En revanche, ce jour-là, elle avait appris d'autres choses.

9

Le vieux Ramón Fonseca parcourt la Gran Vía – le « Broadway madrilène », comme on surnomme parfois l'avenue – et observe tout avec curiosité. C'est la première fois qu'il s'y promène, bien qu'il ait déménagé de Málaga à Madrid un an auparavant, au moment où son fils Gonzalo a été accusé d'avoir poignardé sa femme à mort. Une fois par semaine, il prend le bus pour lui rendre visite au centre pénitentiaire Alcalá Meco, dans la proche banlieue de la capitale. Entre ces rendez-vous au parloir, il s'aigrit un peu plus chaque jour.

Il lui semblait déjà tout connaître de la Gran Vía grâce à la télévision, mais Ramón voulait la voir de ses propres yeux avant de disparaître pour toujours. Ce qu'il n'imaginait pas, c'est qu'il y aurait autant de monde qui déambulait sur la fameuse avenue. *Mais où vont-ils tous, bon sang ?* songe-t-il.

Il s'arrête pour voir le spectacle de jeunes hommes entourés d'une cinquantaine de personnes. Ils pratiquent cette lutte brésilienne si étrange dans laquelle on se contente de s'effleurer, la capoeira. Il suppose que lorsqu'il faudra vraiment se battre, ils ne feront pas autant de simagrées. À côté de lui, une splendide jeune femme regarde bouche bée l'un des lutteurs sauter et lancer des coups de pied en l'air à une vitesse endiablée.

— Pardonnez-moi, lui demande Ramón, pourriez-vous me dire où se trouve le Congrès des députés, s'il vous plaît ?

— Descendez un peu plus la Gran Vía jusqu'à l'hôtel de Las Letras, lui répond la jeune femme avec amabilité. Une fois là-bas, prenez à droite jusqu'à la calle Alcalá. Vous la traversez, vous continuez jusqu'à la Carrera de San Jerónimo et vous trouverez le palais des Cortes sur la gauche. Vous ne pouvez pas le louper.

Le palais qui abrite le Congrès des députés est légèrement moins imposant que Ramón ne l'imaginait, mais les lions en bronze qui en flanquent l'entrée sont vraiment majestueux. À quelques mètres de là, plusieurs reporters et cameramans préparent leurs interventions en direct. Le vieil homme s'approche d'une journaliste qu'il lui semble avoir déjà vue à la télé et attend qu'elle ait terminé son essai. Elle est mal à l'aise face au regard plein de ressentiment du vieux et fait un signe discret à son cameraman.

— Vous avez besoin de quelque chose, monsieur ? demande celui-ci.

— Les informations commencent à trois heures, n'est-ce pas ?

— Depuis toujours... Exactement dans quinze minutes, ajoute le cameraman en regardant sa montre.

— Merci.

Attablé face à la télé d'un bar proche du Congrès, Ramón Fonseca déguste ses miniportions de tortilla avec un verre de vin. Le journal télévisé s'ouvre avec les photos de trois personnes, un homme et deux femmes. Le nom, la profession et l'âge de chacun sont inscrits sous leurs portraits respectifs : Juan Carlos Solozábal, avocat, quarante ans ; Almudena García, juge, cinquante-neuf ans ; Noelia Sampedro, étudiante, vingt-deux ans.

— La police n'a toujours pas trouvé la moindre piste concernant les trois disparus, annonce le présentateur, même si leurs papiers et téléphones portables ont été retrouvés dans un sac, sur le parking de l'hôtel où a été enlevée la plus jeune des trois. Cela confirmerait que les enlèvements sont l'œuvre d'une seule et même personne.

En plateau, le journaliste se tourne vers sa collègue.

— Y a-t-il du nouveau ?

— Pratiquement pas, et c'est ce qui déconcerte les enquêteurs. Il s'agit d'une juge, d'un avocat et d'une étudiante disparus entre samedi et dimanche soir dans des circonstances similaires. La police est en train de vérifier si les deux premiers ont travaillé sur une affaire commune, mais le mystère reste entier pour la jeune femme.

— Nous surveillerons cela de très près dans les prochaines heures, conclut le présentateur, avant de changer de sujet : Un nouveau cas de corruption a secoué la classe politique...

Ramón Fonseca n'écoute plus. Il paie sa consommation et sort dans la rue. Il passe à côté des reporters, qui rangent leurs affaires, puis il s'approche des deux policiers qui stationnent près de l'entrée du Congrès.

— Excusez-moi de vous déranger, commence-t-il en s'adressant à la policière.

— Bonjour, monsieur. En quoi pouvons-nous vous aider ?

— Je veux me rendre.

— Vous rendre ? demande le policier d'un air narquois. Et qu'avez-vous fait ?

— Ces trois personnes dont on parle dans les journaux...

— Oui ?

— C'est moi qui les ai enlevées.

— Vous ne devriez pas plaisanter avec ça, monsieur, le rabroue le policier en fronçant les sourcils.

— Je ne plaisante pas. Voilà les photos qui le prouvent.

Ramón sort de la poche de sa veste trois photos sur lesquelles apparaissent les trois disparus, drogués et allongés sur les lits de camp de leurs cellules.

Les policiers se regardent, perplexes.

10

En attendant que le juge leur envoie un mandat d'arrêt contre le Colombien Walter Vargas, en tant que suspect dans l'assassinat du parc du Retiro, le capitaine Ramos et le lieutenant Ortega se sont rendues à la piscine municipale Huerta Vieja de Majadahonda, à une vingtaine de kilomètres de Madrid, pour parler avec Rodrigo Blanco, l'amant supposé de la victime.

L'agent de maintenance qui les accueille, un homme à la barbe de hipster penché sur son petit bureau, n'est guère impressionné par leurs cartes de police.

— Vous allez arrêter Rodri ? Mais c'est un bon mec !

— Nous n'allons arrêter personne, nous voulons seulement lui parler.

— Je ne sais pas s'il pourra vous consacrer du temps, déclare le barbu en leur faisant signe de passer. Je crois qu'il est avec les bébés dans la pataugeoire.

Ramos et Ortega franchissent une porte vitrée et débouchent au bord d'un bassin de vingt-cinq mètres et six couloirs dans lequel nagent une douzaine de personnes guidées par trois maîtres-nageurs. Les gradins sont pratiquement vides, ce qui n'est pas étonnant un lundi à l'heure du déjeuner. Derrière un muret, les policières repèrent le petit bassin, où un jeune homme d'un mètre quatre-vingts, brun, dents blanches et corps bien dessiné sans un gramme de graisse, s'occupe en souriant de quatre bambins accompagnés de leurs mamans. Ces dernières ne semblent pas insensibles à son charme.

— Alicia Sánchez n'avait pas mauvais goût ! marmonne María Ortega.

— Putain, jamais de la vie je ne coucherais avec ce type ! réplique Indira Ramos. Tu sais la quantité de bactéries et de champignons qu'il doit se trimballer après avoir passé des heures à faire trempette dans une piscine pleine de morve, de pisse, voire de merde ?

Ortega grimace, dégoûtée.

— T'es hallucinante…

Au moment où Rodrigo Blanco rejoint les deux enquêtrices dans la cafétéria, dix minutes après leur arrivée, la peur se lit sur son visage. Ramos lui annonce que l'on a trouvé le corps d'Alicia Sánchez à l'intérieur d'une valise.

— Nous savons que vous la voyiez, ajoute-t-elle.

— Elle est… morte ? bégaie le moniteur, ému, et essayant de digérer la nouvelle.

— Oui.

En Rodrigo, la surprise et l'horreur laissent place à un profond sentiment de culpabilité. Il aurait dû dire à Alicia d'attendre que tout se tasse avant de le revoir, mais il désirait de toute son âme lui faire l'amour dans cette luxueuse chambre d'hôtel où ils avaient l'habitude de se retrouver, et il a insisté pour qu'elle sème ses gardes du corps. Il était conscient que leur histoire était sans avenir, mais elle avait su lui redonner confiance, et il est difficile de renoncer à cela.

Les policières lui donnent quelques secondes pour qu'il digère l'information, puis elles reprennent l'interrogatoire :

— Maintenant nous avons besoin que vous vous concentriez et que vous nous disiez quand vous l'avez vue pour la dernière fois, Rodrigo.

— Jusqu'à sa disparition, il y a deux semaines, elle venait avec ses enfants les mardis et les jeudis. Mais je ne l'ai pas vue seule, sans ses gardes du corps, depuis à peu près un mois.

— Vous a-t-elle dit pourquoi elle avait besoin d'une protection ? enchaîne Ortega.

— Je crois que son mari avait des problèmes avec un associé qui les avait menacés, mais je n'en sais pas beaucoup plus.

Les réponses du moniteur à leurs questions confirment point par point la déposition du mari d'Alicia. Rodrigo Blanco déclare que cela faisait presque un an qu'il couchait avec sa maîtresse et qu'elle n'avait jamais mentionné que son époux était violent ou susceptible de s'en prendre à elle. Pendant l'interrogatoire, le capitaine Ramos reçoit un SMS. Elle se lève et fait signe à Ortega de la suivre.

— Nous avons enfin le mandat.

11

La maison de Walter Vargas occupe une parcelle d'environ dix mille mètres carrés dans l'avenue principale de La Moraleja, une zone résidentielle de luxe située au nord de Madrid. Deux fourgons du Groupe spécial d'opérations stationnent dans une rue adjacente. Le lieutenant Moreno et l'agent Navarro se trouvent à côté. Le capitaine Ramos et le lieutenant Ortega descendent de leur voiture et enfilent leurs gilets pare-balles.

— Il est chez lui ? demande Ramos.

— Nous avons intercepté une employée de maison qui est sortie acheter des cigarettes, répond Navarro en montrant de la tête une jeune femme effrayée qui parle avec plusieurs policiers. Selon elle, à l'intérieur de la demeure, il y a Vargas, sa femme, quatre de ses enfants et dix autres personnes, du personnel de sécurité et des employés de maison.

— Il ne se refuse rien.

— Nous devons nous dépêcher avant que l'absence de cette domestique devienne suspecte, affirme Iván Moreno.

Une demi-douzaine d'agents du Groupe spécial d'opérations se placent devant la porte principale et six autres face à la porte de derrière. Dès que Ramos l'y autorise, le commandant des forces spéciales donne le signal. Ses hommes défoncent les deux portes et pénètrent dans l'enceinte de la propriété.

Ils se retrouvent dans un jardin japonais, avec des bonsaïs, des bassins recouverts de nénuphars et garnis de poissons colorés ainsi que des fontaines en pierre entourées de fleurs de toutes sortes. Les policiers ne croisent personne jusqu'à la porte de la demeure, devant laquelle un jeune métis avec le maillot des Dallas Mavericks sur le dos écoute de la musique casque sur les oreilles, un fusil d'assaut posé contre le mur à un mètre de lui. Il joue à *Candy Crush* sur son portable. Un parfait petit agent de sécurité…

— Au sol, police ! hurle un des agents.

Le jeune homme sursaute. L'espace d'un instant, il est tenté de prendre son arme, mais un des policiers anticipe son mouvement et lui assène un coup de crosse au front qui le fait tomber sur le dos. Pendant que deux agents l'immobilisent, un troisième frappe à la porte, protégé par ses camarades et par l'équipe du capitaine Ramos, en soutien juste derrière.

— Police ! Ouvrez !

Deux agents s'avancent avec un bélier, prêts à défoncer la porte, mais celle-ci s'ouvre sur un enfant d'environ six ans.

— Mineur ! hurle le chef de groupe.

— Sortez-le d'ici ! ordonne Ramos à Navarro.

À toute vitesse, Lucía Navarro s'empare de l'enfant, qui n'a pas le temps de se rendre compte de ce qu'il se passe et commence seulement à pleurer en traversant le jardin japonais dans les bras de la policière. Les hommes du groupe d'intervention se sont déjà rués dans la demeure, où ils neutralisent toutes les personnes qu'ils croisent, armées ou non – quatre hommes de main, trois employées de service et des jeunes qui travaillent à l'entretien.

Quand ils parviennent dans le salon, Walter Vargas attend, sa femme et trois enfants à leurs côtés, avec la sérénité de celui qui a déjà subi plusieurs descentes de police.

— Que se passe-t-il, messieurs ? demande-t-il calmement.

— Mains derrière la nuque !

Vargas obéit, tandis que son épouse, qui protège ses enfants, pleure, effrayée, et demande à grands cris où est son tout-petit.

— Du calme, nous n'allons pas opposer de résistance, dit Vargas. Même si je crains que vous ne soyez en train de commettre une grave erreur. Peut-on savoir de quoi l'on m'accuse ?

— De l'assassinat d'Alicia Sánchez Merino.

Walter Vargas fronce les sourcils. Il comprend que Miguel Ángel Ricardos a dû le dénoncer. Ce genre de truc serait impensable dans son pays : les enfants, parents, frères et sœurs ainsi que les amis de l'informateur seraient retrouvés pendus à un pont dans les semaines suivantes. On peut se venger si on le désire, mais jamais dénoncer personne, même si son épouse a été assassinée. Ce sont les règles des narcotrafiquants.

— Je ne connais pas cette dame.

— Ça, vous le direz au juge, lance Indira Ramos, avant de se tourner vers Moreno : Passe-lui les menottes.

Le lieutenant s'approche du suspect et, en enlevant les menottes de son ceinturon, le perd de son champ de vision un instant. Walter Vargas en profite pour dégainer un petit pistolet argenté, qu'il pointe sur la tête du policier. Le bruit de la détonation est assourdissant dans le salon. La main de Vargas a disparu – littéralement. Moreno est toujours debout. Le pistolet de Ramos, dont le canon fume, est dirigé vers le Colombien, qui tient de l'autre main son moignon ensanglanté, comme s'il ne comprenait pas encore ce qui lui est arrivé.

— Au sol ! lui ordonne Ramos.

— Sale pute ! hurle Vargas.

Deux agents le neutralisent, tandis que le lieutenant Moreno regarde sa chef, encore abasourdi, puis commence à comprendre que s'il la méprise, elle vient tout de même de lui sauver la vie.

12

Ramón Fonseca attend dans la salle d'interrogatoire du commissariat où il a été transféré après avoir avoué être le ravisseur tant recherché. Le commissaire s'approche pour parler aux deux policiers qui l'observent à travers le miroir sans tain de la salle contiguë. Les trois photos que le vieil homme a apportées comme preuve de son délit sont sur la table.

— Ce sont les otages ? demande le commissaire en montrant les photos.

— Oui, répond le plus âgé des deux policiers. La mère de la fille et l'ex-mari de la juge l'ont confirmé. Celui dont nous ne savons encore rien, c'est l'avocat, mais tout semble indiquer qu'il s'agit bien de lui.

— Putain ! souffle le commissaire. Pour commencer la semaine, rien de mieux que de tomber sur un cinglé de ce calibre.

— Je ne crois pas qu'il soit cinglé. Plutôt désespéré et prêt à tout pour obtenir la libération de son fils.

— Et c'est qui, son putain de fils ?

— Gonzalo Fonseca, accusé d'avoir poignardé sa femme, Andrea Montero, et condamné à vingt ans de prison pour meurtre. Selon ce que son père a dit aux agents qui ont procédé à l'arrestation près du Congrès, il est emprisonné injustement.

— Les parents de la moitié des prisonniers de ce pays pourraient tous dire la même chose. Les preuves contre lui étaient solides ?

— Il a été retrouvé dans la même maison que le cadavre de sa femme, qui était lardé de coups de couteau, répond le plus jeune des deux policiers. Ses mains étaient recouvertes de sang et on a retrouvé ses empreintes sur l'arme du crime.

— Un authentique innocent, donc, ironise le commissaire.

Ramón Fonseca lève le regard vers les enquêteurs qui entrent dans la salle d'interrogatoire.

— Bonsoir, monsieur Fonseca.

— Où est le capitaine Ramos ?

— Qui ? demande le plus âgé des policiers, déconcerté.

— Le capitaine Indira Ramos. J'ai dit quand je me suis rendu que je ne parlerais qu'à elle seule.

— Dans ce commissariat, il n'y a aucun capitaine Ramos. Vous devrez donc vous contenter de nous.

— Dans ce cas, j'invoque mon droit au silence.

Le vieil homme baisse les yeux sur la table en métal. Les policiers s'asseyent quand même face à lui et lui montrent les photos des trois otages.

— Nous comprenons que vous soyez en colère et que vous vouliez aider votre fils, mais ce n'est pas la bonne manière d'agir. Une télé a enregistré votre arrestation et, d'ici peu, la moitié de l'Espagne ne parlera plus que de ça, donc le mieux, c'est que vous nous disiez où sont retenues ces personnes et que vous nous laissiez faire notre travail.

Le détenu se mure dans le silence, impassible.

— Il ne s'est encore rien passé d'irréversible, monsieur Fonseca. En prenant en compte votre âge et les raisons qui vous ont conduit à faire cela, nous sommes certains que le juge sera indulgent. Vous n'avez qu'à nous dire où se trouvent ces personnes et nous enverrons une unité pour les récupérer.

Ramón Fonseca n'a toujours aucune réaction. Les deux policiers échangent un regard. Ils commencent à perdre patience.

— Mais bon sang, pourquoi voulez-vous parler à ce capitaine et pas à nous ?

— J'ai suivi son affaire dans les journaux, répond le vieil homme après un long silence.

— Quelle affaire ? s'agace le policier aux cheveux gris.

— Celle qui s'est déroulée dans la maison de ce dealer, rappelle-toi. Cette histoire de preuves falsifiées par un agent des Stups.

La réponse ajoute à la mauvaise humeur de son collègue, qui s'adresse de nouveau au détenu :

— Eh bien, si vous avez lu les journaux, vous devez savoir que ce capitaine a mis son collègue dans un sacré pétrin !

— Elle a été honnête. Son collègue a commis quelque chose d'illégal et elle a eu la décence de le dénoncer, malgré les conséquences.

— Les conséquences, c'est qu'un assassin est resté en liberté, monsieur Fonseca. Qui vous dit que cela n'est pas précisément lui qui a tué votre belle-fille et fait accuser votre fils ?

Fonseca est déstabilisé. Le policier décide de lui mettre un peu plus la pression.

— Votre attitude est un peu hypocrite, vous ne trouvez pas ?

— Je veux seulement que vous retrouviez le véritable coupable de...

— Vous condamnez un bon policier qui se débrouille comme il peut pour qu'un assassin paie pour un crime qu'il a commis, le coupe le policier, en revanche cela vous semble génial d'enlever trois innocents pour parvenir à vos fins !

— Ils ne sont pas innocents ! On les a payés pour faire condamner mon fils !

— Qui ?

— C'est à vous de le vérifier. Et c'est pour ça que nous sommes ici.

— Comment savez-vous qu'ils ont été achetés ?

— J'en suis sûr. Je vous conseille de vous dépêcher d'avertir le capitaine Ramos, vous perdez un temps précieux et trois vies sont en jeu.

— Que voulez-vous dire par là ? demande le jeune policier, soudain inquiet.

— Ces trois personnes ont été enfermées à trois endroits différents. Tout est programmé pour qu'il en meure une chaque semaine, explique froidement Ramón Fonseca. Si d'ici à lundi prochain à trois heures de l'après-midi vous n'avez pas arrêté le véritable assassin de ma belle-fille et que l'ordre de remise en liberté de mon fils n'a pas été prononcé, je vous dirai où trouver le premier cadavre. Puis il se passera la même chose chaque semaine. Si Gonzalo est toujours en prison d'ici à trois semaines, aucun des otages ne survivra.

II

13

Indira Ramos observe les photographies, les diplômes et les coupures de journaux qui tapissent le mur derrière le bureau du juge. Sur la table et de chaque côté de celle-ci, il y a des piles de papiers de plus d'un mètre de hauteur : des chemises pleines d'actes, de jugements et de plaintes qui s'accumulent depuis pas mal de temps. Elle sait qu'elle pourrait avoir beaucoup de problèmes, aussi elle essaie d'être attentive à ce que dit le juge, mais le désordre régnant dans ce bureau l'empêche de penser à autre chose. Outre le caractère disparate des souvenirs personnels et professionnels accrochés au mur, les cadres ne sont ni aux mêmes dimensions ni du même modèle. Le méli-mélo de volumes et de couleurs provoque en elle une irritation irrépressible, qui risque de déboucher sur une crise de panique – hyperventilation, suées, voire perte de conscience. Et comme si cela ne suffisait pas, la cravate du juge ornée d'une tache de graisse, est de travers.

Le capitaine essaie de détourner le regard, mais elle se sent comme Alex DeLarge, le héros d'*Orange mécanique*, au moment où on lui a immobilisé la tête et ouvert les paupières de force. Si on lui laissait une demi-heure, un marteau et des crochets, tout serait arrangé, mais comment le dire au juge ?

— Vous m'écoutez, capitaine ? demande ce dernier, gêné, après avoir jeté un coup d'œil derrière lui et n'avoir rien vu qui puisse distraire quelqu'un de cette façon.

— Oui, bien sûr, oui, répond Indira en essayant de se concentrer.

— Alors pourquoi ne me répondez-vous pas ?

— Pourriez-vous me répéter la question, s'il vous plaît ?

— Pourquoi avez-vous tiré sur Walter Vargas ?

— Parce que je l'ai vu sortir un pistolet et viser mon collègue.

— Selon la déposition du détenu, il a sorti le pistolet pour vous le remettre et vous lui avez tiré dessus sans sommation.

— Ce n'est pas vrai, monsieur le juge. Il a sorti son arme et il allait l'utiliser. Si je ne lui avais pas explosé la main, en ce moment même, nous reviendrions d'un enterrement et vous seriez en train de me demander pourquoi je n'ai pas utilisé mon arme de service.

— Votre question sous-jacente, c'est pourquoi je vous emmerde, c'est bien ça ?

Le juge la regarde avec l'antipathie que provoque habituellement Indira Ramos chez ses interlocuteurs.

— C'est vous qui le dites, monsieur le juge.

— Je sais que vous vous croyez au-delà du bien et du mal et que selon vous, nous sommes seulement là pour vous faire chier. Mais je dois faire mon travail.

— Alors, faites-le. Classez l'affaire et laissez-moi retourner au commissariat. J'ai vraiment du boulot.

— Sortez de mon bureau !

Ramos le remercie d'un geste discret et se lève pour s'en aller. Mais au lieu de pivoter vers la sortie, elle est clouée sur place par une force invisible et terriblement puissante. Elle est obnubilée par l'apparence désastreuse du mur qu'elle regarde.

— Quelque chose ne va pas, capitaine ? demande le juge, irrité.

Elle lutte de toutes ses forces pour se mordre la langue, faire signe que non de la tête et sortir du bureau, mais le malaise prend le contrôle :

— Putain, mais comment pouvez-vous être aussi tranquille avec autant de bordel sur votre mur ? s'emporte-t-elle.

— Quoi ?

Le juge, déconcerté, se retourne à nouveau, sourcils froncés. Ramos fait le tour de la table et décroche plusieurs cadres, qu'elle commence à replacer ailleurs, sous le regard stupéfait du magistrat.

— Pourquoi n'achetez-vous pas des cadres similaires et n'essayez-vous pas de les aligner ? Je ne crois pas que cela soit vraiment si compliqué.

— Sortez de mon bureau, s'il vous plaît.

— Le mieux, ce serait de mettre les diplômes d'un côté et…

Elle s'interrompt lorsque le juge lui arrache un cadre des mains. Il lui montre la porte, furieux à présent.

— Si dans trois secondes vous n'êtes pas dehors, je vous sanctionne, et je vous jure sur la tête de mes enfants que vous finirez vigile dans un putain de centre commercial !

De retour au commissariat, Ramos se lave une fois de plus les mains et élimine pour quelques heures des bactéries imaginaires. Alors qu'elle décroche une serviette en papier, elle remarque une tache blanchâtre sur le miroir. Elle dirige la serviette vers le miroir, mais au dernier moment, au prix d'un effort surhumain, elle retient son geste et sort des toilettes.

Devant la porte, le lieutenant Moreno l'attend.

— On peut parler ?

— Là, ce n'est pas le moment, réplique Ramos en se dirigeant vers son bureau.

— Je veux te remercier.

— Il n'y a pas de quoi. Je me suis limitée à faire mon boulot.

— Tu m'as sauvé la vie. Si je peux faire quelque chose pour toi, tu n'as qu'à me demander.

Le capitaine s'arrête enfin et le toise de haut en bas.

— Ne remets plus ces jeans troués, s'il te plaît.

Avant que le lieutenant Moreno ait eu le temps de répliquer, le portable de sa chef se met à sonner. Elle fait une moue en voyant qui l'appelle.

— Putain, il ne manquait plus que lui…

Elle s'éclaircit la voix et répond, faussement aimable :

— Bonjour, commissaire.

Ramos plisse les yeux, tentant de comprendre ce qu'essaie de lui dire son interlocuteur.

— Attendez, patron, je ne sais pas de quoi vous me parlez. De quel ravisseur s'agit-il ?

Une expression de surprise se peint sur son visage. Après avoir hoché la tête à plusieurs reprises, elle salue son supérieur et raccroche.

— Tout va bien ? hasarde Moreno.

— Avertis María que nous partons dans cinq minutes.

— On part où ?

Mais Ramos s'est déjà enfermée dans son bureau. À n'importe quel autre moment, le lieutenant Moreno aurait trouvé quelque chose à redire, aurait protesté, fait allusion aux heures supplémentaires ou aurait prétexté une indisposition soudaine. Là, il manque d'inspiration.

14

Quand les machines à sous avaient arrêté de lui procurer l'adrénaline dont elle avait besoin, la juge Almudena García était passée à des drogues plus dures : courses de chevaux, roulette, paris sportifs... Jusqu'à ce qu'elle ait trouvé quelque chose qui assouvisse toutes ses envies : le poker. Elle n'avait jamais aimé les cartes, mais ce jeu-là l'avait captivée d'emblée. Il s'agissait probablement d'une stratégie de ses adversaires, qui se laissaient dominer lors des premières parties pour l'attirer petit à petit dans la gueule du loup. Mais ce sur quoi personne n'aurait parié un kopeck, c'était qu'elle s'en sortirait aussi bien. Peut-être était-ce seulement la fameuse « chance du débutant » ou peut-être était-elle née avec un don qu'elle avait mis un demi-siècle à découvrir, mais il lui suffisait de se concentrer pour que les cartes dont elle avait besoin apparaissent.

Ce soir-là, elle gagnait encore.

— Fais chier ! s'écria le jeune footballeur, furieux, en lançant ses cartes sur la table. Encore un full aux as, sans déconner ?

Le prodige buvait comme un cosaque, et le lendemain, il était infatigable sur le terrain.

— Aujourd'hui, c'est mon jour de chance, déclara Almudena

en ramassant tranquillement les jetons qui s'entassaient au centre de la table.

— Aujourd'hui et tous les jours ! Sans déconner, grand-mère !

— La partie continue, s'interposa l'un des organisateurs, avant de se tourner vers le *goleador* : Tu sais bien que la chance change de camp quand on s'y attend le moins.

— Le truc, c'est que ce n'est pas normal qu'elle gagne toutes les mains, putain ! Y a quelque chose qui sent pas bon.

— Si tu insinues que je triche, démontre-le. Si ce n'est pas le cas, ferme ta putain de gueule, blanc-bec, répondit la juge en le défiant du regard.

En guise de pourboire, Almudena avait donné quelques jetons au croupier, puis elle était sortie fumer une cigarette sur la terrasse de la suite de l'hôtel cinq étoiles où se déroulait la partie. Auparavant, on donnait rendez-vous aux participants dans des salons privés de restaurants ou chez des particuliers, mais les organisateurs s'étaient rapidement aperçus que les joueurs se sentaient plus à l'aise dans des hôtels, qui avaient à disposition tout ce dont leurs clients avaient besoin : un service de chambre, une douche quand ce n'était pas leur jour aux cartes, des lits sur lesquels se reposer entre deux mains, seul ou accompagné d'une femme, d'un homme ou des deux à la fois. En échange de tant d'attentions, ils devaient seulement payer mille euros d'inscription et des jetons à hauteur de quinze mille euros, renouvelables autant de fois que nécessaire tant que les joueurs pouvaient prouver qu'ils possédaient les fonds. Le business de la maison consistait à prendre dix pour cent de commission sur l'ensemble de l'argent qui circulait. Selon les soirées, cela pouvait constituer des milliers et des milliers d'euros.

— Moi, au début, j'ai protesté contre le fait de laisser jouer de si jeunes gens, mais on se sent comme un dieu quand on plume le meilleur buteur du championnat, n'est-ce pas ?

Almudena se retourna. Sebastián Oller, un chef d'entreprise qui était ces derniers temps davantage présent dans les tribunaux que derrière son bureau, l'avait rejointe et s'allumait un havane. Elle garda prudemment le silence. Du fait de son métier, elle n'aimait pas être en contact avec ce genre de personne habituée aux journaux télé et aux prétoires. Mais ce n'était pas elle qui choisissait ses partenaires de poker. Elle s'était retrouvée face à lui à quatre ou cinq reprises déjà, et, pour être honnête, elle devait reconnaître qu'il ne l'avait jamais importunée et ne lui avait pas parlé d'autre chose que de poker.

— On m'a dit que l'autre jour, vous aviez remis à sa place l'acteur, là...

Il faisait allusion à un acteur connu, qui avait été nominé pour l'Oscar du meilleur second rôle, quelques années auparavant.

— Il est trop impulsif.

— Tant mieux pour nous, ricana le businessman. Je suppose que les années nous ont appris la patience... bien que vous soyez bien plus jeune que moi, évidemment.

Almudena lui sourit, puis retourna à l'intérieur pour continuer la partie.

Les mois suivants, elle revit Sebastián Oller plusieurs fois. Leur relation n'alla pas au-delà de quelques mots échangés en fumant sur la terrasse. Le jour où elle entra dans la salle d'audience pour le juger – un problème d'accident du travail impliquant un de ses employés –, elle agit comme s'ils ne se connaissaient pas. Il ne fit aucun commentaire, ni à ce moment-là ni lorsqu'ils se revirent, après qu'elle l'avait condamné à payer une forte indemnité. La seule chose qu'il lui dit, le lendemain du jugement, au cours d'une partie, c'était que les as devenaient sauvages. À partir de cet instant, même si elle savait qu'elle jouait avec le feu, elle commença à avoir confiance en lui.

Avec les autres joueurs, il se passait la même chose : si par hasard elle en rencontrait un en dehors de la suite de l'hôtel, tous deux faisaient comme si de rien n'était et continuaient leur chemin. Mais avoir une double vie générait parfois des situations surréalistes, comme ce jour où elle mangeait avec son fils dans un restaurant près des tribunaux, et où l'acteur qu'elle avait allégé de six mille euros avec un bluff d'anthologie quelques jours auparavant entra. Son fils insista pour qu'elle le prenne en photo avec lui. Almudena renâcla, mais son fils la supplia : « S'il te plaît, maman ! Les meufs de ma classe vont être jalouses à crever ! » Elle n'eut d'autre choix que de l'accompagner pour demander à la star un autographe et une photo. L'acteur accepta avec une très grande amabilité, posa tout sourire, puis passa son bras autour des épaules du garçon sans lui raconter que sa chienne de mère l'avait dépouillé.

Tout bascula l'après-midi où un homme s'approcha d'elle dans un supermarché. Au début, elle eut du mal à le reconnaître, mais elle se souvint qu'il s'agissait d'un des croupiers professionnels habituellement engagés lors des parties. L'homme sortit une enveloppe de son blouson et la lui tendit.

— C'est pour vous.

— Je ne vous connais pas.

Almudena essaya de continuer son chemin, mais le croupier la saisit par le bras.

— Bien sûr que vous me connaissez, madame la juge. Prenez l'enveloppe.

— C'est quoi ?

— Quelque chose qui ne vous arrangerait pas si c'était rendu public. Jetez-y un coup d'œil chez vous, tranquillement. Je vous appellerai d'ici à quelques jours.

15

Derrière le miroir sans tain de la salle d'interrogatoire, Indira Ramos, Iván Moreno et María Ortega observent avec curiosité Ramón Fonseca. À leurs côtés, les policiers qui ont échoué à lui faire dire où se trouvent les trois personnes kidnappées sont écœurés. Ils voient d'un très mauvais œil l'intrusion du capitaine et des deux lieutenants de la Criminelle. Leurs regards haineux disent mieux que des mots qu'ils collaboreront le moins possible.

— Son avocat n'est pas arrivé ? demande Ramos.

— Selon ses propres termes, c'est à cause des avocats que nous en sommes là. Pour l'instant, il n'en veut pas, répond le plus jeune des policiers.

— Vous lui avez donné quelque chose à manger et proposé d'aller aux toilettes ?

— Cet homme menace d'assassiner trois personnes, capitaine. Si vous voulez, on peut aussi lui filer un canapé et un écran plat pour qu'il se détende, ricane le flic grisonnant, arrachant un sourire à son camarade et aux deux agents de son équipe.

— Je ne crois pas qu'il assassinera qui que ce soit depuis vos locaux, capitaine, le rembarre Ramos, flegmatique. Mais peut-être laissera-t-il ces gens mourir.

— Et alors, cela ne revient pas au même ? C'est un assassin.

— Pas encore. Si j'ai bien compris, dès que l'innocence de son fils sera démontrée, il nous dira où sont les otages et personne ne mourra.

— Ce Gonzalo Fonseca est coupable et a déjà été condamné. Quelle putain d'innocence allez-vous démontrer ?

— Il semble convaincu que son fils n'a pas tué sa femme.

— Putain, mais c'est son père ! réplique le vétéran, irrité. Même le vôtre justifierait que vous ayez trahi un collègue !

Ramos le fusille du regard, prête à en découdre, mais le lieutenant Moreno devine ses intentions et s'interpose :

— Ce serait mieux qu'on entre et qu'on parle avec lui, maintenant.

Ramos le regarde, déconcertée. Moreno, qui a toujours biché de la voir se fourrer dans les ennuis, semble vouloir les lui éviter, désormais.

— Nous ne devrions pas perdre de temps, capitaine, insiste-t-il, comme pour justifier son changement d'attitude.

Elle est sur le point de lui dire qu'elle n'a besoin de personne pour la défendre et qu'elle préférait le compter parmi ses ennemis, mais elle garde cet avertissement pour un prochain tête-à-tête.

— María, tu restes ici, ordonne-t-elle à Ortega, sans quitter des yeux le policier qui la cherche depuis leur arrivée dans le commissariat. Si l'un d'eux te fait un commentaire, dis-le-moi : j'ai une envie folle de trahir un autre guignol.

Dès qu'elle se retourne, le policier chuchote « salope » suffisamment bas pour qu'aucun micro ne puisse l'enregistrer, mais assez fort pour que Ramos l'entende. Le lieutenant Moreno est sur le point de se retourner pour lui répondre, mais c'est elle maintenant qui le freine :

— Laisse tomber !

Moreno reste sans voix en regardant Ramos s'éloigner. Il finit par lui emboîter le pas tandis que les policiers pouffent dans son dos.

Ramón Fonseca commençait à penser que l'on n'accéderait pas à sa demande. Il ébauche un sourire de satisfaction en voyant le capitaine Indira Ramos apparaître enfin, accompagnée d'un autre flic.

— Je croyais que vous ne viendriez plus, capitaine.

— On se connaît ?

— Moi, je vous connais. J'ai lu la plainte que vous avez déposée contre un collègue qui a falsifié des preuves. Bravo.

— Allez vous faire foutre, marmonne Moreno.

Indira le fusille du regard et se concentre sur le vieil homme.

— On m'a donné toutes sortes de noms après ça, mais c'est la première fois qu'on me félicite.

— Vous avez démontré que vous étiez une policière intègre, même si c'est rarement bien vu par ceux qui ne le sont pas. Et vous ? demande-t-il en se tournant vers Moreno.

— Mon adjoint, le lieutenant Moreno, répond-elle. Vous avez besoin de manger un truc ou d'aller aux toilettes ?

— Ça va, merci. Je vous conseille de ne pas perdre de temps avec les formalités. Vous avez moins d'une semaine pour éviter la mort d'un des otages.

— Allons droit au but, alors, intervient Moreno. Où sont-ils, monsieur Fonseca ?

— Je suppose que vous n'êtes pas assez naïf pour penser que je vais vous le dire aussi facilement. Auparavant, vous devez remplir la condition que j'ai posée.

— Démontrer l'innocence de votre fils, c'est ça ?

— C'est ça.

Le capitaine Ramos ouvre une chemise et lit d'un air sérieux pendant cinq minutes. Puis elle la ferme et regarde le vieil homme.

— On ferait mieux d'aller présenter nos condoléances aux familles des otages sur-le-champ. Parce que même si votre fils n'a pas tué sa femme, bien que le procès ait plus que démontré le contraire, nous ne trouverons pas le véritable coupable en si peu de temps.

— Le procès était truqué. On a disposé de fausses preuves sur la scène de crime, comme l'a fait votre collègue des Stups.

— Votre fils était près du cadavre et avait les vêtements et les mains ensanglantés, déclare Moreno. Sans parler de ses empreintes sur le couteau.

— Je vous dis qu'il a été piégé !

— Piégé par qui ?

— C'est ça que vous devez découvrir. En revanche, ce que je peux vous dire, c'est que je soupçonne Juan Carlos Solozábal, Noelia Sampedro et Almudena García d'avoir perçu beaucoup d'argent.

— Vous le soupçonnez ou vous en avez la preuve ?

— Je les surveille depuis la fin du procès et j'ai constaté qu'ils ont tous les trois multiplié les dépenses ces derniers mois.

— Cela ne prouve rien.

— Quand j'ai kidnappé la jeune femme, elle avait une enveloppe de vingt mille euros sur elle. Comment une simple étudiante pourrait-elle avoir autant d'argent ? Quant à la juge, je suis sûr qu'elle a acheté une maison à Valence, en liquide. Et même si je ne peux pas le prouver, j'ai la certitude que Juan Carlos Solozábal, l'avocat, avait tout préparé pour quitter l'Espagne.

Indira et Iván s'entreregardent sans pouvoir masquer leur surprise.

— Qu'avez-vous fait de l'argent de la jeune femme ?

— Je l'ai déposé dans une église, mais je ne me souviens plus laquelle maintenant. Vous devrez me croire sur parole et ne pas perdre de temps avec ça.

— Vous avez dit à mes collègues qu'ils mourraient l'un après l'autre, n'est-ce pas ?

— Tout à fait, un chaque semaine.

— Dans quel ordre ?

— Ça, je préfère le garder pour moi, capitaine. Si lundi prochain personne n'a été arrêté pour l'assassinat de ma belle-fille, vous saurez qui est le premier.

— Vous êtes conscient que ce que vous commettez est monstrueux, n'est-ce pas, monsieur Fonseca ?

— Je n'y prends aucun plaisir, je vous l'assure, mais il ne me reste plus que trois ou quatre ans à vivre, mon épouse est morte de chagrin en voyant notre fils unique être injustement incarcéré et Gonzalo n'a plus d'autre recours. Si vous étiez à ma place, ne feriez-vous pas tout pour démontrer son innocence ?

16

C'est par hasard que Juan Carlos Solozábal avait rencontré celui qui était désormais son ravisseur et sa femme, quatre ou cinq ans auparavant, au cours d'un voyage en Égypte avec sa compagne de l'époque. Il n'est pas rare que, lors de ces voyages organisés, l'on tisse des liens avec toutes sortes de gens ; les Espagnols, si désunis dans leur propre pays, se regroupent souvent dès qu'ils posent un pied hors de leurs frontières. Avec Ramón et Nieves Fonseca, il avait partagé les mêmes excursions à Abou Simbel, dans la vallée des Rois, à Louxor et, au moment d'embarquer à bord d'un bateau de croisière sur le Nil, ils formaient déjà presque une famille. Tous les soirs ils avaient dîné ensemble et ne s'étaient séparés qu'à leur arrivée au Caire. Au moment de se dire adieu, ils s'étaient promis de s'écrire et de se revoir en Espagne – ce qui ne s'était pas produit, comme cela arrive la plupart du temps.

Il fut donc fort étonné de les trouver un beau jour en train de l'attendre dans le vestibule de l'immeuble où il avait son bureau.

— Ramón, Nieves, quelle surprise ! Qu'est-ce qui vous amène ?

— Tu nous avais dit de venir te trouver si un jour nous avions besoin de toi, répondit Nieves, les yeux embués de larmes.

Voyant que la chose était sérieuse, il les fit monter dans son bureau. Il lut le rapport policier concernant Gonzalo Fonseca en fronçant les sourcils, puis les regarda avec gravité.

— Je ne vais pas vous mentir : votre fils n'a aucune chance. Non seulement parce que les preuves sont contre lui, mais également parce que la société a désormais pris conscience de ce type de crimes.

— Mais ce n'est pas lui qui a fait ça, protesta Nieves.

— Comment le savez-vous ?

— Parce qu'il m'a regardée dans les yeux et m'a juré qu'il était innocent. Il aimait Andrea de tout son cœur.

— Je comprends que cela soit dur à assumer, mais...

— Non, s'il te plaît, l'interrompit Ramón Fonseca. Ne nous traite pas avec condescendance. Nous voulons seulement que tu enquêtes sur ce qu'il s'est passé et que tu défendes notre fils.

Juan Carlos se sentit alors dans l'obligation morale de les aider. Il passa les semaines suivantes à préparer une défense qui, au début, lui sembla une pure perte de temps, mais commença vite à le faire douter. Toutefois, il n'était pas parvenu à trouver le moindre élément qui aurait pu confirmer son intuition. Et le pire, c'était que Ramón Fonseca n'avait plus d'argent et que, de son côté, il avait trop de factures à payer.

La solution à ses problèmes de liquidités entra dans son bureau un matin froid de février, avait environ soixante-dix ans, exhalait un parfum d'argent et de pouvoir par tous les pores de sa peau, portait un costume couleur crème plus approprié au printemps ou à l'été qu'à l'hiver, un chapeau assorti et des chaussures marron, le tout d'une qualité indiscutable.

— En quoi puis-je vous aider ? demanda prudemment Juan Carlos.

— Êtes-vous avocat ? demanda le visiteur.

Il faisait un effort notable pour parler l'espagnol, qu'il avait appris depuis deux ans qu'il vivait à Madrid, en provenance de sa Calabre natale.

— Juan Carlos Solozábal, avocat, en effet.

— Je suis Salvatore Fusco.

L'homme lui tendit la main et serra la sienne avec fermeté. Il désigna d'un geste lent les deux hommes qui l'accompagnaient.

— Lui, c'est mon... Comment dit-on, déjà ?

Le plus jeune des deux, la trentaine, autant de muscles que de tatouages, des habits griffés, vola à son secours :

— Neveu.

— Neveu, c'est ça. Luca est mon neveu et Adriano mon... assistant.

Le prénommé Adriano, beaucoup plus âgé que Luca, avait un regard qui glaçait le sang et semblait dire à un adversaire invisible que si jamais il avait l'idée de s'en prendre à lui, son visage serait le dernier souvenir qu'il garderait de son passage sur terre. Juan Carlos les salua et débarrassa trois chaises sur lesquelles des chemises d'anciennes affaires prenaient la poussière.

— Asseyez-vous, je vous en prie.

Les rôles de chacun se clarifièrent quand seuls l'oncle et le neveu s'assirent face à lui. Adriano resta debout près de la porte. Juan Carlos remarqua alors une forme suspecte sous sa veste, à hauteur de la poitrine. Il fut sur le point de lui demander de sortir de son bureau, car il ne parvenait pas à se concentrer sachant qu'une arme se trouvait dans son espace vital, mais la prudence qui lui ferait défaut par la suite lui imposa le silence.

— Avez-vous besoin d'un avocat ?

— Qui n'a pas besoin d'un avocat par les temps qui courent ? répondit Salvatore Fusco, tout sourire. C'est pour mon...

Il chercha le mot en vain, avant de reprendre :

— Pour le frère de Gianna, mon épouse.

— Pour votre beau-frère, je comprends. Pourrais-je connaître la raison pour laquelle vous avez besoin de mes services ?

— Il a beaucoup de caractère.

Juan Carlos regarda le neveu pour obtenir des éclaircissements ; d'un geste, ce dernier demanda à son oncle l'autorisation de parler. Salvatore Fusco la lui concéda, résigné, comprenant qu'ils termineraient bien plus vite s'il laissait Luca se débrouiller.

— Ce que mon oncle veut dire, commença Luca dans un castillan parfait, malgré un fort accent italien, c'est que son beau-frère a beaucoup de caractère et qu'il s'est bagarré avec des Noirs.

— Quel a été le résultat de la bagarre ?

— L'un est mort et l'autre a perdu un œil.

— Je suppose qu'il s'agit de l'incident dont les journaux ont parlé cette semaine, soupira Juan Carlos, conscient que la pression sociale avait transformé cette histoire en une affaire très difficile à gagner. Je le regrette beaucoup, mais à l'heure actuelle, il me semble impossible de me charger de…

Juan Carlos s'interrompit lorsque Adriano glissa une main dans sa veste tout en s'approchant de lui. À son grand soulagement, le gorille ne dégaina pas un pistolet mais une liasse de billets de cinquante euros, qu'il posa sur la table avec un large sourire.

— J'espère que cela sera suffisant… fit mine de demander Fusco.

Juan Carlos tentait de calculer combien d'argent cela représentait.

— Pourquoi moi ? Pour être honnête, je dois vous dire que jusqu'à présent, j'ai davantage perdu de procès que je n'en ai gagné.

— Un beau-frère, ce n'est pas un frère, trancha Salvatore Fusco.

Si, lors de ce rendez-vous, Juan Carlos avait été ferme et avait refusé de défendre cet homme, sans doute ne serait-il pas sur le point de mourir dans un bunker glacial. Mais Salvatore Fusco n'était pas le genre de personne qui tolère un refus.

17

Quand le capitaine Ramos arrive en salle de réunion, toute son équipe l'attend déjà. À peine entrée, elle se rend compte que le lieutenant Moreno a saisi le message : les stylos et les papiers face à lui sont éparpillés sur la table et il porte ses jeans troués. Cette fois, et à sa grande surprise, l'irritation est moindre que le soulagement de constater que lui devoir la vie ne l'a pas transformé en connard protecteur.

— Même si c'était déjà un connard bien avant ça...

Ils la regardent tous, ahuris. Indira prend conscience qu'elle a prononcé ces mots à haute voix et, comme si de rien n'était, elle s'assied au bout de la table.

— Nous avons six jours pour savoir si Gonzalo Fonseca a tué Andrea Montero ou non.

— Rien n'indique qu'il soit innocent, chef, répond María Ortega en montrant le gros dossier de l'affaire. C'est rempli de preuves qui l'impliquent directement.

— Je suis bien d'accord avec toi, mais si nous ne trouvons pas un indice à partir duquel creuser, dans trois semaines nous aurons trois cadavres de plus.

Le capitaine regarde Jimeno qui, avant qu'on le lui ait demandé, s'est déjà perdu dans ses papiers.

— Jimeno, concentre-toi et dis-nous ce que tu as découvert sur Fonseca et sa femme.

— Une seconde, chef, répond-il, en rougissant comme d'habitude.

Ramos en profite pour fixer le pantalon de Moreno, avant de le fusiller du regard. Il lui renvoie un demi-sourire signifiant que même s'il lui doit une fière chandelle, il ne va pas lui céder du terrain aussi facilement.

— Gonzalo Fonseca, dit enfin Jimeno, quarante-deux ans au moment des faits l'an passé, il a donc maintenant…

— On sait faire une addition, merci, interrompt Moreno.

— Quarante-trois ans, continue l'agent comme s'il ne l'avait pas entendu. Fils unique. Jusqu'à sa détention, il n'avait pas d'antécédent pénal. Pas même une contravention.

— Profession ?

— Directeur commercial d'une marque de produits électroménagers. On dirait qu'il gagnait beaucoup de fric, presque trois fois plus que moi… Même si ce n'est pas trop difficile…

— Et elle ?

— Andrea Montero, trente-sept ans à son décès. Pas d'antécédents non plus, également enfant unique, d'une famille bien comme il faut de Saragosse. Elle a fait des études d'ingénieur, elle travaillait depuis plusieurs années comme chef des travaux d'une entreprise de construction et elle gagnait presque le double de lui. Punaise, ils étaient pleins aux as.

— Il aurait pu être jaloux ? demande le lieutenant Ortega, pensive.

— Bien sûr que oui ! répond Lucía Navarro. Ça fait mal à beaucoup d'hommes que leurs femmes gagnent plus qu'eux.

— Ma fiancée gagne plus que moi, intervient Jimeno, et elle n'est encore que stagiaire dans un cabinet d'avocats.

— Toi tu as une fiancée ? demande Navarro, surprise.

— Depuis six mois, acquiesce fièrement son jeune collègue. Nous nous sommes connus au concert de…

— Félicitations ! l'interrompt Ramos. Maintenant, on arrête les conneries et on va à l'essentiel. Nous allons devoir demander des renforts et nous diviser en trois équipes : María et moi, nous allons rouvrir l'affaire Andrea Montero…

— Cela ne va pas plaire au parquet, la coupe Ortega.

— Ça m'est égal. Moreno et deux agents, vous vous occuperez d'enquêter sur le vieux et de chercher les otages. J'ai besoin de savoir s'il a un complice.

— Il n'a rien dit en ce sens.

— D'une manière ou d'une autre, il devra les tuer au jour et à l'heure prévus. Navarro, je veux que tu prennes deux autres renforts, que tu épluches la vie des otages et que tu enquêtes pour savoir s'il y a un indice qui prouverait qu'ils aient pu être achetés afin de faire porter le chapeau à Gonzalo Fonseca. En ce qui concerne la juge et l'avocat, je comprends bien, mais pourquoi le vieux accuse-t-il la jeune femme ?

— Elle a fait voler en éclats l'image du couple parfait que voulait donner Gonzalo Fonseca en déclarant qu'elle l'avait vu se disputer violemment avec sa femme dans l'ascenseur d'un hôtel le jour même de l'assassinat et la gifler.

Tous acquiescent et comprennent ce qu'ils ont à faire.

— Le problème, c'est que nous ne pourrons retenir Ramón Fonseca que soixante-douze heures, déclare Lucía Navarro. Après, le juge devra le placer en détention provisoire et cela va nous compliquer la vie.

— Ne vous préoccupez pas de ça, ordonne Ramos. C'est une affaire très spéciale et je suis sûre que le juge nous donnera un peu de marge. Pour le moment, j'ai obtenu le droit de l'emmener dans notre commissariat. Le transfert est prévu en toute fin d'après-midi.

L'agent Jimeno se racle alors la gorge.

— Euh... et moi, qu'est-ce que je fais ?

— Tu coordonneras les trois équipes d'ici.

— Vous pouvez compter là-dessus, chef, dit-il sans pouvoir contenir un sourire de satisfaction.

— J'ai besoin que vous soyez disponibles vingt-quatre heures sur vingt-quatre. Rappelez-vous que le compte à rebours a commencé. Du coup, ne perdez pas de temps avec des trucs qui ne vous mèneront nulle part. Bonne chance à tous.

18

Noelia Sampedro avait tout juste quinze ans lorsque son cousin voulut lui enseigner le morse, que lui-même venait d'apprendre à l'armée. Selon Javi, cela pourrait lui sauver la vie un jour. Noelia était sûre que, comme les racines carrées, il s'agissait d'une connaissance inutile dans la vie de tous les jours. Mais l'occasion de se retrouver seule avec son cousin n'était pas un truc qu'elle pouvait laisser passer : elle l'attendait depuis trop longtemps.

La première fois qu'elle s'était masturbée, trois ans auparavant, elle l'avait fait en pensant à lui. Elle avait éprouvé du plaisir, mais s'était également sentie fautive puisqu'il ne s'était écoulé qu'une semaine depuis la mort de son père. Celui-ci, chauffeur routier, avait crevé à quelques kilomètres de Soria. Une voiture l'avait renversé. Le conducteur s'était enfui et n'avait jamais été retrouvé.

À peine entré dans sa chambre, Javi prit un livre sur l'étagère puis s'assit sur le lit.

— Le code morse, expliqua-t-il, est un système qui permet d'écrire un message à quelqu'un qui peut parfaitement se trouver à l'autre bout du monde.

— Genre WhatsApp.

— Oui, bon… bredouilla-t-il, se sentant soudain stupide. Si tu es enfermée dans un endroit sans portable, le meilleur truc, c'est le morse. Chaque lettre du code...

— Javi, l'interrompit Noelia en le regardant dans les yeux, tu me trouves belle ?

— Bien sûr que oui.

Le jeune homme essaya de continuer son explication, mais Noelia lui enleva son livre des mains, s'approcha et tenta de l'embrasser. Il s'écarta, interloqué.

— Qu'est-ce que tu fais, Noe ?

— Je veux coucher avec toi.

Javi bondit du lit.

— T'es devenue folle ? Tu es ma cousine, putain ! En plus, tu n'as que quinze ans !

— Plusieurs de mes amies baisent depuis qu'elles ont quatorze ans.

Javi la regarda, totalement déconcerté. Noelia était la fille parfaite : belle, élégante, élève sérieuse et surtout très bien élevée. Il n'était jamais venu à l'esprit de son cousin qu'elle puisse connaître le verbe « baiser ».

— Arrête tes conneries. Comme je te le disais, le morse...

— Alors je demanderai à ton ami Pablo, l'interrompit-elle à nouveau.

Ce qui eut pour effet de déstabiliser encore un peu plus Javi : c'était une chose de ne pas vouloir coucher avec sa cousine, c'en était une autre de la pousser dans les bras du plus grand frimeur de Cercedilla, une petite bourgade de la sierra de Guadarrama, à une soixantaine de kilomètres de Madrid.

— Mais c'est quoi le rapport, meuf ?

— Je préfère perdre ma virginité avec quelqu'un qui me plaît et que j'aime plutôt qu'avec n'importe quel connard du lycée, c'est tout, répondit tranquillement Noelia.

Pour la première fois, Javi la regarda comme une jeune femme et non comme un membre de sa famille. Elle remarqua son hésitation et s'engouffra dans la brèche : elle déboutonna lentement sa blouse. Javi ne put s'empêcher de la désirer à la vue des tétons durs qui pointaient sous son soutien-gorge de sport.

— Noelia… dit-il, conscient qu'il était en train de perdre le combat. Je crois que c'est mieux de nous arrêter là et d'oublier tout ça.

Elle lui prit une main et la posa sur l'un de ses seins. Javi cessa de résister. Une érection soudaine et incontrôlable durcissait entre ses jambes. Noelia défit sa ceinture et baissa son pantalon. Son cousin portait un caleçon vert, du genre de ceux que l'on enfile le jour où l'on sait que personne ne le verra. Elle nota une petite tache d'humidité, qu'elle toucha du bout de l'index. C'était un liquide doux et fluide, de la même texture que celui qui coulait d'elle quand elle pensait à lui.

— C'est normal, ne crois pas que j'aie joui, se justifia-t-il.

— J'espère bien que non !

Elle rit et posa les doigts sur l'élastique du sous-vêtement, prête à le retirer.

— Je peux ?

Javi acquiesça. Noelia se retrouva face à une bite beaucoup plus grosse et foncée qu'elle ne l'avait imaginée. Elle la regarda en silence quelques secondes, en profitant de ce moment qui la faisait fantasmer depuis des années.

— Qu'est-ce qu'il y a ? Elle ne te plaît pas ? demanda Javi, pas vraiment sûr de lui.

— Au contraire.

Elle la prit dans une main et la porta directement à sa bouche, comme elle avait vu des actrices le faire dans des vidéos pornos qu'envoyaient ses amies sur WhatsApp. Après avoir tenté de lui donner du plaisir ainsi, avec l'enthousiasme et la gaucherie d'une débutante, elle se déshabilla en un clin d'œil puis grimpa à califourchon sur son cousin.

Ce jour-là, elle découvrit que grâce à son corps, elle pourrait obtenir tout ce qu'elle voudrait des hommes. Mais également de beaucoup de femmes.

Après cette première rencontre, Noelia et son cousin s'étaient vus pour des sessions du matin et de l'après-midi, jusqu'à ce que Javi s'engage définitivement dans l'armée. Cela avait été deux semaines d'un stage intensif, au cours duquel tous deux avaient appris une bonne partie de ce que l'on peut savoir du sexe à cet âge. Le problème pour Noelia, c'était que lorsque l'on goûtait à un truc aussi bon que ça, on ne pouvait plus s'arrêter.

Après une semaine d'abstinence, et alors qu'elle avait promis de ne pas s'approcher de l'ami de son cousin, Noelia n'avait rien trouvé de mieux que draguer Pablo pour continuer à pratiquer.

Elle lui tomba dessus à la sortie du gymnase municipal, où il passait ses après-midi, convaincu que c'était là que l'on se préparait le mieux à affronter la vie et non à la bibliothèque, pourtant située à moins de cinquante mètres de là.

— Salut, Pablo.

Il la regarda avec indifférence en tâchant de cacher qu'il était impressionné d'être devant celle qui était déjà la plus belle fille de la ville. La robe qu'avait choisie Noelia, en élasthanne blanc, moulait son corps sans laisser beaucoup de place à l'imagination. Il ne s'était écoulé qu'un mois depuis qu'elle avait perdu sa virginité, mais il ne restait déjà plus rien de la petite fille innocente rêvant à son prince charmant qui l'emmènerait par la fenêtre de sa chambre dans un hélicoptère de l'armée.

Deux garçons portant des raquettes de padel passèrent près

d'eux. Ils se donnèrent des coups de coude complices en matant Noelia sans aucune gêne.

— Qu'est-ce que vous regardez, putain ? aboya Pablo.

— Ta copine a oublié de mettre une culotte, répondit le plus grand d'un air amusé.

L'autre pouffa. Pablo jeta son sac au sol, prêt à leur casser la gueule. Mais Noelia avait un objectif clair, et ce n'était pas que trois bouseux aux hormones en furie se battent à cause d'elle.

— Laisse-les, Pablo, c'est des petits merdeux.

— Connards !

Les garçons s'éloignèrent en leur faisant un doigt d'honneur, puis montèrent dans une voiture. Pablo continua à les regarder comme un pitbull jusqu'à ce qu'ils disparaissent en bas de la rue. En se retournant, il vit que Noelia lui souriait.

— Pourquoi souris-tu ? demanda-t-il, sur la défensive.

— J'aime que tu me défendes comme ça.

— Je le fais pour ton cousin Javi. On est super potes.

— Juste pour lui ?

Quand leurs regards se croisèrent, Pablo se rendit compte qu'il était dans une fâcheuse posture. Même s'il avait une haute opinion de lui-même, il savait que Noelia serait bientôt hors d'atteinte pour quelqu'un dont la plus grande ambition dans la vie était de travailler dans l'atelier mécanique de son père.

— Tu n'as pas de culotte à te mettre, ou quoi ?

— Avec la robe, on la remarque et ça fait vulgos.

— Mais t'as quel âge pour te balader dans cette tenue ?

— Je vais avoir seize ans.

Pablo la regarda à nouveau, déconcerté. Elle ne ressemblait ni de près ni de loin à une enfant de quinze ans. Il avait plusieurs cousines de cet âge-là, et c'étaient encore des gamines. Même sa sœur, qui avait dix-sept ans, n'était pas aussi développée que Noelia.

— Bon, alors ? Tu m'invites pas à boire une bière ?
— Aucun bar ne te servira de bière.
— Qui a parlé d'aller dans un bar... ?

Le bureau du père de Pablo était situé au-dessus de l'atelier et, contrairement à ce à quoi Noelia s'attendait quand il lui avait dit que là-bas personne ne les dérangerait, la pièce était propre et décorée avec un certain goût. Il lança son sac sur un canapé en cuir noir et sortit deux bières d'un petit frigo. Après une discussion banale au cours de laquelle Noelia se fit passer pour une experte ès bières, alors que c'était la première fois qu'elle en goûtait une et qu'elle trouvait ça dégueulasse, elle posa la main sur son entre-jambe. La vie reprit tout de suite ses droits sous le pantalon de survêtement Kappa.

— Tu... tu ne vas pas trop vite ?
— Pourquoi attendre ?

Noelia enleva ses chaussures, puis ôta sa robe blanche par le haut. Elle resta complètement nue face à lui. Pablo admira chaque centimètre carré de sa peau, tendu de désir. Un instant, il pensa lui dire de se rhabiller et de le rappeler quand elle aurait dix-huit ans, mais les mots disparurent quelque part entre son cerveau et sa bouche.

Noelia monta sur le canapé et posa un pied sur l'épaule de Pablo, lui offrant une vue imprenable sur son sexe ouvert et déjà humide.

— Bouffe-la-moi ! lui ordonna-t-elle.

Pablo hésita. Il prenait toujours l'initiative lors de ses aventures sexuelles. Mais il ravala ses protestations et plongea la tête entre les jambes de l'adolescente.

19

La cour est un endroit dangereux pour un prisonnier, surtout s'il a la tête de celui qui joue au padel tous les week-ends et a toujours vécu dans une villa avec piscine. Ici, être issu d'un milieu aisé est presque pire qu'être pédéraste.

À peine a-t-il sorti son paquet de cigarettes que plusieurs prisonniers entourent Gonzalo Fonseca. Le premier jour, il a accepté de partager ses clopes pour éviter les problèmes ; maintenant, il n'arrive plus à se défaire de ces parasites. Adonay, un Gitan qui a plus de tatouages que de cervelle et purge une peine pour avoir tué accidentellement une vieille dame lors d'un vol à la tire sur une moto volée, lui passe son bras derrière l'épaule, protecteur.

— Allez tous vous faire enculer, merde ! lance-t-il pour dissuader les autres tapeurs. Vous ne voyez pas que ce connard de *gadjo* n'aura même plus de clopes pour lui, putain ! Allez, dégagez !

Les prisonniers se dispersent en protestant et Adonay sourit à Gonzalo, laissant apparaître un trou béant là où il devrait y avoir deux incisives.

— Eh, on te fout enfin la paix, connard de *gadjo*. Tu me donneras bien deux petites clopes pour le service rendu, hein ?

— Tu ne devrais pas m'appeler « connard de *gadjo* » si ensuite tu me demandes des cigarettes, Adonay.

— Je le dis de manière affectueuse. Oublie tout ça et donne-moi ce qu'il reste de ton paquet. Aujourd'hui, je suis tellement en manque que je me chie dessus.

— Et le paquet que je t'ai offert hier ?

— Il est parti en fumée, et l'on ne pourrait pas mieux dire.

Adonay rit de sa propre blague. Gonzalo sourirait également s'il ne savait pas que ça pourrait l'entraîner très loin.

— Désolé, mais aujourd'hui, je ne peux pas m'acheter d'autres clopes.

— Allez, conn... *gadjo* ! Tu sais ce qu'ils te feraient, non, si je ne te protégeais pas ?

— Tu cherches à m'asservir ?

— Je n'ai pas la moindre putain d'idée de ce que tu me racontes, mais si tu me donnes des clopes, c'est OK.

— Tu ne m'as pas dit que ta famille t'envoyait du fric tous les mois ?

— Si, mais j'ai d'autres vices. En plus, là, je fais des économies pour me faire refaire les ratiches quand je serai libre.

Gonzalo sait qu'Adonay ne le laissera tranquille qu'une fois qu'il aura obtenu ce qu'il veut ; donc, après s'être allumé une cigarette, il lui offre la moitié du paquet qu'il lui reste.

— Super, connard de *gadjo* !

Pendant qu'ils marchent ensemble autour du terrain de *foot five*, Gonzalo remarque un homme avec un bandage qui recouvre un moignon là où il devrait y avoir une main droite. Il parle avec le groupe de Colombiens qui contrôlent la zone nord de la cour ; ceux-ci semblent lui témoigner un respect révérencieux.

— Qui c'est, celui-là ?

— Un certain Walter Vargas, répond le Gitan tout en allumant sa troisième cigarette avec le mégot de la précédente. Un gringalet de *gadjo* tout patraque. Ils l'ont amené hier.

— Que lui est-il arrivé à la main ?

— Si t'as des couilles, va le voir et demande-lui toi-même.

Depuis presque douze mois qu'il est enfermé, Gonzalo a appris à éviter les conflits. Mais il a beau essayer de faire profil bas, il est difficile de rester tranquille quand on est entouré de gens dont le plus grand talent est de créer des problèmes. Au retour de la cour, il gagne comme à son habitude la bibliothèque, où il se réfugie jusqu'au dîner, à distance des parties de cartes qui se jouent dans la galerie et qui généralement se terminent en bagarre. Mais, même dans l'endroit le moins fréquenté de la prison, il ne peut se cacher très longtemps. Gheorghe, le Roumain qui contrôle le trafic de drogue à l'intérieur, s'assied face à lui et ferme le livre de droit qu'il est en train de lire.

— Tu vas devenir aveugle à force de lire autant de lettres.

Gonzalo l'observe, tendu, et garde le silence. Le Roumain essaie de montrer son côté le plus chaleureux avec un large sourire, qui parvient à tout sauf à rassurer son interlocuteur.

— Je dois te demander une faveur, mon ami, lâche enfin Gheorghe.

— Quel type de faveur ?

— J'ai besoin que tu réceptionnes quelque chose, puis que tu me l'apportes dans ma cellule.

— Je n'aime pas ça. Il vaudrait mieux que tu cherches quelqu'un d'autre.

— S'il y avait quelqu'un d'autre, je ne te le demanderais pas, connard, crache Gheorghe, plus sympathique du tout, soudain. Tu travailles en cuisine, hein ?

Gonzalo ne répond pas. Gheorghe l'attrape par le visage avec une violence telle que ses doigts laissent des marques sur ses joues.

— Je t'ai posé une putain de question, enculé !

— Oui, je travaille en cuisine, halète Gonzalo, paniqué.

Le Roumain le relâche et semble se détendre d'un coup.

— Tu n'auras donc aucun problème, mon ami. Un des livreurs te donnera un paquet, tu le caches dans ton caleçon et ensuite, tu me le remets.

— Que contient ce paquet ?

— La seule chose que tu as besoin de savoir, c'est que si tu travailles pour moi personne ne t'embêtera ici.

— Et si je refuse ?

— Si tu refuses... C'est moi qui t'embêterai.

Le Roumain éclate de rire. Gonzalo comprend qu'il n'a pas d'échappatoire. Avant qu'il ait pu répondre, un gardien entre dans la bibliothèque.

— Fonseca, tu as de la visite.

— Je t'avertirai quand ce sera prêt, lui dit Gheorghe.

Puis il le regarde quitter les lieux escorté du gardien, un sourire carnassier aux lèvres.

20

L'enveloppe remise par le croupier à la main, la juge Almudena García rentra chez elle en tentant de garder son calme. Elle enleva ses chaussures, qui lui martyrisaient les pieds, rangea ses courses dans le frigo et se servit un verre.

Une fois assise dans le canapé, elle ouvrit le pli.

À l'intérieur, elle trouva cinq photos sur lesquelles elle apparaissait : sur deux d'entre elles, elle était accompagnée du chef d'entreprise Sebastián Oller sur la terrasse de la suite où ils jouaient au poker ; sur deux autres elle était assise à la table de jeu à côté de lui et sur la dernière, elle achetait pour quinze mille euros de jetons aux organisateurs des parties. Sur l'une des images était collé un Post-it : « Croyez-vous qu'il serait bon pour votre carrière que ces photos soient rendues publiques ? »

— Fils de pute !

Ensuite, elle avait attendu cinq jours avant de recevoir des nouvelles de son maître chanteur. Après plusieurs mois d'attente, elle avait enfin obtenu son transfert au tribunal spécial qui jugeait les violences faites aux femmes. Minée par les photos, elle n'arrivait pas à se concentrer sur la première affaire qu'elle devait juger : l'assassinat d'une femme *a priori* tombée sous les coups de son mari. L'accusé s'appelait Gonzalo Fonseca. Après la première matinée du procès, au cours duquel le parquet et l'avocat de la défense avaient exposé leurs considérations initiales, elle regagna sa voiture. Les audiences reprendraient le lendemain, elle disposait de l'après-midi pour tâcher de mettre de l'ordre dans son cerveau. À peine avait-elle glissé la clé dans le démarreur qu'elle reçut l'appel tant espéré et redouté à la fois.

— Qu'avez-vous pensé des photos ?

C'était la voix du croupier...

— Que voulez-vous ?

— Cent mille euros en cash. Ce soir.

— C'est une petite fortune. Je ne peux pas disposer d'autant d'argent en si peu de temps.

— Me prenez pas pour un con. Rappelez-vous que ça fait très longtemps que je vous vois jouer et gagner.

— Je n'ai pas toujours gagné, vous le savez mieux que quiconque. J'ai eu de la veine, c'est certain, mais j'ai également beaucoup perdu.

— Mais vous allez arrêter de me casser les couilles ?! hurla le croupier. Si ce soir je n'ai pas mes cent mille euros, j'enverrai les photos à tous les journaux.

— Où ? demanda Almudena après quelques secondes d'hésitation.

— Allez jusqu'à la station de métro Sol et montez dans le premier train qui ira en direction de la Moncloa à partir de dix heures.

La communication s'était coupée. La juge prit une grande inspiration. Il était clair qu'elle ne pouvait accepter le chantage. Elle connaissait le fonctionnement de ces gens-là et elle savait qu'après les cent mille euros, il y aurait d'autres demandes, et que cela se répéterait autant de fois que possible, jusqu'à ce qu'elle se retrouve complètement plumée. Elle devait dénoncer cet homme, mais auprès de qui ?

Quand la secrétaire de Sebastián Oller lui annonça le nom de sa visiteuse imprévue, il fit sortir les conseillers qui se trouvaient dans son bureau et s'arrangea pour recevoir la juge García loin des regards et des oreilles indiscrets.

— Quelle agréable surprise...

— Je suis désolée de ne pas pouvoir dire la même chose, monsieur Oller.

— Que se passe-t-il ? demanda le chef d'entreprise, pris au dépourvu.

Almudena García lui raconta l'histoire de l'enveloppe. Oller regarda les photos une à une, sourcils froncés.

— Avez-vous un lien avec tout cela ? demanda-t-elle en scrutant sa réaction.

— Je vous donne ma parole que non, répondit solennellement Sebastián Oller.

La juge l'avait fixé dans les yeux. Elle décida de le croire.

— Je pensais que nous étions en sécurité là-bas, marmonna-t-elle.

— Moi aussi. Nous devrions dire aux organisateurs de s'occuper de ce croupier... Combien vous a-t-il demandé ?

— Cent mille.

— Et vous allez payer ?

— Que feriez-vous à ma place ?

— Je ne crois pas que vous soyez prête à entendre ma réponse, répondit froidement son partenaire de poker.

La juge frémit. Elle avait parfaitement compris ce que cela signifiait...

— Dans votre cas, vous avez deux options, continua Oller. Ou bien vous le dénoncez auprès de la police et priez pour que cela ne sorte jamais au grand jour, ou bien vous payez. Le problème, c'est que ce type d'individu est rapidement gagné par la cupidité, et je ne crois pas qu'il s'arrêtera en si bon chemin. Si vous décidez de payer, il serait juste que je participe pour moitié, mais ce sera mon unique contribution.

— Vous êtes très généreux, nota Almudena, étonnée par ce geste.

— J'aurai sûrement un léger problème avec ma femme, mais je préfère cela qu'apparaître en une des journaux. Vous pouvez compter sur cet argent… ou toute autre chose dont vous auriez besoin.

La juge sortit de ce bureau en n'arrêtant pas de penser à l'offre à peine voilée que lui avait faite Sebastián Oller. Pendant les heures qui suivirent, elle essaya de l'oublier, mais elle trottait dans un coin de sa tête et n'arrêtait pas de l'obséder. À neuf heures, elle ouvrit son coffre-fort et plaça dans un sac cent des cent vingt mille euros qui s'y trouvaient. Elle se dirigea vers la station Sol. Elle s'assit à l'endroit indiqué sur le quai et laissa passer quatre trains. À dix heures trois arriva celui qu'elle devait prendre. Elle se leva et avança vers la porte du wagon ; mais, à la dernière seconde, elle décida de ne pas monter. Dès que le wagon de queue disparut dans le tunnel direction la Moncloa, elle reçut un appel :

— Que s'est-il passé, putain ?! éructa le croupier, hors de lui. Pourquoi n'êtes-vous pas montée dans ce foutu train ?

— Parce que je n'ai pas réussi à rassembler tout l'argent, répondit-elle tranquillement. Je vous jure que demain, je vous paierai.

— C'est votre dernière chance. Je vous recommande de ne pas la laisser passer.

La juge regagna la rue et sortit une carte de visite de son sac. Elle composa le numéro qui y figurait.

— Monsieur Oller ? J'ai décidé d'accepter votre offre.

Elle écouta, impassible, avant de répondre :

— Non, je ne me réfère pas à l'argent. Vous chargez-vous de régler le problème ?

21

Gonzalo Fonseca arrive au parloir où le capitaine Ramos et le lieutenant Ortega l'attendent. Les deux policières l'observent en silence pendant que le gardien ouvre la porte. La première impression qu'il leur fait, c'est celle d'un innocent accusé à tort, comme l'affirme son père.

— Il n'a pas la tête d'un assassin, murmure Ortega.

— Ted Bundy non plus, réplique Ramos.

Ce qui retient le plus l'attention d'Indira, c'est son allure soignée. Pour quelqu'un qui, comme elle, a été sur le point d'avoir sept infarctus depuis l'entrée de la prison à cause du désordre et de la saleté, cela constitue un vrai soulagement.

— En quoi puis-je vous aider ? demande Gonzalo avec méfiance.

— Bonjour, monsieur Fonseca. Je suis le capitaine Ramos et voici ma collègue, le lieutenant Ortega. Assoyons-nous, je vous prie.

Tous trois prennent place autour de la table métallique et continuent à s'observer.

— Je reconnais que je suis intrigué, dit Gonzalo.

— Nous sommes venues vous parler de votre père, Ramón Fonseca.

— Que lui est-il arrivé ?

— Hier, il a avoué avoir enlevé trois personnes.

Gonzalo se redresse sur sa chaise en essayant de comprendre l'information. Au vu de sa réaction, il semble qu'il ne s'y attendait vraiment pas.

— Alors c'était lui… ?

— Vous ne le saviez pas ?

— Je l'ai soupçonné quand j'ai vu à la télévision que les personnes portées disparues étaient la juge qui m'a condamné, l'avocat qui m'a laissé tomber et le témoin qui a menti lors de mon procès. Mais je m'interdisais de penser qu'il serait capable d'un truc pareil. Que demande-t-il ?

— Que l'on rouvre l'affaire et que nous arrêtions le vrai coupable de la mort de votre épouse, répond le lieutenant Ortega.

— Ou sinon ?

— Ou sinon chaque semaine un des otages mourra.

— Eh bien… souffle Gonzalo, impressionné.

— Allons bon, monsieur Fonseca, l'apostrophe Ramos avec morgue. Vous allez nous faire croire que vous n'aviez aucune idée de ce que mijotait votre père ?

— Depuis que ma mère est morte, il s'est radicalisé au sujet de ma défense. Je me doutais qu'il tenterait un truc, mais je m'imaginais qu'il ferait une grève de la faim face au palais de la Moncloa ou ce genre de chose. Je vous assure que cela m'a tout autant surpris que vous.

— Vous croyez vraiment qu'il pourrait se transformer en assassin ?

Gonzalo Fonseca réfléchit quelques secondes avant de répondre :

— Mon père est un homme désespéré, capitaine. Toute cette histoire l'a beaucoup affecté, bien plus que moi. Il croit en mon innocence, et la dernière fois qu'il est venu, il m'a juré qu'il réussirait à me sortir de prison, même s'il devait sacrifier sa fin de vie pour ça.

— Vous pourriez parler avec lui et lui demander de mettre un terme à cette folie.

— S'il a fait cela, c'est parce qu'il a bien soupesé toutes les options ; je vous assure que je ne réussirai pas à le faire changer d'avis.

— Si vraiment vous êtes quelqu'un de bien, vous n'accepterez pas que trois innocents meurent, intervient de nouveau Ortega.

— Il y aurait beaucoup à dire sur la prétendue innocence de ces personnes, capitaine. Beaucoup à dire. Pour l'instant, elles ont menti sans se préoccuper de ce qui m'arriverait. Et quant au fait de laisser mourir quelqu'un… si cela devait se produire, chose que je ne souhaite pas, ce serait seulement la faute de la police. Il ne tient qu'à vous de retrouver l'assassin d'Andrea et d'en finir avec tout ça.

— En moins de sept jours ?

— Vous avez eu plus d'un an et vous n'avez pas levé le petit doigt.

Les deux policières échangent un regard, conscientes qu'elles n'obtiendront rien de plus en poursuivant dans cette direction.

— Ainsi, vous n'avez pas tué votre épouse ?

— Non.

— Et comment expliquez-vous que l'on vous ait retrouvé sur la scène de crime, taché de sang, avec l'arme couverte de vos empreintes ?

— Je n'ai pas d'explication. Mais comme je n'ai rien fait, je suppose que l'on m'a tendu un piège. On a dû me droguer et préparer la scène de crime afin de me désigner comme coupable. Le truc, c'est que quand je me suis réveillé, j'étais déjà entouré de policiers.

— Qui prendrait autant de précautions, monsieur Fonseca ?

— Je ne sais pas.

— Aidez-nous pour que nous puissions vous croire, s'il vous plaît. Qui aurait eu intérêt à voir votre femme morte ?

— Je n'en sais rien, putain ! Andrea n'avait pas d'ennemis et ne trempait pas dans des histoires louches. Elle occupait son temps entre le travail et ses cours de cuisine.

— Elle travaillait dans une entreprise de construction, n'est-ce pas ?

— Elle venait de commencer un nouveau chantier, acquiesce-t-il. Des villas autour d'un parcours de golf très sélect près de Tolède. Elle disait que c'était son projet le plus excitant. Elle était très enthousiaste.

Les deux policières sont surprises de voir des larmes monter aux yeux de Gonzalo Fonseca. Soit c'est un très grand acteur, soit l'affaire n'est pas aussi simple qu'elle le semblait initialement.

— Pourquoi devrions-nous vous croire, monsieur Fonseca ? demande enfin Ramos.

— Parce que je l'aimais. Mais, bon sang ! Comment aurais-je pu poignarder Andrea de cette manière alors qu'elle et moi avions décidé de faire un enfant ?

22

Au petit matin, ce jeudi-là, Juan Carlos Solozábal rendit visite à Gonzalo Fonseca à la prison d'Alcalá de Henares, où celui-ci était incarcéré dans l'attente du procès pour l'assassinat de sa femme, Andrea Montero. Puis, en milieu de matinée, il gagna celle de Soto del Real, où le beau-frère de Salvatore Fusco était en détention provisoire après avoir tué un migrant soudanais et en avoir éborgné un autre. Pour l'un comme pour l'autre, Solozábal n'avait pas trop d'espoir d'obtenir un acquittement. Même si Fonseca avait contre lui les preuves trouvées sur la scène de crime, son bon comportement, l'absence d'antécédents et sa détermination à jurer son innocence faisaient que l'avocat comme les parents de l'accusé conservaient un espoir, si infime soit-il.

Pour Vincenzo Gallo, c'était une autre paire de manches. À trente-quatre ans, ce petit ange avait été arrêté à plus de vingt reprises, accusé de trafic de drogue, agressions, menaces, braquages, possession d'armes, extorsions ou encore appartenance à un groupe criminel – la moitié des crimes commis en Italie, l'autre en Espagne, où il résidait depuis six ans. Comme si cela ne suffisait pas, la bagarre avait été filmée : si les Soudanais semblaient avoir commencé la dispute, l'Italien avait immédiatement sorti un cran d'arrêt et n'avait pas hésité à l'utiliser ;

il avait d'abord attaqué le plus jeune et, avec l'œil de celui-ci encore pendu à sa lame, il avait frappé son ami au niveau du cœur. À la différence des autres détenus dans la même situation, Vincenzo n'essayait pas de justifier son acte en invoquant la légitime défense ; bien au contraire, il se vantait tout sourire de ce qu'il avait fait.

— Ces babouins y réfléchiront à deux fois avant de s'approcher de moi à nouveau.

— Je ne sais pas si vous en êtes conscient, monsieur Gallo, l'avertit Juan Carlos Solozábal en s'armant de patience, mais si vous ne changez pas d'attitude, il est fort probable que celui qui s'approchera de vous lors des vingt prochaines années le fera pour vous planter le couteau dans le dos.

Le prisonnier donna un coup de poing sur la table et se leva, agressif.

— Rien à foutre !

— Du calme.

L'avocat arrêta d'un geste les gardiens qui s'étaient aussitôt dirigés vers eux.

— Tout va bien, leur lança-t-il, apaisant.

— Dites à votre client de rester tranquille ou nous le ramenons dans sa cellule, maître, lança l'un des gardiens.

Le prisonnier sembla comprendre parce qu'il se rassit, même s'il continuait à regarder son avocat avec antipathie.

— La seule chose que je suis en train d'essayer de vous expliquer, reprit Solozábal, c'est que si vous persistez dans cette voie, il me sera impossible de vous aider. Et je vous assure qu'en ce moment, je suis le seul à pouvoir le faire. Bien, maintenant racontez-moi exactement votre version des faits.

— Ces babouins m'ont manqué de respect, expliqua Vincenzo Gallo. Ils m'ont appelé spaghetti.

— Tout d'abord, ce serait bien que vous arrêtiez de les appeler babouins.

La demi-heure suivante se déroula dans la même ambiance, et fut un bras de fer épuisant pour l'avocat. En sortant de la prison, il avait décidé de renoncer à défendre ce type tant qu'il en était encore temps. Il en informa par téléphone Luca, le neveu de Salvatore Fusco.

Une femme l'attendait à son bureau.

Elle était de ces femmes qui font se retourner les hommes dans la rue. Cependant, elle semblait avoir honte de sa beauté. Ses cheveux, longs et noirs, étaient attachés en queue-de-cheval et ils contrastaient avec sa peau blanche, seulement abîmée par un bleu jaunâtre autour de l'œil gauche. Le tailleur qu'elle portait, d'une qualité irréprochable, sublimait la perfection de son corps. Ses mains, ses poignets et son cou étaient dépourvus de bijoux qui auraient mis en valeur ses traits – qui n'en avaient de toute façon pas besoin. Seules des boucles d'oreilles discrètes se rebellaient contre l'absence de féminité qu'elle essayait de renvoyer. Juan Carlos était devant l'une des plus belles femmes qu'il avait vues de toute sa vie.

Elle s'appelait Gianna, lui apprit-elle, était l'épouse de don Salvatore et l'unique sœur de Vincenzo Gallo, même si la délicatesse de ses mouvements la plaçait aux antipodes de la brute raciste dont l'avocat venait de faire la connaissance en prison. Solozábal comprit au fil de la conversation que Gianna Gallo ne dissimulait pas sa beauté par honte, mais par peur. Peur de réveiller chez son mari le désir et de devoir s'offrir de nouveau à lui, la personne qui la dégoûtait le plus au monde.

— Lequel de Vincenzo ou de vous est un enfant adopté ? plaisanta Juan Carlos en lui servant un café.

Elle sourit, découvrant son unique imperfection visible à l'œil nu : une canine légèrement décalée qui, loin de gâcher sa beauté, lui donnait une certaine humanité et la rendait encore plus séduisante.

— Vincenzo n'a pas eu une vie facile, répondit Gianna. Notre père est mort quand nous étions tout petits et il a dû nous faire vivre, notre mère, notre grand-mère et moi. Ça l'a endurci.

— C'est une chose d'être dur et c'en est une autre d'être un...

Juan Carlos chercha ses mots pour ne pas offenser sa visiteuse, mais il ne trouva pas de formule moins insultante que « fils de pute » pour désigner son client, alors il se contenta de pousser un soupir.

— Avez-vous vu la vidéo de la bagarre ?

— Oui.

— Avec ces preuves, je ne peux pas faire grand-chose pour lui. Encore moins s'il s'entête à ne pas exprimer un minimum de regrets.

— Je sais qu'on ne dirait pas, mais au fond, Vincenzo a un grand cœur.

Juan Carlos la dévisagea, incrédule.

— Donnez-lui une autre opportunité et il vous le démontrera, affirma Gianna Gallo. Je parlerai avec lui et je lui dirai de vous traiter avec le respect que vous méritez.

— Il ne s'agit pas de moi, mais...

— S'il vous plaît... le coupa la belle Italienne. Il n'a que nous deux. Reprenez l'affaire. Aidez-nous.

Face à son regard suppliant, Juan Carlos fut incapable de refuser.

— D'accord. Mais vous devez prendre conscience que votre frère passera plusieurs années en prison. Il n'y a pas que l'enregistrement, mais aussi des dizaines de personnes susceptibles de témoigner de ce qu'elles ont vu de la bagarre.

— Faites ce que vous pouvez pour qu'il sorte au plus vite. Je ne vous demande rien d'autre.

Juan Carlos hocha la tête pour marquer son accord. Gianna sourit en le regardant dans les yeux, reconnaissante.

Aucun des deux ne s'était aperçu qu'à cet instant précis ils avaient commencé à creuser leur propre tombe.

23

Les villas luxueuses, encore en cours de construction, sont éparpillées autour du très sélect parcours de golf, réplique exacte de l'Augusta National Golf Club, en Géorgie, où se joue chaque année le Masters, l'un des quatre tournois du grand chelem masculin. Il ne manque rien, pas même la célèbre Magnolia Lane, une allée impressionnante où soixante et un magnolias accueillent les visiteurs. Elle mène au club-house, un bâtiment colonial imposant qu'une demi-douzaine d'ouvriers est en train de peindre d'un blanc immaculé.

— La vache, mais c'est quoi, ça ? demande le lieutenant Ortega en regardant autour d'elle, émerveillée.

— Une zone résidentielle pour des gens qui ont beaucoup de fric, répond le capitaine Ramos, tout aussi impressionnée que son adjointe.

— Combien peut coûter une maison ici ?

— Les moins chères ont été commercialisées à partir d'un million d'euros, fait une voix derrière elle.

L'homme qui a répondu s'approche lentement des policières ; son obésité est si impressionnante qu'il semble perdre deux cents calories en parcourant les cinq mètres qui le séparent d'elles. Son mouvement s'accompagne d'un bruit étrange, comme s'il recevait un appel et que son portable était sur vibreur, mais c'est en réalité le résultat des différents frottements que produit son corps en se déplaçant. Il fait une pause avant de continuer et reprend son souffle.

— ... même si je suis au regret de vous dire qu'il n'en reste plus aucune. Ni de celles à deux millions. De celles qui sont à trois, je crois qu'il ne nous en reste que quatre. Germán Pardo, je suis le gérant du parcours de golf. En quoi puis-je vous aider ?

— Je suis le capitaine Ramos, et voici le lieutenant Ortega, répond Indira, tandis qu'elles lui présentent leurs cartes d'un geste mécanique et simultané. Une maison ici coûte vraiment trois millions d'euros ?

— Je dirais que ce sont plus que des maisons, capitaine. Ce sont des villas avec les meilleures prestations du marché et les dernières solutions domotiques. Sans parler de l'environnement : chacune des trente-six villas Premium aura des vues exclusives sur le green de chaque trou du parcours. Les autres seront situées le long de la rue.

— Combien de villas ont été construites ?

— Pas loin de cent vingt.

— À une moyenne de deux millions, cela fait deux cent quarante millions d'euros. Ce n'est pas une mauvaise affaire, hein ?

— Pour entretenir un parcours comme celui que nous sommes en train de construire, il faut un investissement énorme.

— Qu'est-ce qu'il a de spécial, ce parcours ? demande Ortega.

— Quand ce parcours sera achevé, ce sera le jumeau de celui du golf d'Augusta, le plus célèbre des États-Unis ; à l'exception des villas, bien évidemment, qui sont indispensables pour la viabilité du projet. Quiconque rêve de jouer un trou à Augusta, où seuls peuvent le faire les trois cents membres, en plus des golfeurs qualifiés pour le Masters, n'aura désormais qu'à venir ici.

— C'est-à-dire que c'est une sorte d'Eurodisney. L'imitation européenne de l'original.

Germán Pardo grimace, dégoûté par la vision simpliste que la policière se fait de son grandiose dessein. Il se force à sourire, désireux de se débarrasser au plus vite de ces deux rabat-joie.

— Plus ou moins, oui. Vous ne m'avez pas dit ce qui vous amenait ici...

— Andrea Montero. Si nous ne nous trompons pas, c'était la chef de travaux du projet.

Le visage du gérant se ferme. Parler de ce sujet-là ne l'amuse pas vraiment.

— Andrea Montero est morte il y a un an, capitaine. Son mari l'a assassinée.

— Connaissiez-vous Gonzalo Fonseca ?

— Je l'ai vu à deux reprises, mais nous avions à peine échangé quelques mots. Il semblait être un homme normal.

— Que pouvez-vous nous dire d'Andrea ?

— Rien, sauf que c'était une excellente collaboratrice et qu'elle était tout aussi enthousiaste que le reste de l'équipe concernant ce projet.

— A-t-elle eu des problèmes avec quelqu'un ?

— Pas du tout, capitaine. Andrea était respectée. Nous avons tous été très touchés par ce qui lui est arrivé.

Sur le chemin du retour vers Madrid, Ortega doit s'arrêter dans quatre stations-service différentes, jusqu'à ce que Ramos en trouve une dotée de toilettes suffisamment propres pour y uriner.

— Partir en voyage avec toi, ça doit être quelque chose ! commente-t-elle.

— Je n'aime pas voyager.

— Tu devrais prendre le taureau par les cornes et te barrer

quinze jours en Inde. Si t'en meurs pas de frayeur, tu seras immunisée pour toujours.

Ramos n'aime pas parler de sa maniaquerie. Elle garde le silence jusqu'au moment où Ortega se gare devant la porte de l'école de cuisine du quartier de Salamanca, celle où Andrea Montero prenait des cours.

— Eh bien, elle ne se refusait rien... commente le lieutenant pendant qu'elles attendent qu'on leur ouvre la porte. Ici, on doit cuisiner des huîtres, au minimum.

— Les huîtres ne se cuisinent pas, María.

La directrice de l'école, une élégante quinquagénaire qui semble mieux s'y connaître en investissements boursiers qu'en cuisine, les accueille avec amabilité. Elle assure que tous ici ont été très touchés par la mort d'Andrea, qu'elle décrit comme une femme merveilleuse et un cordon-bleu, tout comme son mari.

— Gonzalo Fonseca venait également ici ? s'étonne Ramos.

— Il assistait seulement à quelques cours optionnels, ce n'était pas un habitué. Je ne l'ai jamais cru capable de faire ça à sa pauvre femme.

La directrice présente les policières au groupe de camarades d'Andrea, qui par un heureux hasard assistent à un cours. Les cinq femmes et les trois hommes parlent de la disparue avec tendresse. La seule personne manquante est leur professeur de l'époque.

— Il a été viré ?

— Non, répond la directrice, affligée. Malheureusement, il est également décédé quelques jours après la mort d'Andrea.

24

Déménager à Madrid pour des études de communication audiovisuelle fut un soulagement pour Noelia. En effet, dans son village, elle était considérée comme une pute après avoir couché avec la majorité des hommes entre seize et vingt-cinq ans. Après son cousin Javi et Pablo, il y en avait eu d'autres au lycée, plusieurs serveurs de la plus grande discothèque de Cercedilla et quelques hommes mariés – dont l'oncle de Pablo, qu'elle avait baisé sur le canapé en cuir du bureau de l'atelier, comme son neveu. Le problème, c'était que la plupart d'entre eux, y compris les hommes mariés, avaient passé leur temps à se raconter leurs exploits les uns aux autres, afin sans doute de démontrer l'étendue de la stupidité masculine. Cela avait déclenché des conflits. Luca, un camarade de classe qui avait assuré être follement amoureux d'elle, avait même tenté d'assassiner Leandro, le propriétaire du tabac.

Pour Noelia, le qu'en-dira-t-on n'avait que très peu d'importance, mais cela la dérangeait d'être méprisée, notamment par les femmes qui n'étaient pas aussi charmantes qu'elle ou qui n'osaient pas vivre leur sexualité avec autant de simplicité.

Dans le bus qui la conduisait à la résidence universitaire où elle logerait pendant sa première année de fac, elle réfléchit à la possibilité de choisir un peu mieux les garçons avec lesquels elle coucherait, à celle d'acquérir une plus grande estime de soi, comme sa mère le lui conseillait si souvent, mais elle s'était rendu compte qu'elle adorait sa manière d'être. Pourquoi devrait-elle renoncer au sexe alors qu'elle aimait énormément cela, et qu'en plus elle s'y prenait à merveille ? En outre, elle ne pourrait jamais être fidèle à un homme, car elle cherchait en chacun d'eux quelque chose de différent.

Le lendemain, à peine entrée en salle de classe, elle ressentit une sorte de vertige. Cela faisait longtemps qu'elle voulait quitter le village, mais elle avait peur de ne pas s'entendre avec ces jeunes venus de toute l'Espagne. Elle chercha une place discrète où s'asseoir et se mit à consulter l'emploi du temps qu'on lui avait donné au secrétariat.

— Pardon, c'est occupé ?

À cet instant, Noelia comprit qu'elle devrait s'habituer à ne pas être la plus belle de l'assemblée – ou, tout du moins, à partager le titre. L'étudiante qu'elle avait en face d'elle ne la dépassait peut-être pas en beauté, mais elle avait un style incroyable. Noelia avait vu le blouson militaire qu'elle portait sur un site branché et il coûtait près de quatre cents euros, pour ne rien dire du jean *skinny* Diesel et des bottines Isabel Marant.

— Je te demande si la place est occupée, insista l'étudiante.

Noelia enleva ses livres de la chaise.

— Non, excuse-moi.

— Je m'appelle Marta, enchantée.

— Noelia.

Marta s'assit à côté d'elle et sourit à Noelia, ce à quoi elle n'était pas habituée. Depuis qu'elle avait découvert le sexe et le pouvoir qu'il lui donnait sur les hommes, elle avait perdu toutes ses amies, qui l'avaient très vite considérée comme une pestiférée.

Elles se firent la bise, et Noelia eut la certitude que le parfum qu'elle portait coûtait également une fortune. Pour la première fois de sa vie, elle se sentit insignifiante face à une autre fille de son âge.

— Tu es de Madrid ? demanda Marta.

— De Cercedilla, un village dans la montagne. Et toi ?

— Je suis née à Bilbao, mais je vis ici depuis l'âge de trois ans. Tu retournes tous les soirs dormir dans ton village ?

— Ah non, pas du tout ! s'exclama Noelia. Par chance, j'ai pu obtenir une chambre à la résidence universitaire.

— Moi je loue un appartement.

En réalité, l'appartement de Marta était un duplex de cent vingt mètres carrés avec une terrasse de quarante, décoré avec beaucoup de goût et bénéficiant d'une vue sur le parc de l'Ouest. Dès le début de l'année universitaire, des fêtes avaient eu lieu, et beaucoup d'entre elles s'étaient terminées chez Marta. L'une des premières auxquelles Noelia avait participé avait été organisée par des élèves de la faculté de médecine. Si les citoyens lambda savaient ce que font certains de leurs futurs médecins sous l'effet de l'alcool et des drogues, ils passeraient tout de suite à l'homéopathie. Une vingtaine de praticiens en herbe s'étaient ensuite retrouvés dans le duplex de Marta. Noelia devint vite la cible prioritaire de quatre d'entre eux, dont deux aspirants respectivement vétérinaire et podologue.

— Le problème, dit-elle à Marta dans les toilettes tandis qu'elle préparait deux rails de cocaïne sur le lavabo, c'est que c'est le podologue qui m'excite le plus.

— Et ?

— Et je me suis cassé la gueule devant lui à cause des chaussures que tu m'as prêtées.

Elles éclatèrent de rire.

— Peut-être que ça l'excitera grave de te les enlever.

Marta sortit un petit tube en métal de son sac Prada et sniffa l'un des deux rails. Elle le passa à Noelia, qui se baissa pour sniffer à son tour. La coke commençait à faire effet lorsque Marta lui prit les fesses à pleines mains.

— On t'a déjà dit que tu avais le plus beau cul de tout Madrid, Noe ?

Noelia se retourna, surprise. Elle ne l'avait jamais fait avec une jeune femme, mais elle savait que tôt ou tard cela arriverait. Elle se masturbait très souvent en y pensant et elle sut que le moment de réaliser l'un de ses fantasmes était venu. Et qui de mieux pour ça qu'une femme de la classe de Marta ?

— Ah, je croyais que c'était le tien, dit-elle, provocante.

Marta se suça le doigt et ramassa les restes de cocaïne sur le lavabo. Elle le posa sur les lèvres de Noelia, qui l'aspira et le lécha en regardant Marta droit dans les yeux. Quand celle-ci retira son doigt, leurs lèvres se rapprochèrent. Ce premier baiser sembla si étrange à Noelia qu'elle faillit repousser son amie. Marta la retint par le cou. Alors, Noelia se laissa porter. Elles s'embrassèrent et se caressèrent jusqu'à ce que Marta s'écarte, quelques boutons de sa blouse déjà détachés.

— Tu veux que nous appelions ton podologue pour qu'il se joigne à la fête ?

— Un autre jour, haleta Noelia, excitée.

Elles se déshabillèrent en vitesse. Le corps de Marta n'était pas aussi parfait que celui de Noelia et, pour la première fois, son amie lui donna l'impression de manquer de confiance en elle.

— C'est tellement injuste que tu sois si bien foutue alors que tu ne vas même pas à la salle de sport... déclara Marta.

— Baiser me maintient en forme, dit Noelia en souriant.

Elle mordilla les tétons de Marta, puis descendit en déposant des baisers de son ventre jusqu'à son sexe parfaitement épilé. Le seul truc qui gâchait sa peau blanche était un caractère chinois tatoué au niveau de l'aine. Noelia s'arrêta deux secondes et sourit en se rappelant qu'un gars de son village avait passé la moitié de sa vie en croyant qu'il s'était tatoué sur le bras une réflexion profonde de Sun Tzu extraite de *L'Art de la guerre*, jusqu'à ce que le propriétaire du restaurant chinois lui explique que c'était le nom d'un plat traditionnel de Canton.

— Quelque chose ne va pas ? s'inquiéta Marta.

Noelia se concentra à nouveau sur sa petite fente et y plongea la bouche, de la même manière qu'on le lui avait fait des centaines de fois. Même si, au début, la saveur salée lui avait semblé forte, elle s'y était vite habituée. Marta jouit contre ses lèvres, trempée.

— Tu as le goût de ma chatte, lui dit-elle lorsque Noelia, qui s'était relevée, l'embrassa à pleine bouche.

— Tu aimes ?

— Ça me rend folle.

Marta l'avait retournée, Noelia avait appuyé ses mains sur le miroir, et une brume de buée et d'excitation s'était formée autour d'elles. Son amie s'était agenouillée et avait couvert de baisers chaque centimètre de sa peau avec gourmandise, ce qui, de manière surprenante, avait provoqué en Noelia un orgasme très soudain.

Quand elles étaient sorties de la salle de bains, plus d'une heure après, il n'y avait plus aucune trace des médecins, vétérinaires ou podologues.

25

Le capitaine Ramos s'assit à la table de réunion autour de laquelle se tenait son équipe, désormais plus nombreuse : les lieutenants Iván Moreno et María Ortega et les agents Lucía Navarro et Óscar Jimeno ont été rejoints par cinq autres agents.

Quatre jours se sont déjà écoulés depuis que Ramón Fonseca s'est rendu. Ce qui signifie que dans trois jours, un otage sera exécuté. La tension se lit sur les visages. Et pas seulement parce que tous savent que cette affaire constituera un tournant dans leur carrière, qu'il y aura un avant et un après. Trois vies sont en jeu.

— Quelqu'un a-t-il une bonne nouvelle à m'annoncer ? demande Ramos. Moreno ?

— Rien, chef. Le vieux reste muet et il semble que nous n'arriverons pas à lui faire avouer le lieu où se trouvent les otages… du moins de son plein gré.

— Nous n'avons rien pour lui mettre la pression ?

— Légalement ? demande Moreno.

— Je n'envisage pas d'autre manière ! assène Ramos avec fermeté.

— Alors non. Il est devenu veuf peu après l'arrestation de son fils et il n'a plus d'autre famille. C'est un homme qui n'a rien à perdre.

— Continue à chercher. Personne au monde n'est aussi seul ni aussi isolé.

— Et si on commençait à l'interroger vingt-quatre heures sur vingt-quatre jusqu'à ce qu'il s'effondre ? demande prudemment Ortega.

— Tu sais aussi bien que moi que la privation de sommeil est une torture, María, réplique Ramos en secouant la tête.

— Ce que Fonseca fait en ce moment aux trois otages en est aussi.

Le capitaine Indira Ramos doute. Jamais elle ne permettrait que l'on malmène ainsi un détenu, mais la situation est désespérée et la vie de trois personnes est en jeu.

— Laisse-nous essayer pendant quelques jours pour voir si nous en tirons quelque chose, chef, insiste Moreno.

Le capitaine pousse un long soupir dépité.

— C'est d'accord. Mais que l'on ne touche pas à un seul de ses cheveux, c'est bien compris ?

Tous acquiescent, surpris d'avoir obtenu son accord.

— Toi, qu'est-ce que tu as trouvé ? reprend Ramos en regardant l'agent Lucía Navarro.

— Je n'ai toujours pas pu enquêter à fond sur la vie des trois otages, mais *a priori* ce sont des gens normaux. Juan Carlos Solozábal est un avocat de quarante ans condamné une seule fois pour outrage parce qu'il avait défendu avec trop de véhémence l'innocence d'un client ; Almudena García est une juge de presque soixante ans très respectée et réputée incorruptible ; quant à Noelia Sampedro, c'est une étudiante qui a de super notes.

— Vous avez vérifié si ce qu'a dit Ramón Fonseca est vrai, s'ils ont pu être achetés afin d'obtenir la condamnation de son fils ?

— Nous avons demandé une autorisation pour passer au peigne fin leurs comptes, intervient l'agent Jimeno, mais nous ne l'avons pas encore obtenue. Et il ne semble pas que la juge ait acheté un appartement à Valence.

— Je vais parler avec le commissaire afin qu'il fasse pression sur le juge, mais s'ils ont reçu de l'argent sale, je ne pense pas qu'ils l'aient déposé sur un compte en banque, déplore Ramos, avant de se tourner vers Iván Moreno : Débrouille-toi pour vérifier si ce qu'il nous a dit à propos du don qu'il aurait fait à l'église est vrai.

Le lieutenant acquiesce. Ramos interpelle alors Ortega :

— María, qu'as-tu trouvé au sujet du professeur de cuisine ?

— Il s'appelait Antonio Figueroa, répond Ortega en consultant ses papiers. Il est mort dans un accident de moto, six jours après Andrea Montero.

— Comment cela s'est-il passé ?

— Il a fait une sortie de route au niveau d'El Escorial en se dirigeant vers son restaurant de Galapagar.

— Cette route est chiante, commente un des agents venus en renfort. Il paraît que c'est la plus dangereuse de la région de Madrid.

Indira fronce les sourcils, pensive.

— J'ai besoin d'une théorie. Allez, pour une fois je vous laisse dire des conneries. Tout ce qui vous passe par la tête au sujet de la mort d'Andrea Montero.

— Je suppose que celle où son mari la tue avec un couteau de cuisine, on la met de côté, c'est ça ? ironise Navarro.

— Oui, imaginons un instant qu'il n'y est vraiment pour rien.

Pendant la demi-heure qui suit, les policiers parlent de la possibilité d'un vol, d'une tentative d'enlèvement et même de l'attaque d'une secte satanique, mais rien de tangible ne vient étayer aucune de ces hypothèses.

Après cette réunion frustrante, le capitaine Ramos et le lieutenant Ortega se rendent à Galapagar par la route qu'empruntait

Antonio Figueroa. Elles prennent conscience que si le professeur de cuisine d'Andrea Montero faisait quotidiennement le trajet à moto sur cette route, ce qui est étrange, c'est qu'il ne se soit pas tué avant.

— Maintenant que nous sommes ici, je t'invite à manger.

Le restaurant est une grande maison en pierre à la sortie du village. Le frère cadet du défunt les accueille. Il dirige désormais seul l'établissement. Il semble amer.

— Comment s'est passée la mort d'Antonio ? demande Ramos.

— Il devait rouler vite et il a fait une sortie de route au niveau de l'ancien pont du Retamar.

— Il aimait la vitesse ?

— Oui. Je lui avais dit plusieurs fois de faire attention, et encore plus la nuit.

— D'où venait-il ?

— Je n'en ai pas la moindre idée. Il avait appelé pour dire qu'il serait en retard parce qu'il avait un truc à faire à Madrid, mais je ne lui en avais pas demandé plus. C'était assez habituel.

Ramos ne dispose pas des effectifs et encore moins du temps nécessaires pour ouvrir un axe de recherche qui ne conduirait sûrement nulle part. Elle se retrouve à nouveau dans une voie sans issue.

26

Gustavo Burgos, ancien croupier du casino de Torrelodones, qui gagnait alors sa vie en travaillant dans des parties privées de poker, se leva de son siège à dix heures pile quand la rame laissa derrière elle la station Lavapiés. Son cœur battait de nouveau très fort, exactement comme la nuit précédente à la même heure. L'idée était d'aborder la juge García dès qu'elle monterait au métro Sol, de prendre l'argent puis de faire un changement à Callao, de se rendre à Alonso Martínez où il prendrait un autre métro qui l'emmènerait jusqu'à Ventas. Une fois arrivé là-bas, il préparerait sa valise et profiterait de vacances bien méritées. Mais ses plans tombèrent à nouveau à l'eau : la juge n'avait pas tenu parole. Le croupier sortit son portable et composa son numéro, irrité au plus haut point. Répondeur.

Son indignation était si grande qu'il avait oublié de prendre des précautions et n'avait pas vérifié si on le suivait. Deux hommes marchaient à quelques mètres de lui, si près qu'ils pouvaient l'entendre râler, totalement hors de lui :

— Sa mère la pute… Cette salope ne sait pas à qui elle a affaire ! Je vais lui ruiner sa putain de vie !

Il marchait d'un pas vif, la tête rentrée dans les épaules, quand une voiture s'arrêta à ses côtés dans un grand coup de frein. Les deux hommes qui le filaient l'immobilisèrent avec un Taser et le poussèrent à l'arrière de la voiture avant de s'y installer. La résistance du croupier fut vaine face à ces tueurs chevronnés.

Ils l'emmenèrent dans un hangar industriel des environs de Madrid et l'attachèrent à une chaise métallique. L'un des deux types qui l'avaient suivi s'assit face à lui et l'écouta pleurer et le supplier de ne pas le tuer.

— T'es déjà mort, lui dit-il froidement, avec un accent inquiétant des pays de l'Est. Tu peux seulement décider comment tu veux que ça se passe, rapidement ou lentement. Nous, on a le temps.

— Ne me faites pas de mal, s'il vous plaît... hoqueta le croupier entre deux sanglots.

— Maintenant tu dois nous dire où sont les copies des photos.

— Je ne sais pas de quelles photos vous parlez.

Un violent coup de poing lui fit exploser l'arcade gauche. Une larme mêlée de sang coula sur sa joue, mais ce n'était pas seulement l'effet de la douleur : il bouillait de rage et de frustration, car il comprenait qu'il avait eu à portée de main la vie dont il avait toujours rêvé et que celle-ci lui avait filé entre les doigts.

— Comme je disais, poursuivit le tueur, nous voulons les photos. Toutes. Si tu nous dis où elles sont et que nous vérifions que tu ne mens pas, ce sera rapide. Mais si tu essaies de jouer avec nous...

Il marqua une pause et fit claquer sa langue.

— ... alors nous aussi on jouera avec toi.

Le cadavre de Gustavo Burgos fut retrouvé trois jours plus tard sur un terrain vague. Il avait été torturé et sauvagement mutilé avant d'être exécuté d'une balle dans la nuque. Les enquêteurs conclurent que, quoi qu'on ait tenté d'obtenir de lui, on y était parvenu.

L'estomac de la juge Almudena García se serra quand elle lut dans le journal qu'un certain Gustavo Burgos avait été assassiné. Elle n'était pas fière d'avoir permis que l'on tue un homme, et encore moins de manière cruelle, mais c'était lui qui avait décidé de se fourrer dans ce guêpier.

Les jours qui suivirent l'assassinat, nerveuse et préoccupée, elle était convaincue qu'on finirait par l'arrêter et que sa vie serait anéantie. Mais rien de tout cela n'arriva. La semaine suivante, elle croisa au tribunal le policier qui menait l'enquête sur la mort du croupier, qui lui confirma que l'affaire était classée, faute de preuves – un des nombreux règlements de comptes qui surviennent dans le milieu. Ce fut seulement à partir de ce moment-là qu'elle put se concentrer vraiment sur son principal dossier en cours.

Tout indiquait que Gonzalo Fonseca avait tué sa femme avec un couteau de cuisine, mais quelque chose ne collait pas. Elle savait d'expérience que si quelqu'un semblait coupable, en général il l'était ; or Fonseca ne le semblait pas. Les enquêteurs avaient le scénario, le meurtrier, la scène de crime, les preuves, mais il leur manquait le plus important : le mobile.

Tous les témoins qui se présentèrent à la barre assurèrent que Gonzalo Fonseca et Andrea Montero formaient un couple parfait. Aucun, même parmi les plus proches de la femme assassinée, n'avait fait part du moindre problème avec son mari… Jusqu'à l'apparition de ce témoin surprise, Noelia Sampedro, qui affirma avoir été présente au même moment que le couple dans un hôtel et avoir vu Fonseca gifler sa femme, pile quelques heures avant l'assassinat. La juge avait pris cette déposition opportune avec des pincettes, car la jeune femme n'avait aucune preuve qui aurait pu étayer sa déposition – les bandes de vidéosurveillance de l'hôtel avaient été effacées des mois auparavant. Par ailleurs, aucun document n'attestait la présence d'Andrea Montero ou de Gonzalo

Fonseca dans cet hôtel. Toutefois, après avoir parlé pendant deux heures en tête-à-tête avec Noelia Sampedro, Almudena García s'était rendu compte que cette dernière n'avait absolument rien à gagner à mentir. Lorsqu'elle posa une question à l'accusé à ce sujet, sa réponse la déconcerta :

— Je ne nie pas le fait qu'elle ait pu voir un couple se disputer, mais je vous assure que ce n'était pas nous. Pourquoi serions-nous allés dans cet hôtel alors que notre maison se trouve à moins d'un kilomètre de là ?

Les doutes de la juge augmentèrent à mesure que les témoins défilaient à la barre et le procès, qui aurait dû être rapide en raison du poids des preuves présentées par le ministère public, se prolongeait plus que prévu.

Son stress augmentait également, car pendant plusieurs semaines, elle dut renoncer aux parties de poker qui lui permettaient de se sentir bien. Une nuit, elle ne put se retenir et se présenta à la porte de la suite du palace. Elle s'installa à la table avec l'acteur qu'elle avait déjà plumé, une chanteuse d'opéra, un banquier chinois, deux hommes d'affaires qu'elle ne connaissait pas et Sebastián Oller.

Quand elle sortit sur la terrasse pour fumer une cigarette, le chef d'entreprise l'accompagna.

— Quelle nuit fantastique, n'est-ce pas ?

— J'aimerais avoir de meilleures cartes, répondit la juge.

— À qui le dites-vous ! Mais pour attirer la chance, il faut l'alimenter ; et vous avez loupé pas mal de parties...

— J'ai été très occupée.

— Je sais. J'aime me renseigner sur les occupations de mes amis...

La juge le regarda, essayant de déceler si ses mots avaient un double sens. Oller soutint son regard et elle comprit que oui.

— Quelque chose ne va pas ?

— Je crains que ce soit le moment de me renvoyer l'ascenseur...

27

Les cinq jours d'interrogatoire commencent à marquer Ramón Fonseca. Il y a de nombreuses manières de torturer et elles ne requièrent pas toutes l'usage de la force ; la privation de repos, par exemple. À partir de vingt-quatre heures sans sommeil, les premiers troubles se manifestent : mal-être corporel, irascibilité, épuisement... Juste après, ce sont les dégâts neurologiques qui apparaissent, à travers l'extinction des réflexes ou l'allongement du temps de réaction. Enfin, les altérations métaboliques peuvent provoquer des symptômes semblables à ceux de la schizophrénie – délires ou hallucinations. Ramón Fonseca est comme ivre, mais il a encore assez d'énergie pour ne pas révéler où il a enfermé les trois otages. Scénario immuable : à chaque fois qu'il ferme les yeux, la porte de la salle d'interrogatoire s'ouvre de nouveau.

Le lieutenant Moreno place un papier face au vieil homme et attend en silence que la curiosité le gagne.

— Si vous espérez que je lise un truc, dit Ramón Fonseca après quelques secondes, vous devriez augmenter la taille des caractères. Ma vue est fatiguée et je jurerais que l'absence de sommeil ne lui fait pas de bien.

— Ce sont les notes de Noelia Sampedro. Sa mère vient tout juste de nous les envoyer. Si vous voulez, je vais vous les lire, moi : analyse d'images, très bien ; art contemporain espagnol, bien ; droit de la communication audiovisuelle, très bien ; photographie, félicitations du jury…

— Où voulez-vous en venir ? l'interrompt le vieil homme.

— Au fait que je ne vous crois pas assez con pour ôter la vie à une jeune fille qui a un avenir si brillant devant elle.

Les mots du policier mettent Ramón Fonseca mal à l'aise, mais il continue de se montrer ferme.

— Si vous ne voulez pas qu'elle meure, vous devriez chercher l'assassin de ma belle-fille au lieu de rester ici à perdre du temps.

— Dites-moi où ils sont et je vous jure sur ma vie que je me consacrerai corps et âme à trouver qui l'a fait.

— Je ne peux pas vous faire confiance.

Si on avait donné un euro à Iván Moreno à chaque fois qu'on lui avait dit ça, il serait riche maintenant. Quelqu'un qui naît dans un quartier pauvre où les délinquants font la loi et qui décide de devenir flic doit s'habituer au mépris et à la méfiance. Quand il avait quatorze ans, il s'était laissé entraîner par des jeunes un peu plus grands pour transporter des boulettes de haschisch dans son sac de classe et, les deux années suivantes, il l'avait fait tant de fois qu'il avait très vite perdu la notion de danger. Mais il avait suffi qu'un professeur fasse pression sur quelques gamins pendant la récréation pour qu'ils balancent qui leur avait vendu le shit.

Un mardi matin, un jeune à l'allure désinvolte attendait Iván appuyé sur une voiture, en face de chez lui. Il savait qu'il n'était pas du quartier, car il ne l'avait jamais vu, et puis il y avait surtout ces Air Jordan flambant neuves à ses pieds : une personne du quartier qui n'était pas dans le trafic ne pouvait pas se les offrir.

— T'es Iván, c'est ça ?

— Et toi t'es qui, putain ?

— Je m'appelle Daniel Rubio. Je suis aux Stups.

— Toi t'es flic ? Mon cul ! ricana Iván, sur la défensive.

Daniel sortit son portefeuille de la poche arrière de son pantalon et lui montra sa carte. Iván resta de marbre, non à cause de ce qu'il risquait, mais parce qu'il ignorait que des policiers pouvaient avoir cette allure jeune, avec des Nike dernier cri, des jeans troués et un tee-shirt Quiksilver.

— Nous savons que c'est toi qui fournis le shit au lycée, Iván.

— C'est faux.

— Nous avons des preuves.

— Quelles preuves ?

Rubio sortit un Nokia 7650, le premier portable avec appareil photo incorporé, et lui montra plusieurs photographies sur lesquelles on le voyait traficoter avec des camarades. Iván avait ouvert des yeux ronds, mais ce n'étaient pas les images de son délit qui l'intéressaient :

— Putain, truc de fou ! Je peux faire une photo ?

La manière dont Iván s'amusa à prendre des photos, sourire jusqu'aux oreilles, lui évita probablement de finir en maison de redressement. Daniel Rubio, qui avait grandi en cité lui aussi, s'était immédiatement identifié à lui.

— Nous savons qui te fournit le shit, Iván. Nous avons juste besoin que tu témoignes contre lui, et tu ne seras pas poursuivi.

— Oublie, dit-il en lui rendant son téléphone. Je ne suis pas une balance.

— Tu préfères payer à leur place, alors qu'ils se gavent sur ton dos ?

— Ne me demande pas ça, mec. Toi, tu vas te barrer après, et sans doute que tu ne reviendras plus jamais dans ce quartier ; mais moi, je devrai vivre ici jusqu'à ma mort.

Rubio capta un appel à l'aide dans le ton de sa voix et, sans savoir pourquoi, il décida de lui tendre la main.

— Que me donnes-tu en échange si j'efface ces photos ?

— Je n'ai pas d'argent.

— Je ne veux pas d'argent, ni que tu balances qui que ce soit, mais tu vas me jurer d'arrêter le trafic et de continuer d'étudier. Tu n'as aucun antécédent, tu peux encore t'en sortir sans problème.

— Je suis trop nul à l'école.

— Eh bien, commence à penser à une façon de gagner ta vie, mec, parce que si tu continues comme ça, tu iras directement en prison.

Non seulement Iván avait été surpris de rencontrer un flic comme Daniel, mais surtout qu'il l'aide de manière désintéressée. Comme pour le remercier de ce qu'il avait fait pour lui, il avait suivi ses pas. Quand il sortit de l'école de police et se présenta avec son uniforme flambant neuf, Daniel sourit.

— Il te va super bien.

— Tu trouves ? Moi j'aime pas trop. J'ai l'impression d'être déguisé. Que faut-il faire pour être en civil ?

— Chercher un poste qui te le permettra.

Daniel lui parla des Stups, mais c'étaient les crimes qui attiraient Iván. Pendant six ans, les deux amis suivirent des chemins différents : si Iván se plaisait tous les jours un peu plus dans la profession qu'il avait choisie, jusqu'à atteindre le grade de lieutenant, Daniel sombrait petit à petit du côté obscur. Frustré de côtoyer depuis si longtemps la misère et les gamins qui foutaient leur vie en l'air pour des caïds qu'il ne parvenait presque jamais à arrêter, il avait commencé à se prendre pour un justicier solitaire. Plus franchement contraint à la légalité. Iván avait essayé de le prévenir, en vain. Et surtout, Daniel était sans s'en rendre compte devenu accro à certaines des substances qu'il traquait comme policier.

L'extravagante capitaine Indira Ramos montait son équipe, et Iván l'intégra. Malgré les bizarreries de sa chef, les premiers mois se déroulèrent sans accroc. Puis, un jour, un homme fut retrouvé exécuté dans un de ces squats où les dealers trafiquent et les drogués se shootent. Le destin avait-il voulu que les chemins de Daniel et Indira se croisent ? Le capitaine Ramos comprit tout de suite que le coupable était un dealer qui avait ses habitudes dans le quartier, mais on n'avait pas assez de preuves contre lui. Daniel, excédé de le voir passer sans cesse entre les mailles du filet, décida de modifier la scène de crime. Indira Ramos s'en rendit compte. Elle resta sourde aux suppliques du lieutenant Moreno et, même si au fond cela était douloureux pour elle, dénonça Daniel Rubio. Celui qui avait réussi à remettre la vie d'Iván sur de bons rails, et qui était devenu son meilleur ami, fut suspendu de ses fonctions, de son salaire, puis jugé et finalement révoqué.

Iván s'extrait de ses souvenirs.

— Vous êtes-vous déjà dit qu'il l'avait peut-être fait ? demande-t-il à Ramón Fonseca.

C'est la question que Ramón s'est posée le plus de fois au cours des derniers mois – et sûrement de toute sa vie.

— Je ne suis pas stupide, lieutenant. Je sais très bien que les proches de nombreux assassins sont les derniers à se rendre compte de leurs penchants criminels, mais je vous assure que Gonzalo n'est pas comme ça.

— Comment le savez-vous ?

— Parce que je l'ai élevé et qu'il n'a jamais eu la moindre réaction violente.

— Cela ne prouve rien. Cela s'est peut-être produit lors d'un accès de folie, il se peut qu'il ait perdu le contrôle lors d'une dispute et qu'il ait simplement eu le couteau à portée de main. Personne ne dit qu'il ne s'en est pas voulu juste après l'avoir fait.

— Dans ce cas-là, il se serait suicidé.

— Ce n'est pas si simple que ça.

— Bien évidemment que non, et il n'en aurait peut-être pas eu le courage, mais alors il aurait avoué et accepté sa punition. Gonzalo nous a regardés dans les yeux, sa mère et moi, et nous a juré qu'il était innocent. Et quoi qu'on me dise, je le crois.

Moreno décide d'arrêter d'insister. La bataille est perdue d'avance.

— À quelle église avez-vous fait don de l'argent que vous avez prétendument pris à Noelia Sampedro ?

— Je vous ai déjà dit que je ne m'en souviens pas.

— Cela ne me convient pas, Fonseca. Cherchez bien dans votre mémoire.

— C'était près de la calle Serrano.

Le lieutenant Moreno note l'information, tout en y accordant une crédibilité limitée.

— J'ai le regret de vous dire que nous sommes certains que la juge Almudena García n'a acheté aucun appartement en liquide à Valence.

— Vous avez vérifié si elle ne l'a pas mis au nom de son fils ?

Le flic s'irrite que le vieux mène l'interrogatoire, mais sa remarque est sensée.

— Comment avez-vous prévu de tuer les otages ?

— Si cela se produisait, je vous assure qu'ils ne souffriraient pas.

— Vous devez nous accorder quelques jours de plus, monsieur Fonseca. Vérifier toutes ces données ne se fait pas d'un claquement de doigts.

— Je suis désolé, mais je ne peux plus arrêter quoi que ce soit.

Vous avez perdu trop de temps et vous devrez en assumer les conséquences.

Après avoir visité trois églises sans succès, le lieutenant Moreno entre dans la paroisse du Santísimo Cristo de la Salud, située calle Ayala, presque à l'angle de la calle Serrano. Le curé lui confirme qu'en effet, quelques jours auparavant, quelqu'un a laissé une enveloppe de vingt mille euros et qu'il en a déjà informé les autorités. Après avoir passé un appel et reçu confirmation, Moreno va faire un tour au cadastre. On lui apprend qu'il y a quelques semaines, le fils de la juge García a acheté un appartement à Valence, près de la plage de la Malvarrosa. Il sera plus compliqué de vérifier que l'avocat préparait sa fuite du pays, mais au vu des derniers éléments, Moreno n'en doute plus.

28

Lorsque Juan Carlos Solozábal avait annoncé aux parents de Gonzalo Fonseca qu'il ne parviendrait pas à faire acquitter leur fils pour l'assassinat de son épouse, et qu'ils devaient se préparer à une condamnation, Nieves, la femme de Ramón, avait commencé à s'essouffler, avait porté sa main à sa poitrine et s'était écroulée sur le bureau. Crise cardiaque foudroyante, les secouristes n'avaient rien pu faire.

Gonzalo bénéficia d'une autorisation de sortie extraordinaire pour assister à l'incinération de sa mère, mais son avocat avait eu beau insister, il n'avait pas obtenu qu'on lui enlève les menottes.

— Laissez-le embrasser son père, au moins, demanda Juan Carlos Solozábal aux gardiens qui escortaient Gonzalo.

— Si cela ne tenait qu'à moi, je lui enlèverais les menottes immédiatement, croyez-moi, répondit l'un d'entre eux avec sincérité. Mais on nous a dit que nous ne pouvions pas et on obéit aux ordres.

Jusqu'au lendemain des obsèques, Ramón Fonseca tut ce qui venait de se passer et ne prévint ni l'unique sœur de sa femme ni le peu d'amis qui lui restaient depuis qu'il était aux yeux de tous le père d'un assassin. Il garda l'urne contenant les cendres, avec l'intention de l'emporter à Málaga dès que Gonzalo pourrait l'y accompagner, même si l'avocat assurait que cela n'arriverait jamais.

— Ne me fais pas chier, gamin, lui dit le vieil homme avec une dureté inhabituelle. Nous avions placé tous nos espoirs en toi. Tu ne peux pas nous laisser tomber maintenant.

— Et si c'était lui, Ramón ?

— Je t'ai déjà dit mille fois que non, putain ! explosa-t-il. Mon fils est innocent et ton devoir est de le démontrer.

À compter de cette démission, Ramón Fonseca devint très aigri ; nuit et jour, il harcela l'avocat ainsi que les policiers qui avaient enquêté sur l'affaire, exigeant d'eux qu'ils retrouvent les véritables assassins de sa belle-fille.

Juan Carlos demanda un whisky sec au serveur du bar où il avait l'habitude de déjeuner et le but d'un trait. Quand on lui toucha l'épaule, il sursauta, effrayé. Quand il se retourna, quelle ne fut pas sa surprise de se retrouver face à Gianna Gallo.

— Gianna, que faites-vous ici ?

— Je suis désolée de vous avoir fait peur, mais je ne savais pas où aller...

— Pourquoi ? Que s'est-il passé ?

Elle ôta ses énormes lunettes de soleil, et Juan Carlos découvrit qu'elles cachaient un terrible bleu, à l'œil droit cette fois.

— Vous devriez porter plainte contre votre fumier de mari aujourd'hui même ! s'indigna-t-il.

— Vous ne savez pas ce que vous dites, répliqua l'Italienne. Si je faisais ça, ce soir je ne serais plus en vie.

— Si vous ne le faites pas, un de ces soirs on vous retrouvera morte.

Juan Carlos emmena Gianna à son bureau. Tout en essayant de

contenir le gonflement de son visage avec des poches de glace, ils discutèrent, tant et si bien qu'ils finirent par se tutoyer.

— Je ne comprends pas pourquoi tu t'es mariée avec Salvatore Fusco. Tu aurais pu te mettre en couple avec n'importe qui !

— C'est Salvatore qui m'a choisie et non l'inverse.

— Et pourquoi n'as-tu pas refusé ?

— Si seulement j'avais pu... Mais mon frère faisait affaire avec lui en Italie et ils sont parvenus à un... *accord.*

— Et malgré ça tu le défends encore ? demanda Gonzalo. Vincenzo a bousillé ta vie, Gianna. Tu devrais souhaiter le voir croupir en prison.

— Ne dis pas ça ! Même s'il a commis des erreurs, c'est ma famille.

Devant tant de compassion, Juan Carlos, partagé entre désir et chagrin, baissa la garde encore un peu plus. Il savait que ce terrain-là était dangereux, mais il ne put se retenir et s'avança pour embrasser la femme de Salvatore Fusco. Dès que leurs lèvres se frôlèrent, Gianna recula. Même si elle le désirait, elle ne pouvait oublier le contexte qui était le sien.

— Si jamais Salvatore l'apprenait...

— Tu imagines bien que je ne lui dirai rien.

Juan Carlos se pencha de nouveau vers elle.

— Attends ! l'arrêta-t-elle. Tu devrais bien réfléchir avant de franchir le pas, Juan Carlos. Si jamais mon mari avait le moindre soupçon, il enverrait Adriano pour nous tuer tous les deux. Tu ne sais pas ce dont cet homme est capable.

— Je sais que cela n'est pas très malin mais je meurs d'envie de t'embrasser. Pas toi ?

Gianna regarda l'avocat en silence, essayant de lutter contre l'attirance qu'elle ressentait depuis le jour où elle avait fait sa connaissance. Elle mourrait de honte s'il s'en rendait compte, mais depuis leur première rencontre, elle rêvait qu'il était l'homme qui parviendrait à la sauver. Lors d'une récente visite en Italie, elle s'était même déplacée à Terni, à une centaine de kilomètres de Rome, pour déposer un cierge dans la basilique Saint-Valentin et demander à celui-ci, dont les restes reposent là-bas, de l'aider à rendre Juan Carlos amoureux.

Finalement, elle hocha la tête et posa ses lèvres sur celles de l'avocat.

29

Lors des premières séances avec son psychologue, il a été impossible pour Indira Ramos de se concentrer sur autre chose que sa chevelure décoiffée, sa barbe mal taillée ou les bouloches sur son pull. Peu à peu, elle s'y est habituée et ce bureau est devenu l'unique endroit où elle parvient à se libérer momentanément de ses manies et de ses obsessions.

— N'étions-nous pas convenus que tu devais mettre en place ta routine si tu te retrouvais dans une situation stressante ?

— Ce mur était un vrai chaos et je n'ai pas pu me retenir. Il était couvert de cadres et de photographies mal agencés et pas du tout alignés.

— Et alors ? Ce n'était pas ton mur, c'était celui du juge ! Je croyais que nous avions le contrôle sur ce genre de truc, Indira. Y a-t-il quelque chose qui te perturbe ?

— Je ne sais pas par quoi commencer, souffle Indira. Il y a quelques jours, j'ai tiré sur un gars, un narcotrafiquant colombien.

— Tu l'as tué ? demande prudemment le psychologue.

— Je l'ai juste estropié. Je lui ai tiré dans la main alors qu'il s'apprêtait à buter un collègue, et le juge me fout pas mal de pression. Mais le pire, ce sont ces prises d'otages.

— C'est toi qui t'occupes de cette affaire ?

— Ramón Fonseca l'a demandé expressément, répond-elle en acquiesçant de la tête. Et demain, nous arrivons au terme qu'il a fixé pour la mort de l'un des otages.

Le psychologue fait claquer sa langue, contrarié.

— Eh bien... Je suppose que cela n'aide pas beaucoup à garder le contrôle de soi.

— Non, non, pas vraiment. Et s'il n'y avait que ça...

Indira détourne le regard, légèrement honteuse.

— L'autre nuit, j'ai fait un rêve.

— Un rêve du style « J'ai gagné à l'Euromillions » ?

— Non, un rêve du style « Fous-la-moi bien au fond ».

Le psychologue se redresse sur sa chaise.

— Eh bien, en voilà une nouveauté ! Avec quelqu'un en particulier ?

— C'était un homme lambda. Je ne le connaissais pas.

— Cela fait combien de temps que tu n'as pas eu de relation sexuelle, Indira ?

Indira ne s'est jamais sentie à l'aise pour parler de sexe. Elle peut compter sur les doigts d'une main les amants qu'elle a eus. S'offrir à une autre personne lui semble désormais impensable, mais il n'en a pas toujours été ainsi. Elle a perdu sa virginité à dix-sept ans avec son premier fiancé, rencontré au lycée et qui jouit aujourd'hui d'une relative popularité en tant que journaliste sportif. Plus qu'un amour romantique, il s'agissait d'un amour fraternel. La première fois qu'elle était vraiment tombée amoureuse, c'était au cours de sa formation pour devenir officier de police.

Ce choix de carrière surprit sa famille, d'autant plus qu'Indira venait de réussir le concours d'instituteur. Tout le monde crut que c'était une lubie, qu'elle n'irait pas au bout, d'autant que les épreuves d'admission étaient très dures. Mais Indira déjoua les pronostics et entra à l'Académie d'Ávila pour deux ans. À son arrivée, elle découvrit, gravée sur le mur en grosses lettres, la devise qui allait désormais régir sa vie : « Dans ce lieu s'allume la lumière qui demain devra être le souffle de la police : service – dignité – dévouement – loyauté ».

Ce fut là qu'elle rencontra María Ortega. La jeune femme de Santander aux cheveux cuivrés était sa camarade de chambre. María avait décidé de sortir de l'Académie au bout de six mois comme simple policière, et de tenter ensuite de gravir les échelons grâce à des promotions internes.

Indira n'était pas très populaire. Tout le monde, y compris María, la trouvait *bizarre*. En particulier un de ses formateurs, Sergio Ginestal, auquel elle avait balancé un coup de pied dans les couilles lors d'un cours d'autodéfense, ce qui lui avait valu un avertissement.

Le week-end, ses camarades restaient à l'Académie pour récupérer après avoir profité de la vie nocturne d'Ávila. Indira faisait des escapades touristiques dans les environs. Au cours de l'une d'entre elles, tandis qu'elle admirait *Le Martyre de saint Maurice*, une œuvre magnifique du Greco conservée au monastère de Saint-Laurent-de-l'Escurial, elle était tombée sur Sergio Ginestal. Chacun avait été surpris que l'autre apprécie l'art. Après avoir commenté certains aspects de la peinture, ils avaient décidé d'enterrer la hache de guerre et étaient partis manger ensemble. Une bonne discussion et une bouteille de ribera-del-duero avaient fait le reste. Le samedi, Indira devait être à l'Académie avant deux heures du matin si elle ne voulait pas s'exposer à une sanction, aussi leur première nuit d'amour s'interrompit-elle alors qu'ils avaient à peine passé une heure dans la chambre d'un modeste hôtel du centre d'Ávila.

— Tu es sûre que tu ne veux pas que j'appelle pour qu'on te donne une permission de nuit ? demanda Sergio en la regardant s'habiller à la hâte.

Rien n'aurait davantage plu à Indira que de passer la nuit entière avec le formateur le plus séduisant de l'Académie, mais elle avait une volonté de fer, et elle savait qu'il y aurait d'autres occasions.

— Certaine. Cette semaine j'ai un examen de médecine légale. Demain, je veux me lever tôt pour étudier.

Pendant les six mois suivants, Indira et Sergio se virent dans la même chambre d'hôtel. Indira crut avoir trouvé l'homme de sa vie, mais quand elle s'aperçut qu'elle n'était pas la seule élève qu'il mettait dans son lit, elle lui donna un second coup de pied dans les couilles.

Après cette histoire, elle eut trois aventures, sans rien ressentir de sérieux. Cela faisait deux ans qu'elle était lieutenant à la Criminelle quand elle rencontra Alejandro, un avocat de trente ans, alors qu'elle déposait lors d'un procès pour meurtre au cours duquel il défendait l'accusé. Ensemble, ils avaient passé les trois meilleures années de leur vie. Mais, alors qu'ils envisageaient de se marier et qu'elle menait une enquête sur l'assassinat d'une infirmière, tout foira.

Il était clair pour Indira que le coupable était un ex-fiancé et collègue que l'infirmière essayait d'éviter depuis plusieurs semaines. Elle se présenta chez lui, mais l'homme s'échappa par la fenêtre du second étage, puis s'enfonça dans les égouts. Elle hésita entre le suivre et demander des renforts. Elle commit l'erreur de le suivre.

Depuis toute petite, elle était maniaque. Aussi se mit-elle à paniquer au milieu des détritus et des rats. Elle essaya de retrouver la sortie, mais, au bout de quinze minutes à parcourir le cloaque de Madrid, elle était complètement désorientée. Elle n'entendit pas le suspect approcher d'elle dans son dos. Elle sentit un coup de fouet au niveau de ses lombaires et tomba dans une sorte de fosse septique, où la merde s'accumulait depuis des années. Quand elle fut secourue, alors qu'elle était sur le point de mourir intoxiquée, Indira Ramos n'était déjà plus la même. Ses obsessions avaient été multipliées par mille et elle avait développé une crainte irrationnelle des virus et autres bactéries. Et plus jamais elle ne supporta qu'Alejandro la touche.

— Pas de sexe depuis… Depuis ce qu'il s'est passé, répond Indira à son psy. À peu près cinq ans. Ce rêve voudrait dire que je suis enfin prête ?

— Tu l'es ?

— Presque. Excepté dans des situations de grand stress, je ne perds plus le contrôle de moi-même.

— Il fait un peu chaud ici, non ?

Le psychologue enlève son pull et Indira découvre que sa chemise est mal boutonnée. Immédiatement, son regard s'accroche au bouton, mais, après avoir effectué sa routine mentale quelques secondes, elle est capable de sourire à son praticien.

— T'es un connard, tu le sais ?

Il lui sourit à son tour, tout en reboutonnant correctement sa chemise.

— Pas de doute, tu vas beaucoup mieux. Mais il ne faut pas te précipiter. Même s'il est évident que tu devras te lancer.

— C'est-à-dire ?

— Pourquoi pas un rendez-vous ou un dîner avec une amie, par exemple ? Cela te ferait du bien d'avoir des échanges avec quelqu'un et de parler de tout et de rien dans un bon restaurant.

30

Les rapports sexuels entre Noelia et Marta se limitaient à des fins de soirée au cours desquelles elles avaient abusé de la coke. Pour toutes les deux, c'était un soulagement de profiter de leurs corps sans se préoccuper de rien d'autre. Elles étaient simplement deux amies qui aimaient coucher ensemble de temps en temps.

Un soir de début décembre, Noelia se présenta chez sa copine. Marta tarda à lui ouvrir : elle n'apparut à la porte qu'après plusieurs coups de sonnette, assez embarrassée et vêtue d'une nuisette en soie presque transparente.

— Qu'est-ce que tu fais là ? demanda-t-elle, surprise.

— Le chauffage est en panne à la résidence universitaire et il fait un froid de canard. Je peux rester ici cette nuit ? Demain j'ai un exam et j'ai besoin de dormir un peu.

Marta hésita en jetant un coup d'œil vers l'intérieur de son appartement. Noelia se rendit compte qu'elle était arrivée à un moment inopportun et fit mine de s'en aller.

— T'es occupée, je comprends. Ne t'en fais pas, j'enfilerai deux paires de chaussettes pour dormir.

— Ne dis pas de conneries. Entre et attends-moi dans la cuisine. Mais ne fais pas de bruit, s'il te plaît.

Marta la saisit par le bras et l'enferma dans la cuisine. Noelia mangea des restes trouvés dans le frigo puis essaya d'étudier. Au bout d'une demi-heure, elle entendit des voix dans le salon et ne put résister. Elle entrouvrit la porte. Marta disait au revoir à un homme très bien habillé, attirant et bien conservé, mais qui devait avoir autour de la cinquantaine. Dès qu'il fut parti, Noelia referma la porte et courut à la table pour faire semblant d'étudier. Lorsque son amie entra, elle sourit innocemment.

— J'ai pris de la pizza et du Coca au frigo, j'espère que ça ne t'embête pas.

— Tu sais bien qu'ici, tu es comme chez toi.

Marta se servit un verre de vin blanc. Noelia mourait d'envie de lui poser mille questions, mais elle se retenait.

— Ma grand-mère disait que les choses que l'on garde pour soi finissent toujours par empoisonner l'existence... déclara Marta en se retournant vers elle.

— C'était qui, ce gars ? demanda Noelia de but en blanc.

— Un amant.

— T'as des amants de soixante ans ?

— Il a cinquante-deux ans, n'exagère pas. En plus, les hommes mûrs baisent mieux, ils sont vraiment plus cochons que les mecs de notre âge, qui matent leurs muscles dans le miroir et jouissent en deux minutes avant de retourner jouer à la PlayStation avec leurs copains.

— Tu le sors d'où ?

— Il y a quelques mois, j'ai eu besoin d'un avocat, improvisa Marta.

— Il est avocat ?

— Je viens de te le dire, putain ! s'emporta-t-elle, cassante.

Noelia comprit que Marta n'était pas très à l'aise avec le sujet ; elle ne répliqua pas.

— Si on regardait un film au lit ? proposa Marta pour faire redescendre la tension.

— Ça marche. Mais je te préviens, aujourd'hui, ma chatte n'est pas d'humeur à la fête.

— La mienne non plus, t'en fais pas, rigola Marta.

Même si pour Noelia la présence de cet homme chez son amie était vraiment très bizarre, elles n'en reparlèrent pas lors des semaines suivantes. Mais l'après-midi du réveillon de Noël, il se produisit quelque chose d'étrange, et elle commença à relier les indices entre eux.

Les deux amies étaient à une fête avec leurs camarades de classe, dans un bar près de l'université, quand le portable de Marta sonna. Le visage de la jeune femme changea complètement.

— Je sors tout de suite, dit-elle à son correspondant.

Elle raccrocha, ramassa ses affaires et laissa un billet de vingt euros sur la table. Elle salua l'assemblée puis expliqua que ses parents étaient venus la chercher.

— Attends, fit Noelia en se levant. J'aimerais bien les rencontrer.

— On est un peu pressés, Noe, s'agaça Marta.

— Juste une minute. Je suis très curieuse de faire leur connaissance.

— Je t'ai dit non, putain !

Marta se rendit compte de sa maladresse et se reprit :

— Excuse-moi, meuf. On s'est disputés parce qu'ils m'obligent à aller dîner avec mon oncle et ma tante. Tu feras leur connaissance un autre jour, OK ?

— OK.

— On se revoit après les vacances.

Marta l'embrassa, puis sortit du bar à toute vitesse. Noelia regarda à travers la vitre. Elle avait toujours imaginé le père de Marta en cadre supérieur avec chauffeur et costume en cachemire, et sa mère en femme élégante vêtue d'un vison, mais la réalité était bien différente : lui portait un jean, de vieilles baskets et un haut de survêtement floqué d'une marque de bière, elle un pantalon noir tout simple, des bottes premier prix et un pull à col roulé qui n'était plus à la mode. Pour couronner le tout, ils ne l'attendaient pas à côté d'une Jaguar flambant neuve, mais appuyés contre une vieille Ford rouillée dont le capot était d'une couleur différente du reste de la voiture. Avant de monter à l'arrière, Marta se retourna. Et croisa le regard de Noelia.

Pendant les vacances, les deux amies échangèrent à peine quelques messages de bonne année ; elles savaient toutes deux qu'une conversation les attendait.

Le 3 janvier, dans l'après-midi, Noelia se décida enfin et se présenta à l'improviste chez son amie.

— Le chauffage de la résidence universitaire ne marche toujours pas ? ironisa Marta.

Noelia était entrée sans attendre que Marta l'y invite. Cette dernière la regardait avec une certaine hostilité.

— Que se passe-t-il, Marta ?

— Je ne sais pas de quoi tu parles.

— Cet appartement, tes affaires, tes sacs qui coûtent des centaines d'euros et que tu renouvelles chaque mois… D'où sors-tu l'argent ? Et me dis pas que ce sont tes parents qui t'aident, parce que je les ai vus le jour où ils sont venus te chercher.

— Je fais des investissements.

— Ce gars, celui que tu présentes comme ton avocat, il te paie pour coucher avec lui, hein ?

— Ça, c'est pas tes affaires, lui lança Marta, sur la défensive. Casse-toi de chez moi, s'il te plaît.

— Je veux faire la même chose que toi.

— Ne dis pas de conneries, Noe. Continue ton bout de chemin et oublie ça.

— Moi aussi je veux avoir un appartement comme le tien, des fringues de luxe... Aide-moi.

— Tu sais ce que c'est que de se laisser tripoter par deux ou trois vieux chaque semaine ? demanda Marta, amère et désabusée.

— Je crois que je pourrai le supporter. Et si c'est pas le cas, j'arrêterai et fin de l'histoire.

Marta hocha lentement la tête. L'agence pour laquelle elle travaillait était continuellement à la recherche de nouvelles filles. Noelia était le type d'escort qui ne manquerait jamais de boulot.

31

Le capitaine Ramos n'a pas fermé l'œil de la nuit après la séance chez son psychologue. Elle n'est pas vraiment sûre d'être prête à se lancer dans une relation : la simple idée d'avoir des rapports intimes avec quelqu'un la rend malade. Elle n'a pas pu s'endormir avant six heures du matin. À presque dix heures, elle n'est toujours pas sortie de chez elle. Elle se prépare du thé dans sa cuisine aseptisée et passe en revue les hommes qui ont défilé dans sa vie lorsqu'on tape à sa porte. Un coup d'œil par le judas lui apprend que c'est le lieutenant Moreno. Elle se met aussitôt à stresser.

— Qu'est-ce que tu fous ici ?

Si Moreno était sincère, il lui dirait que, depuis qu'elle lui a sauvé la vie, il a commencé à poser un regard différent sur elle ; qu'il ne sait pas si c'est seulement la reconnaissance ou quelque chose de plus profond qui l'amène à penser à elle sans arrêt ; que même s'il aurait pu lui dire ce qu'il a à lui dire par téléphone, il n'a pas voulu laisser filer l'occasion de le faire de vive voix. Mais cela ne lui réussit pas trop d'être franc et direct, encore moins dans ce genre de situation.

— J'ai été étonné de ne pas te voir au commissariat et je voulais m'assurer que tout allait bien.

— Je te répète que je n'ai fait que mon devoir. Je n'ai pas besoin que tu veilles sur moi.

— Cela n'a rien à voir avec ce qu'il s'est passé chez Walter Vargas.

— Avec quoi alors ?

— Je peux entrer ?

Indira n'a d'autre choix que d'accepter. Elle lui demande d'enlever ses chaussures et de ne toucher absolument à rien. Moreno jette un coup d'œil autour de lui, surpris. Il ne s'attendait pas à se retrouver dans un endroit digne d'un magazine déco, mais pas non plus dans un salon avec seulement un canapé, un buffet, une table en plastique et sa chaise assortie.

— Belle maison, très accueillante, ironise-t-il.

— Qu'est-ce qu'il y a ?

— Je commence à croire que le vieux a raison et que Gonzalo Fonseca n'a pas tué sa femme.

— Et pourquoi ?

— La juge a acheté un appartement au nom de son fils à Valence et la jeune femme avait bien vingt mille euros en sa possession quand elle a été enlevée : le curé d'une église de la calle Ayala a confirmé ce que nous a dit Fonseca.

— Et l'avocat ?

— J'ai un peu plus de mal à prouver qu'il voulait quitter le pays, mais je n'ai plus aucun doute sur le fait que le vieux nous dit la vérité.

Ramos se gratte la joue, songeuse.

— Qu'est-ce que tu en penses, toi ? demande Moreno.

— Je ne sais pas, souffle-t-elle. D'un côté, on dirait un père désespéré qui n'accepte pas que son fils soit un monstre, mais de l'autre, j'ai une sensation très étrange, comme si quelque chose nous échappait. Et ce que tu viens de dire ne fait qu'accentuer cette impression.

— Mais nous n'avons rien.

— Non, nous n'avons rien.

Indira et Iván se regardent dans les yeux, comme si ce qu'il s'était passé avec Daniel sept mois auparavant avait tout à coup été effacé de leur mémoire. Tous deux se rendent compte que c'est la première fois qu'ils se retrouvent en tête-à-tête et, surtout, qu'ils ne détournent pas le regard alors qu'ils sont dans la même pièce.

— Je peux te poser une question personnelle ? dit-il enfin.

— Non.

Moreno ne tient aucun compte de son refus :

— Tu as toujours été aussi... *propre* ?

Indira a soudain envie de lui raconter son histoire, de lui dire qu'elle a eu une vie presque normale, avec une certaine prédilection pour le ménage et le rangement, mais qu'un jour elle a pris une mauvaise décision qui l'a transformée à jamais. Elle veut lui dire que depuis ce jour-là, ses excentricités, qui jusqu'alors faisaient d'elle une personne particulière, ont commencé à générer une profonde angoisse qui l'a conduite à repousser le moindre contact physique et à renoncer à toutes les bonnes choses qu'elle appréciait dans la vie quotidienne.

Mais elle se contente de répondre :

— Retournons au commissariat. C'est aujourd'hui que le délai fixé par Ramón Fonseca expire et nous devrions être là-bas avec le reste de l'équipe.

32

À peine une demi-heure après avoir emmené Ramón Fonseca se reposer dans sa cellule, les enquêteurs le ramènent en salle d'interrogatoire pour lui poser les mêmes questions qu'ils lui posent depuis des jours. Le vieil homme n'arrive presque plus à tenir debout. Il répond n'importe quoi, ses paroles n'ont aucun sens, cependant il ne dévoile toujours pas l'endroit où se trouvent les otages.

— Quel salopard ! enrage le commissaire, qui assiste à l'interrogatoire derrière le miroir sans tain. Personne ne va réussir à en tirer quelque chose, putain ?

— J'aurais bien une manière très efficace, commissaire, répond le lieutenant Moreno, mais je ne crois pas que le capitaine Ramos l'approuve.

— J'en ai déjà assez fait en autorisant les interrogatoires rapprochés, Moreno, réplique Ramos avec hostilité, dressant de nouveau entre eux le mur qu'ils avaient commencé à faire tomber le matin même.

— Je dis juste que nous devons tout faire pour sauver la vie de ces personnes, chef. Je te rappelle qu'il reste à peine une heure avant que le premier délai n'expire.

— Je n'ai pas l'intention de vous autoriser à le toucher, on est bien d'accord ?

Le lieutenant Moreno lève les mains en signe de reddition.

— Et avec du thiopental sodique ? hasarde le lieutenant Ortega.

— On n'a jamais pu prouver l'efficacité du fameux sérum de vérité, répond le commissaire.

— En plus, c'est complètement illégal, fait remarquer Ramos.

— Alors on laisse mourir les otages ?

Ramos sait qu'elle doit faire quelque chose. Elle sort de la salle d'observation et gagne la salle d'interrogatoire.

Ramón Fonseca a du mal à se concentrer. Il a l'impression que c'est le capitaine Ramos qui lui parle. Il voit juste des lèvres bouger, mais n'entend rien et ne comprend pas ce qu'elle lui dit. Il s'efforce de reconnecter son cerveau et une voix lui parvient enfin, qui lui demande ce que les autres lui ont déjà demandé un million de fois :

— Où sont-ils ?

— Je suis heureux de vous revoir, capitaine Ramos, dit-il, exténué. Savez-vous enfin qui a tué ma belle-fille ?

— Dites-moi où vous avez enfermé les otages et je vous informerai de l'avancée des recherches.

— Cela ne va pas être possible, grimace le vieil homme.

— Vous devez lâcher quelque chose, monsieur Fonseca.

— Dès qu'il n'y aura plus aucune charge sur mon fils et que l'on ordonnera sa remise en liberté.

— Je vous crois, d'accord ? Je crois que le crime d'Andrea Montero n'est pas aussi simple qu'on veut bien nous le laisser penser.

— Qu'avez-vous découvert, capitaine ?

— Rien en réalité, juste que certaines choses ne collent pas. Mais pour que je puisse m'y consacrer à temps plein et résoudre cette enquête, vous devez y mettre du vôtre et me dire où ils se trouvent.

Le vieil homme la regarde et hésite. Ramos lui remet un coup de pression :

— Pourquoi avez-vous voulu que ce soit moi qui rouvre cette affaire, monsieur Fonseca ?

— Parce que je crois que vous êtes honnête.

— C'est exact, je le suis. J'ai énormément de défauts, je vous l'assure, mais je suis un bon flic et je vous donne ma parole que je ne laisserai tomber personne, ni vous ni votre fils. Avez-vous un complice à prévenir afin de surprendre l'exécution ?

— Non, je suis seul dans cette histoire.

— Alors, dites-moi où se trouvent ces personnes ; au moins celle dont vous êtes sûr qu'elle mourra en premier.

Ramón Fonseca hésite à nouveau.

— Quel jour sommes-nous ?

— Lundi.

— Quelle heure ?

— Quatorze heures pile, répond Ramos après avoir regardé sa montre.

— Alors on ne peut plus faire grand-chose, capitaine. Sa mort est programmée à quinze heures précises.

— Il reste encore une heure. Dites-moi où elle se trouve et nous y enverrons une patrouille.

— Je suis désolé. Une fois l'échéance passée, je donnerai l'adresse où vous pourrez ramasser son cadavre. Vous avez une semaine pour éviter une autre mort.

Ramón Fonseca déconnecte à nouveau son cerveau et s'extrait de son environnement. Il ferme les yeux. Il tente de se reposer avant que d'autres policiers viennent l'interroger et reprennent tout depuis le début, encore et encore...

Quand Ramos sort de la salle d'interrogatoire, frustrée, le lieutenant Ortega lui tend un téléphone.

— C'est Navarro. On dirait qu'ils ont trouvé quelque chose...

33

Ces derniers temps, Gonzalo Fonseca dort très peu. Le Dominicain qu'on a mis dans sa cellule ronfle comme un buffle, et il ne cesse de penser à Andrea, à son père et aux trois otages. Malgré la volonté des autorités de garder cette histoire secrète, elle a fuité et viré au buzz. Les plus critiques parlent d'un homme devenu fou qui a enlevé trois personnes et menace de les laisser mourir si on ne libère pas son fils, condamné pour l'assassinat sauvage de son épouse. Les plus compréhensifs évoquent un vieil homme désespéré, capable d'aller jusqu'au bout afin de démontrer l'innocence de son fils injustement emprisonné. En général, un débat qui naît de l'autre côté des murs résonne aussi en prison ; celui-là, avec en prime l'un des protagonistes à l'intérieur, ne déroge pas à la règle. La majorité des prisonniers qui l'approchent afin de soutenir son père ne le fait pas par soif de justice, mais par désir de vengeance – contre les juges, les avocats, les faux témoins.

Gonzalo sait que son père est emprisonné et qu'on l'interroge sûrement vingt-quatre heures sur vingt-quatre, pour lui mettre la pression afin qu'il révèle l'endroit où se trouvent les otages. Mais il sait qu'il ne parlera pas, car il n'y a pas plus têtu que lui. À partir de demain, quand les enquêteurs se rendront compte qu'il ne bluffait pas, la pression sur les épaules de son père s'accentuera. Mais d'ici là, un problème plus urgent se pose à lui : c'est aujourd'hui qu'il doit récupérer la livraison pour Gheorghe.

Dans le brouhaha du réfectoire, tandis que tous les prisonniers prennent leur petit déjeuner, il récapitule la situation. Quand tous retourneront en cellule, ou vaqueront aux tâches qui leur ont été assignées, il restera ici et passera en cuisine. Et c'est là, suppose-t-il, que quelqu'un lui remettra le maudit paquet, mais il ne sait pas qui ni à quelle heure ni de quelle taille il sera. S'il refuse de le prendre ou prévient un gardien, c'est un homme mort ; s'il décide d'accomplir sa mission, d'autres suivront.

— Y a quoi à bouffer aujourd'hui, connard de *gadjo* ? lui demande Adonay.

— Du riz et de la sauce aux haricots, c'est marqué sur le menu.

— Fils de pute de cuisinier ! Personne ne pourra faire la sieste, tout le monde n'arrêtera pas de péter.

Walter Vargas entre dans le réfectoire, accompagné de sa garde rapprochée – six ou sept hommes qu'il vaut mieux ne pas contrarier. Il s'arrête devant une table. Les trois prisonniers qui sont assis là comprennent le message et se lèvent avec leurs plateaux. Gonzalo continue de l'observer avec curiosité, se demandant où il a bien pu perdre sa main, sans se rendre compte que le Colombien le fixe également. Quand leurs regards se croisent, Gonzalo essaie de prendre un air détaché, mais Walter Vargas lui fait signe d'approcher. Gonzalo regarde à sa gauche puis à sa droite pour être sûr que c'est bien à lui qu'il s'adresse. Quand il n'a plus aucun doute, il obéit à la convocation du narcotrafiquant.

— Tu veux savoir où j'ai perdu ma main, connard ?

— Non, monsieur...

— Une salope de flic me l'a explosée alors que j'allais buter son fils de pute de collègue.

Gonzalo reste silencieux.

— Tu travailles en cuisine, hein ?

— Oui, monsieur.

— Serait-il possible de manger un bon morceau de viande et des frites aujourd'hui ? Je n'aime pas du tout les haricots.

Gonzalo s'apprête à lui rétorquer qu'il n'est qu'un simple marmiton et qu'il ne fait pas ce qu'il veut, mais quelque chose lui dit qu'il vaut mieux être en bons termes avec cet homme et que payer un steak de sa poche au cuisinier sera un investissement utile.

Gonzalo est en train de faire bouillir les soixante kilos de riz blanc qui accompagneront les haricots rouges quand un gardien le hèle depuis la porte de la réserve :

— Fonseca, va aider à décharger le camion !

Une fois la marchandise déchargée, le livreur lui remet un paquet de Marlboro Light enveloppé dans de la cellophane transparente. Gonzalo suit les instructions de Gheorghe et le cache dans son caleçon. Après le repas de midi, alors qu'il s'apprête à le remettre au Roumain, il apprend que celui-ci est au parloir. Il regagne sa cellule. Là, au bout d'une demi-heure, la curiosité est trop forte. Il sort le paquet de son caleçon et enlève précautionneusement la protection en cellophane. Il découvre une quarantaine de petites ampoules en verre remplies d'un liquide transparent. Pas besoin d'être très malin pour deviner qu'il s'agit d'une substance illégale et sûrement de très grande valeur.

Un vacarme en provenance du couloir le tire de ses pensées. En jetant un coup d'œil, il voit qu'une douzaine de gardiens font sortir les prisonniers de leurs cellules pour une fouille complète. Ils se trouvent à quatre cellules de la sienne et ne semblent pas vouloir s'arrêter là. Gonzalo n'a pas vraiment le temps de réfléchir et prend l'unique décision possible : il vide le paquet de clopes dans la cuvette des toilettes et tire la chasse.

Quand les gardiens entrent pour fouiller sa cellule, les quarante ampoules ont disparu à jamais dans les conduits d'évacuation de la prison.

34

Le capitaine Ramos et le lieutenant Ortega patientent dans la salle d'attente d'un club privé très sélect du quartier de Salamanca. À travers la fenêtre, elles regardent les membres boire et manger au milieu du ballet des serveurs aux uniformes impeccables.

— Pourquoi on n'est pas à leur place ? demande Ortega avec un soupçon d'amertume. Moi j'ai dû manger une saloperie de sandwich au thon acheté dans une station-service.

— Si tu aimes le luxe, la carrière de flic n'est pas indiquée, María. Mais si ça peut te consoler, je te dirais que beaucoup de ces gens sont bien plus malheureux que toi.

— Qu'est-ce que t'en sais ?

— Mon ex a des parts dans un cabinet d'avocats et nous avions l'habitude de fréquenter ces milieux. La plupart du temps, ces hommes sont endettés jusqu'au cou et leurs femmes prennent des anxiolytiques pour supporter leur présence, car elles ne ressentent pour eux que du dégoût ; et même si elles se savent cocues, elles ne peuvent pas les quitter.

La porte de la salle d'attente s'ouvre sur une femme élégante d'environ quarante ans, vêtue d'un costume en tweed noir. Malgré l'assurance qu'elle dégage en se présentant comme la responsable du club, elle n'est pas très à l'aise en présence des policières.

— Désirez-vous quelque chose ? Un rafraîchissement, un verre de vin peut-être ?

— Non, merci. Nous aimerions savoir pourquoi vous nous avez contactées, mademoiselle Ribot.

— Appelez-moi Silvia, je vous en prie.

Elle fait entrer les policières dans son bureau. Les trois femmes s'asseyent autour d'une imposante table en acajou. Après leur avoir demandé si la fumée ne les dérangeait pas, Silvia Ribot s'allume une cigarette sans même attendre la réponse. Elle regarde nerveusement vers la porte.

— Avant de parler, je veux savoir si vous respecterez mon anonymat.

— Cela dépend de ce que vous allez nous dire, répond prudemment Ramos.

— En réalité, ce n'est rien, ou du moins rien qui puisse apporter une preuve. C'est une sorte de… pressentiment.

— Dites-nous ce que vous avez à nous dire et nous en reparlerons après, d'accord ?

Silvia Ribot s'arme de courage et se lance :

— J'ai vu à la télé que vous avez rouvert l'affaire Andrea Montero.

— Selon les membres de mon équipe, vous étiez amies.

Silvia acquiesce et aspire une profonde bouffée de sa cigarette.

— Nous étions du même quartier. C'est moi qui lui ai présenté Gonzalo Fonseca.

— Comment le connaissiez-vous ?

— J'étais sortie avec lui quelque temps avant Andrea. Rien de sérieux.

— Croyez-vous qu'il l'ait tuée ?

— Je suis entourée d'hommes toute la journée et je sais que je ne devrais me porter garante d'aucun d'eux, mais Gonzalo n'était pas un mauvais mec. Je ne crois pas non plus à ce qu'a dit cette jeune femme lors du procès, comme quoi il aurait giflée Andrea dans l'ascenseur d'un hôtel. Elle ne m'a jamais dit que Gonzalo avait la main leste.

— Ils s'aimaient ? demande le lieutenant Ortega.

— Moi, j'aurais juré que oui. Peut-être qu'ils n'étaient plus aussi amoureux qu'au début, mais ce sont des choses qui arrivent.

— Alors, pourquoi nous avoir appelées, Silvia ? s'impatiente Ramos.

— À cause des villas qu'elle construisait du côté de Tolède, près d'un parcours de golf. Andrea ne parlait que de ça.

— Et ? la relance Ramos, intriguée.

— Une semaine avant qu'elle meure, il s'est passé quelque chose.

— Quelque chose comme quoi ?

— Je n'en ai pas la moindre idée, mais Andrea avait changé. Elle qui était très heureuse est devenue soudain nerveuse et apeurée, elle m'a même dit qu'elle craignait pour sa vie.

Les deux policières éprouvent une certaine excitation en comprenant qu'elles sont en face d'une piste, alors qu'elles commençaient un peu à désespérer.

— Elle ne vous a jamais dit ce qui l'effrayait autant ?

— Je sais que c'était en rapport avec son travail, mais elle ne m'a rien confié. Au cours d'un déjeuner, elle m'a dit qu'elle allait m'envoyer un truc afin que je le lui garde, des documents, je crois, mais je ne l'ai pas prise très au sérieux. Et c'est cette nuit-là qu'elle est morte...

Les yeux de Silvia Ribot s'emplissent de larmes.

— Et pourquoi n'avez-vous pas dit tout ça aux policiers qui menaient l'enquête ?

— J'ai eu peur.

— Peur de quoi, putain ? s'emporte Ramos. Et si Gonzalo Fonseca est innocent ? Vous alliez le laisser passer toute sa vie entre quatre murs seulement parce que vous n'aviez pas envie d'aller témoigner ?

— C'est Andrea qui m'a obtenu ce travail, vous comprenez ?

— Que voulez-vous dire par là ?

— Elle l'a fait par le biais de son chef, le propriétaire de l'entreprise de construction où elle travaillait, et qui se trouve être l'un des membres les plus importants de ce club. J'ai peur de parler et que l'on me vire. Je suis mère célibataire et j'ai deux enfants.

Le capitaine Ramos voudrait lui dire qu'elle devrait avoir d'autres priorités et qu'un travail, si bien payé soit-il, ne justifie pas que l'on taise ce genre de chose. Mais elle sait que l'on n'y peut rien et elle ravale son fiel.

— Comment s'appelle ce promoteur ?

— Sebastián... Sebastián Oller.

Le lieutenant Ortega le note sur son carnet. Au même moment, l'alarme de son portable sonne. Elle l'éteint et regarde sa supérieure avec gravité.

— C'est l'heure. L'échéance fixée par Ramón Fonseca vient d'arriver à son terme...

35

La juge Almudena García est enfermée depuis plus d'une semaine dans sa cellule et commence à penser qu'elle n'en sortira plus jamais. Elle passe la plupart du temps allongée sur son lit de camp, dans une sorte de demi-sommeil. C'est à peine si elle dépense de l'énergie et elle ne consomme qu'une bouteille d'eau ainsi qu'une boîte de conserve par jour pour survivre. À ce rythme, elle pourrait tenir deux ou trois mois avant de mourir d'inanition, mais quelque chose lui dit que ce ne sera pas la cause de sa mort.

À l'extérieur, juste à côté de la grille de ventilation, un minuteur égrène les dernières secondes d'un compte à rebours. Quand il arrive à zéro, un mécanisme qui commande l'ouverture d'une bouteille se déclenche. Un craquement précède le sifflement que produit le gaz soudain libéré.

Généralement, le monoxyde de carbone est indétectable et, chaque année, les centaines de personnes qui meurent en inhalant ce gaz ne s'aperçoivent de rien. C'est souvent une mort douce, mais la juge se lève de son lit de camp et pressent que quelque chose ne tourne pas rond. Elle s'approche du mur en briques derrière lequel on devine une porte et tape dessus à nouveau, avec plus de force que d'espoir.

— Hé ! Y a quelqu'un ? Aidez-moi, je vous en supplie !

Douze minutes plus tard, le sommeil la gagne et elle s'assied, le dos appuyé contre le mur. Puis la juge Almudena García tombe sur le côté, sans se rendre compte qu'elle vient de mourir.

III

36

Le convoi policier, mené par la voiture dans laquelle voyagent le capitaine Ramos et le lieutenant Ortega, fonce sur l'autoroute toutes sirènes hurlantes. Sur le siège passager, Ramos prépare son masque et des gants très épais, en prévision de ce qu'elle pourrait trouver sur place.

L'adresse donnée par Ramón Fonseca se situe dans la zone industrielle de Los Ángeles, à Getafe, à trente kilomètres du centre de Madrid. Construite dans les années 1960, elle est d'une superficie de un million et demi de mètres carrés, ce qui en fait l'une des plus importantes de la Communauté de Madrid. Pendant plus d'un demi-siècle, mille huit cents employés sont venus là chaque jour gagner leur croûte dans l'usine Uralita. Une bonne moitié y sont décédés après avoir travaillé sans aucune protection au contact de l'amiante. Depuis la fermeture de l'usine, et après la grave crise économique de 2008, la zone industrielle autrefois prospère a été à moitié abandonnée. Toxicomanes, sans-abri, graffeurs, ferrailleurs et voleurs de cuivre occupent le terrain et se mélangent aux travailleurs des entreprises encore en activité.

— Selon toi, qui sera le premier ? demande Ortega à Ramos.

— Aucune idée. J'espère encore que ce n'est que du bluff et que nous les retrouverons vivants.

— Cela n'aurait pas beaucoup de sens.

— Au contraire. Ramón Fonseca a déjà réussi à capter notre attention et à nous faire rouvrir l'affaire de son fils. En réalité, il n'a plus besoin de tuer quelqu'un.

— Mais ça, il l'ignorait quand il les a enlevés.

Ramos sait que son adjointe a raison et qu'il est hautement improbable de retrouver le premier des trois otages encore vivant, mais ils doivent garder espoir jusqu'au dernier moment.

— Tu sais qu'au commissariat, ils ont fait des paris.

— J'espère qu'aucun membre de l'équipe n'y a participé, répond Ramos d'un ton réprobateur.

Le visage de María Ortega en dit long. Ramos la fusille du regard.

— Ça va, je reconnais que ça n'est pas très bienveillant envers les victimes, mais ça fait plusieurs jours que nous travaillons sans relâche et nous avons besoin de nous divertir.

— Et vous ne pouvez pas vous amuser autrement ?

Ortega hausse les épaules. Elle se sent coupable et tente de se concentrer sur la route, où les voitures s'écartent docilement sous l'effet des sirènes.

— Où en sont les paris ? demande Ramos au bout de quelques secondes.

— L'avocat en premier, deuxième la juge, et l'étudiante en dernier.

La caravane de voitures et de fourgons policiers s'arrête devant une ancienne imprimerie à moitié en ruine. Une douzaine de pauvres hères sortent des débris des bâtiments adjacents et s'approchent avec curiosité.

Les deux policières descendent de la voiture en même temps que les agents du Groupe spécial d'opérations, qui commencent à boucler la zone. Deux camionnettes de télévision arrivent à toute vitesse, dont descendent cameramans et reporters.

— Putain, mais comment ont-ils su aussi vite ?

— Disons que nous n'avons pas été très discrets… réplique Ortega.

— Qu'ils n'approchent pas. Personne ne sait ce que nous allons trouver à l'intérieur.

Le lieutenant Ortega part contenir l'avancée des journalistes tandis que Ramos enfile ses protections. Une fois prête, elle va retrouver le chef des forces d'intervention.

— On y va ?

— Nous devons mettre des masques, capitaine. Mais je suis au regret de vous dire qu'ils ne sont pas stérilisés, se moque son collègue.

Sans un mot, Ramos prend le masque qu'on lui tend et l'enfile en essayant de ne pas penser à la quantité de bactéries qu'il peut y avoir dessus.

L'intérieur du bâtiment est presque entièrement détruit. Des monceaux de décombres et de déchets s'accumulent de toutes parts. S'ils ne portaient pas de masques, ils sentiraient une odeur d'urine et d'excréments insupportable. Deux matelas sales et un réchaud à côté duquel traînent des dessins d'enfants indiquent qu'une famille est installée ici.

— Punaise, qui peut vivre dans une telle porcherie ? demande l'un des policiers, écœuré.

— Quelqu'un qui n'a pas de meilleur endroit où aller, je suppose, réplique Ramos. Nous cherchons une cache où l'on pourrait avoir séquestré une personne pendant une semaine.

Après avoir fouillé l'étage sans avoir rien trouvé, les policiers arrivent à un escalier. Le niveau supérieur est en très mauvais état, une partie du toit s'est écroulée, alors Ramos décide de descendre. Lampes torches fixées sur leurs armes, les agents spéciaux ouvrent la marche. En arrivant au bas de l'escalier, ils se retrouvent dans un couloir. Pas âme qui vive. Très vite, ils tombent sur un mur en briques récemment construit. À côté de la grille de ventilation se trouve un minuteur connecté à une bonbonne. L'un des policiers l'examine avec attention.

— Monoxyde de carbone. La bouteille est vide.

— Il faut faire tomber le mur !

Moins d'une minute plus tard, deux agents les rejoignent, chacun armé d'une masse. Quand ils ont fait tomber suffisamment de briques, leur chef les éloigne et passe la tête par le trou qui a été ouvert. Il la ressort immédiatement, la mine grave.

— Je crois que c'est la juge.

Exactement celle sur qui j'aurais parié, pense le capitaine Ramos.

37

Malgré les conseils de son avocat, Vincenzo Gallo n'avait pas évité les embrouilles lors de son séjour en prison, où il attendait qu'on le juge pour le meurtre d'un Soudanais et pour en avoir éborgné un second. Pendant les premières semaines, l'Italien eut des accrochages avec des Gitans, des Sud-Américains, des Marocains, des Espagnols, et surtout avec des Africains. Son principal hobby était d'imiter un singe à chaque fois qu'il en croisait un. En général cela en restait là, jusqu'au matin où il se retrouva à la laverie avec Senghor, un jeune Sénégalais de dix-neuf ans condamné pour deal.

— Qu'est-ce que ça pue le singe ici, dit Vincenzo en reniflant l'air. Vous ne vous lavez pas au Nigeria ou quoi ?

— Je ne viens pas du Nigeria, mais du Sénégal.

— C'est exactement la même fosse à purin.

— *Mbam-xuux*..., marmonna le jeune.

Vincenzo se retourna et le prit violemment par le cou.

— Comment tu m'as appelé, sale nègre ?

Loin de faire machine arrière et de s'excuser, le fier Senghor regarda les yeux de l'Italien scintiller de colère.

— Porc.

Senghor passa les quatre semaines suivantes à l'hôpital puis à l'infirmerie de la prison, pour se remettre de ses multiples fractures, de contusions sur tout le corps, de la mutilation de son oreille et de coups reçus dans les testicules. À cause de ces terribles lésions, il passa plusieurs jours immobilisé et sa douleur se transforma peu à peu en haine et soif de vengeance. Il ne dit à personne ce qui lui était arrivé, pas même à ses compatriotes. Il voulait se faire justice seul.

Quand Senghor put reprendre sa vie de tous les jours en prison, il alla à l'atelier de menuiserie où travaillait Ibrahim, un Ghanéen de quarante ans que le jeune homme respectait comme son père. Pendant leurs longues discussions en soninké, ils abordaient toutes sortes de sujets, mais pour la première fois, Senghor ne l'écouta pas. Il lui déroba une bouteille d'essence de térébenthine et la cacha dans son pantalon. Ensuite, il sortit de l'atelier puis alla directement à la cellule de Vincenzo Gallo. Celui-ci reposa le magazine de motos qu'il lisait et s'approcha des barreaux.

— Mais qu'est-ce que tu fous ici, sale babouin ? Tu veux que je te renvoie à l'hôpital ?

Pour seule réponse, Senghor l'aspergea d'essence de térébenthine et sortit un Zippo de sa poche. Vincenzo Gallo brûla comme une torche en hurlant, jusqu'à ce que le feu pénètre ses voies respiratoires. Impassible, Senghor le regarda courir d'un côté à l'autre de la cellule, enveloppé par les flammes, puis mettre le feu à ses draps, ses affaires et ses papiers, jusqu'au moment où il tomba au sol, le corps secoué par une série de convulsions. Quand les gardiens arrivèrent avec des extincteurs, il était trop tard.

En apprenant ce qui s'était produit, Juan Carlos Solozábal donna rendez-vous à Gianna Gallo dans son bureau. Ils entretenaient une liaison depuis plusieurs mois. Au début, cela avait été comme un soulagement pour tous les deux, un jeu qui, quoique très dangereux, leur permettait de se sentir vivants. Mais à partir de la troisième rencontre, ils s'étaient rendu compte que c'était bien plus qu'une simple aventure.

Quand elle apprit ce qui était arrivé à son frère, Gianna s'effondra dans les bras de son amant. Juan Carlos lui avait expliqué que le meurtrier était un jeune homme que Vincenzo avait failli tuer en lui flanquant une raclée et qu'il écoperait d'une très longue peine, mais cela n'avait pas été suffisant pour la femme de Salvatore Fusco.

— Je veux qu'il brûle comme Vincenzo a brûlé, lui dit-elle, les larmes aux yeux.

— Ne te comporte pas comme eux, Gianna. Désolé, mais ton frère l'avait bien cherché.

De rage, Gianna le gifla, mais elle regretta aussitôt son geste et elle se réfugia à nouveau dans ses bras.

— Pardonne-moi, Juan Carlos.

— Tu dois oublier tout ça et continuer à avancer dans ta vie.

— Quelle vie ? demanda-t-elle amèrement. Si je passe une nuit de plus à supporter l'haleine de Salvatore, j'en finis une fois pour toutes.

— Ne dis pas ça, Gianna !

Ils se regardèrent les yeux dans les yeux et comprirent qu'ils pensaient à la même chose. Elle voulut le dire à voix haute, mais ce n'était pas à elle de parler. Elle réussit à se retenir, tout en désirant du plus profond de son âme que Juan Carlos fasse le premier pas. Celui-ci y avait déjà pensé plus d'une fois, quand Gianna sortait des draps encore imprégnés de son odeur. Toutefois, il avait toujours tenté de chasser cette idée de sa tête, conscient que c'était une folie. Beaucoup de choses les dissuadaient d'agir, mais ce qui était sûr, c'était que l'une des plus importantes venait de brûler dans une cellule de la prison de Soto del Real. Gianna attendait, le suppliant du regard de lui donner l'espoir d'être enfin heureuse. Et puis, au moment où elle pensait que cela n'arriverait plus, Juan Carlos posa la main sur sa joue et lui dit :

— Enfuyons-nous.

38

L'équipe du capitaine Ramos regarde à la télévision l'enlèvement du corps de la juge Almudena García. Même s'ils savaient tous qu'il serait quasiment impossible, en une semaine, d'élucider l'assassinat d'Andrea Montero – à supposer que Gonzalo Fonseca n'en soit pas responsable –, ils gardaient l'espoir de sauver les otages. Mais à présent, le découragement commence à les gagner, et ils ne peuvent s'empêcher de penser que ce sont trois cadavres qu'ils vont retrouver.

— Au final, qui a remporté le pari ? demande Óscar Jimeno.

— Le commissaire adjoint Peláez, répond Lucía Navarro.

— Putain, quel bol ! Il vient juste de monter en grade et en plus, il empoche cent euros qui m'auraient bien dépanné !

— Moi, à ta place, je ne parlerais pas de ça devant la chef, Jimeno. Elle pourrait t'expédier chez toi d'un coup de pied au cul.

Ramos entre à ce moment-là, précédée d'une odeur de savon : elle s'est énergiquement lavé les mains pour la dixième fois de la journée.

— Qu'est-ce qu'ils racontent à la télé ?

— Ils nous démolissent gentiment, répond le lieutenant Moreno, résigné. Pour faire court, ils disent qu'on n'a rien branlé au cours de l'enquête sur l'assassinat de la femme de Fonseca et qu'on continue à ne rien branler pour celui de la juge.

Ramos éteint l'écran avec la télécommande.

— Du nouveau ?

— Les Opérations spéciales passent les hangars abandonnés de la zone industrielle au peigne fin, au cas où l'avocat et l'étudiante seraient également là-bas, mais il semblerait que non.

— Non, évidemment. Vous avez pu trouver quelque chose à leur sujet ?

— On ne sait toujours pas d'où la juge a sorti l'argent pour acheter cet appartement à Valence ni comment l'étudiante pouvait avoir vingt mille euros en cash sur elle au moment de son enlèvement, répond Navarro. Sa mère est convaincue qu'il doit y avoir une erreur.

— Et cette histoire selon laquelle l'avocat préparait sa fuite du pays ?

— Rien.

— Il faut se bouger, Lucía. Passe à l'université où étudie la fille, aux tribunaux où la juge était en poste et parle à tous ceux qui connaissent l'avocat. Nous avons besoin de découvrir d'où vient cet argent et, s'il est vrai qu'on les a achetés afin d'obtenir la condamnation de Gonzalo Fonseca, de savoir qui l'a fait.

— OK, chef !

— Fonseca garde-t-il toujours le silence ?

— Pas un seul mot, confirme Moreno. Et maintenant qu'il est devenu célèbre, nous avons beaucoup moins de marge de manœuvre. Nous ne pourrons plus l'interroger aussi longtemps qu'avant sans que les défenseurs des droits de l'homme nous tombent dessus.

— De toute façon, pour les résultats que ça donnait… Tu as pu apprendre quelque chose sur sa vie, Iván ?

— Rien que nous ne sachions déjà : sa femme est décédée il y a peu et il n'a qu'un fils. J'ignore par quel angle nous pourrions l'attaquer.

— On doit se concentrer sur un certain Sebastián Oller, déclare Ramos.

Elle leur raconte sa visite au club très sélect du quartier de Salamanca en compagnie du lieutenant Ortega et résume leur conversation avec Silvia Ribot, amie intime de la victime.

— Vous n'étiez pas déjà allées faire un tour sur le chantier ?

— Si, répond Ortega, mais ils ne nous ont sans doute pas dit toute la vérité.

— Il faut disséquer la vie de ce promoteur, ordonne le capitaine Ramos. Jimeno ?

À la grande surprise de toute l'équipe, Jimeno a pris de l'avance et trouvé les informations dont elle a besoin sur internet et dans les archives de la police.

— Sebastián Oller, homme d'affaires madrilène de soixante-deux ans, marié, trois enfants, deux garçons et une fille. Les trois travaillent dans différentes entreprises de la holding familiale. Oller possède des restaurants, des salles des fêtes, une affaire d'import-export florissante… Mais son principal business, c'est la construction. Il s'est rendu coupable de nombreuses infractions sur des chantiers, flirte souvent avec l'illégalité, et il y a aussi une histoire louche de corruption. Mais jusqu'à présent, il a toujours évité la prison.

— Peut-être pas pour longtemps, commente Ortega.

— D'autres choses ? veut savoir Ramos.

— Il possède des maisons à Madrid, Baqueira, Ibiza et un yacht sur lequel il passe ses étés… On ne peut pas dire qu'il soit à plaindre, conclut Jimeno avec un amer soupir de jalousie.

— Nous avons besoin de découvrir ce qu'il s'est passé sur ce putain de chantier près de Tolède, marmonne Ramos, pensive, comme si elle se parlait à elle-même. Je suis sûre que tout est lié à ce terrain de golf.

— On repart là-bas ? demande Ortega.

— Avant, on doit savoir ce qu'on cherche. Appelle la mairie pour voir si tous leurs permis sont en règle.

— Ils travaillent l'après-midi, à la mairie ?

— C'est le matin qu'ils ne travaillent pas, répond le lieutenant Moreno. L'après-midi, ils ne sont même pas au bureau.

La blague a le mérite de faire baisser la tension, et réussit même à arracher un sourire à Ramos. Navarro décide d'en profiter :

— On fait comment pour le repas de midi ? Ça fait deux semaines qu'on mange le menu du jour et je suis en train de me ruiner.

— Aujourd'hui, c'est moi qui invite, déclare le capitaine Ramos.

Tous la remercient, surpris. Aucun n'a le souvenir qu'Indira Ramos ait invité quelqu'un, pas même pour un café. Ils décident à l'unanimité de se faire livrer par le restaurant chinois voisin.

Le lieutenant Moreno est le seul à se rendre compte que Ramos fait semblant de manger, mais n'avale rien. Il sourit, amusé : il doute lui-même de l'hygiène de certains restaurants chinois, alors il n'ose même pas imaginer tout ce qui doit passer par la tête de sa chef.

39

À peine descendue du taxi et avant de sonner à l'interphone de l'agence d'escorts pour laquelle elle travaillait, Marta eut un cas de conscience et se retourna vers son amie.

— T'es sûre, Noe ?

— Je t'ai déjà dit vingt fois que oui !

— Bon… Si quelqu'un te demande, tu dis que t'es mannequin et que tu vas faire un casting, OK ?

Noelia acquiesça et Marta appuya sur le bouton de la sonnerie. Dans le vieil ascenseur à grilles, Marta lui attrapa le bras.

— Si tu regrettes, on se casse.

— Mais oui, t'inquiète pas.

Sur la porte, un écriteau discret indiquait « Agence de mannequins », et la première chose qui attira l'attention de Noelia, c'était que cela ressemblait réellement à une agence de mannequins. Marta et Noelia patientèrent dix minutes dans une salle d'attente décorée d'affiches de films, puis furent conduites vers un bureau au fond du couloir. Là, une ex-mannequin qui avait eu sa petite heure de gloire trente ans auparavant les invita à s'asseoir d'un geste tandis qu'elle terminait sa conversation téléphonique. Elle n'avait pas quitté Noelia des yeux depuis qu'elle avait passé la porte, flairant déjà l'argent que lui ferait gagner cette fille.

— Tu ne m'as pas menti en m'assurant que ton amie était très belle, Marta, dit-elle en raccrochant, le regard toujours rivé à Noelia. Je m'appelle Arancha, enchantée.

— Moi, c'est Noelia.

— Laisse-moi te regarder, Noelia.

Arancha fit le tour de la table et tendit la main à Noelia afin qu'elle se lève. Elle lui demanda de tourner sur elle-même pendant qu'elle l'observait sous toutes les coutures.

— Vraiment magnifique... Tu as été opérée des seins ?

— Non. Tu veux les voir ?

— S'il te plaît.

Pas gênée le moins du monde, Noelia enleva son tee-shirt et son soutien-gorge, découvrant ses seins parfaits.

— Magnifique... Marta t'a déjà expliqué en quoi consistait le travail ?

— Plus ou moins.

— Nous, nous avons une liste de clients très importants. Nous organisons les rendez-vous et gardons quarante pour cent de ce que tu factureras. Les hôtels ou appartements dans lesquels tu iras avec eux sont à notre charge, bien évidemment.

— Combien gagnerai-je par heure ? demanda Noelia en se rhabillant.

— Ça, c'est pour les putes, Noelia. Moi je ne travaille pas avec des putes, mais avec des demoiselles élégantes et éduquées qui accompagnent des messieurs. Souvent, ils voudront juste que tu ailles dîner ou boire un verre avec eux. Le sexe, c'est un extra que l'on peut accorder ou non. C'est nous qui nous occupons de ce qui sera facturé.

Le regard méfiant de Noelia fit comprendre à Arancha qu'elle n'était pas vraiment convaincue par la réponse.

— Ce n'est pas que je ne veuille pas te le dire, c'est qu'en fonction du service et du client, nous ne facturons pas la même chose. Un soulagement rapide, ce sera plus ou moins deux cent cinquante euros pour toi, mais supposons que nous te mettions en contact avec un homme qui t'invite à manger puis à passer un moment à l'hôtel. Normalement, cela coûte entre six cents et mille cinq cents euros. Si, en plus, il veut que tu passes la nuit avec lui, tu peux multiplier la somme par deux. Cela te semble-t-il correct ?

Ces chiffres plaisaient déjà davantage à Noelia, qui acquiesça.

— Bien, dit Arancha, puisque ce sujet pénible a été clarifié, parlons d'autre chose. J'ai besoin que tu répondes à des questions pour remplir ta fiche, afin de chercher des clients qui te correspondent, c'est d'accord ?

Noelia hocha la tête.

— Je sais bien que vous aimeriez toutes vous retrouver en rendez-vous avec Enrique Iglesias, mais malheureusement ce n'est pas toujours comme ça que ça se passe. Nous sélectionnons scrupuleusement nos clients et je peux te garantir que ce sont des gens polis, propres et respectueux. En général, ce sont des hommes entre la trentaine et la soixantaine ; est-ce que cette fourchette d'âge te pose problème ?

— Pas du tout.

— Évidemment, avant de conclure le rendez-vous avec eux, nous te tiendrons informée et tu auras l'entière liberté d'accepter ou de décliner le service, même si je te recommande de ne pas rejeter de rendez-vous sur le seul critère de l'âge. Certains sexagénaires pourront te surprendre fort agréablement. Quant à tes disponibilités, je suppose que ce sont les mêmes que Marta.

Noelia regarda son amie d'un air interrogatif.

— Je prends généralement les rendez-vous dans la semaine et, rarement, cela m'arrive d'en avoir aussi le week-end. En période d'examens, j'accepte juste des rendez-vous avec les clients habituels.

— Ça me va, confirma Noelia.

— Génial. Pas d'objection à avoir des rendez-vous avec des femmes ?

— Non, je crois que non… répondit Noelia, surprise. Il y a aussi des femmes ?

— C'est une minorité, mais oui. Quelques couples également. Ces derniers, bien évidemment, paient beaucoup plus.

— Je suis venue ici pour me faire de l'argent.

— Comme tout le monde, ma chérie… Anal ?

— Ça me fait mal.

— Il y en a qui paient vraiment bien.

— Si c'est bien payé, alors j'y réfléchirai.

Arancha sourit, amusée par la spontanéité de la jeune femme, puis l'interrogatoire se poursuivit avec une multitude de questions sur ses goûts, préférences et expériences. Ensuite Arancha lui fit signer un contrat de confidentialité, l'envoya faire des photos suggestives au studio de l'autre côté du couloir – où on lui promit que l'on ne verrait pas son visage –, puis la dirigea vers une clinique pour y faire un examen complet, afin de détecter de possibles maladies sexuellement transmissibles.

Quatre jours plus tard, alors que Noelia pensait déjà qu'aucun des clients de l'agence ne l'avait remarquée, elle reçut un appel d'Arancha.

— Bonsoir, Noelia. Un client est intéressé et il veut t'inviter à dîner et à aller au théâtre demain soir. Es-tu disponible ?

— Il est très vieux ? demanda Noelia, à la fois intriguée et excitée.

— Tu as de la chance : c'est un quinquagénaire très généreux et très séduisant. Je valide le rendez-vous ?

— Oui, évidemment. Comment m'habiller ?

— C'est un client très exigeant et il aime tout contrôler jusque dans les moindres détails. Ça te va si demain nous envoyons chez Marta la tenue qu'il aura choisie ?

40

Même s'il s'est déjà écoulé plus d'une heure depuis que les gardiens ont terminé de fouiller la cellule de Gonzalo Fonseca, sans avoir rien trouvé, il est toujours assis sur son lit, les yeux dans le vide, hagard. Il a essayé de se lever à deux reprises, mais ses jambes ne répondent pas. Il ne sait pas quoi faire. S'il dit à Gheorghe qu'il a jeté la marchandise aux toilettes parce que les gardiens allaient la découvrir, il n'y aura que deux possibilités : soit le Roumain lui annoncera qu'il doit payer les quarante ampoules et lui demandera une somme d'argent exorbitante, soit il le tuera sur-le-champ. Et quelque chose lui dit qu'il choisira la seconde option.

Gonzalo essaie de mettre ses idées au clair pour trouver une issue. Le seul truc qui traverse son esprit est une fuite en avant qui lui rendra certainement l'existence bien plus difficile s'il ne meurt pas éventré, mais il n'a pas le choix.

— C'est quoi que tu veux, *blanquito* ? lui demande l'un des Colombiens torse nu qui surveillent l'accès à la cellule de Walter Vargas pendant les heures de semi-liberté.

— Je dois absolument parler avec M. Vargas.

— Parler de quoi ?

— Ça ne te concerne pas.

Les muscles du Colombien se contractent exagérément et déforment les dizaines de tatouages qui couvrent son corps.

— Tu te fous de ma gueule, connard ?

— Non, bien sûr que non.

— Alors, casse-toi d'ici ! De l'air !

— Laisse-le tranquille, Fabian, lance Vargas depuis l'intérieur de sa cellule. Le steak qu'il m'a servi était dur comme une vieille semelle, mais j'ai une dette envers lui.

Le gorille le relâche, tout en continuant de le fixer avec agressivité. Gonzalo entre dans la cellule de Walter Vargas, qui est en train de préparer un café avec la seule main qui lui reste. Un autre Colombien nettoie la cellule de son patron, qui lui fait comprendre qu'il est de trop. Il se retire discrètement.

— S'il y a quelque chose de bon que nous exportons de Colombie, ce sont les cyclistes qui savent grimper et le café.

— Et les belles femmes.

— Les Colombiennes qui vivent en Espagne sont des putes punies par la vie et elles fuient la misère. Imagine un peu comme celles qui sont là-bas doivent être belles.

Vargas sert deux tasses de café avec lenteur, puis en tend une à Gonzalo.

— Merci.

— J'entends parler de ton père toute la journée. C'est un homme courageux. Peut-être que je ferai la même chose et que je donnerai l'ordre d'enlever le juge qui me condamnera, dit-il en invitant Gonzalo à s'asseoir.

— Il veut me revoir libre avant de mourir, malheureusement, je ne crois pas qu'il ait encore beaucoup d'années à vivre.

— Sa volonté est louable.

— Je suis innocent.

— J'imagine, oui, ricane Vargas. Que puis-je faire pour toi ?

— J'ai un grave problème et j'ai besoin de votre aide.

Walter Vargas le regarde, impassible, et attend qu'il poursuive.

— Je ne sais pas si vous savez qui est Gheorghe.

— Un Roumain qui a très mauvais caractère.

— Lui-même. Il y a quelques jours, il m'a mis la pression afin que je réceptionne un paquet de contrebande à la cuisine. J'ai essayé de refuser, mais vous pouvez imaginer à quel point Gheorghe sait être persuasif.

— Il doit l'être vu la position qu'il occupe ici.

— Le truc, c'est que ce paquet est arrivé cet après-midi même, juste avant que les gardiens fouillent toutes les cellules. J'ai dû m'en débarrasser dans les toilettes.

— Que contenait ce paquet ?

— Des ampoules remplies d'un liquide, mais je ne sais pas exactement ce que c'était.

— Eh bien… Tu n'as pas menti en disant que tu avais un grave problème. Mais je répète ma question : que puis-je faire pour toi ?

— J'ai besoin de votre protection.

— Quand je dis que j'ai une dette envers toi depuis ce steak, je veux dire que je pourrais t'obtenir un peu de coke à l'occasion ou même une bouteille de rhum, si on s'entend bien, mais je ne vais pas commencer une guerre contre les Roumains juste pour t'aider. Je suis désolé, fils.

Walter Vargas considère que la discussion est close et il fait signe à Fabian d'entrer dans la cellule. Ce dernier saisit Gonzalo par le bras.

— Casse-toi d'ici, pédé !

— Je vous paierai pour ça, dit Gonzalo à Vargas, désespéré, tandis que Fabian le traîne vers l'extérieur.

— Je ne crois pas que tu disposes de l'argent nécessaire à une telle protection. Si c'était le cas, moi, à ta place, je solderais mon histoire avec le Roumain.

— Je n'ai pas d'argent, mais je peux vous payer d'une autre manière.

— De quelle manière ? demande le Colombien en arrêtant d'un geste son homme de main.

Gonzalo Fonseca regarde son moignon.

— L'autre jour, vous m'avez dit qu'une policière vous avait tiré dessus, monsieur Vargas. Je suppose que vous chercherez à vous venger de ce qu'on vous a fait, n'est-ce pas ? Si vous vous débrouillez pour que je sorte d'ici en un seul morceau, je vous promets que la perte de votre main sera beaucoup plus supportable.

Pour la seconde fois en quelques minutes, Gonzalo est parvenu à éveiller la curiosité du trafiquant. C'est suffisamment rare pour que celui-ci lance :

— Lâche-le, Fabian...

41

Marta fronce les sourcils en s'apercevant qu'un homme et une femme qui ressemblent à des flics posent des questions à des étudiants. L'un d'entre eux leur indique l'arbre sous lequel, à l'ombre, elle range les notes de ses derniers cours. En les voyant s'approcher, elle éteint la musique et retire ses écouteurs. Cela fait dix jours maintenant que les médias ne cessent de parler de Noelia, elle était étonnée que l'on ne soit pas encore venu l'interroger.

— Salut. Tu es Marta ?

— Qui la demande ?

— Nous sommes les agents Navarro et Molina, répond Lucía en sortant sa carte de police, imitée par Molina, l'un des agents venus renforcer l'équipe. On nous a dit que tu es la meilleure amie de Noelia Sampedro.

— Vous l'avez enfin retrouvée ?

— Pas encore, non, mais nous la retrouverons bientôt. Nous avons besoin de te poser quelques questions, Marta.

— Quel genre de questions ?

— Qui étaient ses amis, si elle était en couple, ce qu'elle faisait de son temps... des choses comme ça.

— Elle étudiait très sérieusement et elle essayait aussi de

profiter un maximum, comme nous tous ici. À part ça, c'était une fille assez appréciée, et non, que je sache, elle n'était pas en couple. Je suis désolée, mais je ne peux pas vous en dire beaucoup plus.

— Lors de son enlèvement, Noelia avait une grosse somme d'argent sur elle. Nous avons parlé avec sa mère, qui affirme qu'elle faisait du baby-sitting ou des extras comme serveuse le week-end. Pas de quoi gagner ce qu'elle avait ce jour-là. Elle ne savait pas non plus que sa fille avait quitté la résidence universitaire et qu'elle louait un appartement. Tu peux nous en dire plus à ce sujet ?

Marta détourne le regard, mal à l'aise. Navarro devine que l'étudiante a la réponse à toutes leurs questions.

— Marta ?

— Vous êtes comme les curés ? demande Marta. Je veux dire : dans la police il y a quelque chose comme le secret de la confession ?

— Non, nous n'avons pas ça. Mais si tu ne nous racontes pas ce que tu sais de ton plein gré, on demandera un mandat d'arrêt, on t'emmènera au commissariat et là-bas, tu devras parler devant des policiers, des avocats et un juge. C'est vraiment ce que tu veux ?

Navarro remarque que Noelia hésite et choisit de se montrer compréhensive.

— Tu vas peut-être avoir l'impression de la trahir, Marta, mais tout ce que tu nous diras peut nous aider à lui sauver la vie. On finira bien par découvrir ce que tu nous caches. Mais peut-être trop tard. Alors s'il te plaît…

— Elle était escort, lâche-t-elle enfin. Pute de luxe, si vous préférez. Elle était très cotée et elle avait des clients âgés qui la payaient assez cher. C'est sûrement pour cela qu'elle avait de l'argent sur elle et qu'elle a pu louer un appartement. Je ne sais rien de plus, vraiment.

Après avoir quitté la résidence universitaire, encore surpris par la révélation de la meilleure amie de Noelia Sampedro, Navarro et Molina se rendent au bureau de l'avocat Juan Carlos Solozábal.

Ils apprennent par le concierge de l'immeuble qu'il était très discret, passait la plupart de son temps au tribunal et n'avait jamais eu de problèmes avec personne. Il leur indique le bar où il avait ses habitudes matinales. Là-bas, le serveur ne se souvient de rien de particulier concernant l'avocat, sauf…

— Peu de temps avant toute cette histoire, une femme qui le cherchait s'est présentée ici. Je me souviens d'elle parce que, mis à part son œil au beurre noir, c'était une bombe.

— Vous ne savez pas comment elle s'appelait ni où nous pourrions la trouver ?

— Aucune idée. Elle est arrivée, ils ont échangé quelques mots puis ils sont repartis ensemble. Tout ce que je sais, c'est qu'elle portait une alliance.

— Avez-vous eu la sensation qu'il y avait quelque chose entre eux ?

— Si je devais parier, vu comme ils se regardaient, je dirais que oui. Mais peut-être que je me fais des films et que c'était juste une cliente du cabinet, hein ?

Après une séance de porte-à-porte dans l'immeuble, une femme leur raconte que, quelques jours auparavant, elle a croisé Juan Carlos Solozábal avec une très belle femme dans l'ascenseur et que cette dernière n'a pas desserré les mâchoires, pas même pour dire bonjour.

Avant de retourner au commissariat, Navarro et Molina passent au palais de justice afin de parler à nouveau avec l'assistante de la juge García. Ils la trouvent un peu pompette après qu'elle a assisté au pot de départ d'un collègue, et plus loquace avec deux verres de vin dans le nez que lors de leur première rencontre. Après quelques questions de routine, Navarro aiguille l'entretien vers les défauts de la victime.

— C'est pas très beau de dire du mal des morts...

— Mais, si vous deviez le faire... ?

— Je ne sais pas... Elle n'avait pas beaucoup de relations avec ses collègues. Elle ne participait à aucun repas de boulot ou truc de ce genre.

— Vous savez ce qu'elle faisait de son temps libre ?

— Elle ne parlait plus à son ex-mari et son fils vole de ses propres ailes. Certains disent qu'elle s'amusait autrement.

— Comment ça, autrement ? Alcool ? Drogues ?

— Non, ça non ! s'offusque l'assistante. Il y a quelques années, elle engloutissait des petites fortunes dans les machines à sous, mais, à ce qu'on dit, elle avait trouvé un autre passe-temps. Un ami greffier m'a confié que son truc à elle, c'étaient les cartes. Le poker. Il l'avait vue jouer lors d'un tournoi au casino de Torrelodones. Il paraît qu'elle se débrouillait assez bien...

42

La nuit où ils décidèrent de s'enfuir ensemble, Juan Carlos Solozábal et Gianna Gallo firent l'amour comme s'il ne devait pas y avoir de lendemain ; sûrement parce que ni l'un ni l'autre ne pouvait s'empêcher de penser qu'il n'y en aurait peut-être pas : si jamais Salvatore Fusco apprenait l'existence de leur projet, il ne se contenterait pas d'envoyer Adriano pour les tuer…

La tête sur la poitrine de son amant, Gianna sentait son cœur battre à mille à l'heure, sans doute pas seulement à cause de l'intensité de leurs ébats sexuels. Tout à coup, elle craignit qu'il regrette. La conviction avec laquelle il avait dit qu'il était prêt à tout pour elle était peut-être le fruit de l'excitation. Et si tout cela s'était envolé après l'orgasme ? Elle se jeta à l'eau :

— Tu… tu es sûr que tu m'aimes, Juan Carlos ? Tu es vraiment prêt à tout quitter pour moi ?

— Évidemment que oui !

— Mais tu ne pourras plus être avocat et tu devras t'exiler et…

— Arrête, s'il te plaît, la coupa-t-il en douceur. J'ai déjà pensé à tout ça et la seule chose qui m'importe, c'est d'être avec toi.

Gianna lui sourit, soulagée.

— Où irons-nous ?

— Loin, à l'autre bout du monde. Si nous voulons survivre, nous devrons disparaître pour toujours de la surface de la Terre.

— En Australie ou en Nouvelle-Zélande, par exemple ? On ne peut pas aller plus loin.

— Peut-être... Mais pour cela nous aurons besoin d'argent, de beaucoup d'argent. En tout et pour tout, je pense pouvoir rassembler quarante mille euros, mais avec ça, on n'ira nulle part. Nous n'arriverions même pas à vivre six mois.

— Moi j'ai des bijoux. Beaucoup de bijoux.

Juan Carlos se redressa et la regarda, sa curiosité éveillée.

— De valeur, je suppose.

— Ceux qui sont à la maison valent environ cent cinquante mille euros. Et dans le coffre-fort de la banque, il y en a pour plus de deux millions. Sans compter l'argent que Salvatore y a déposé.

L'avocat sentit son estomac se contracter lentement. Voler l'argent d'un mafieux du calibre de Salvatore Fusco était la plus grande bêtise que puisse commettre un homme, peut-être juste après lui voler son épouse. Mais pris séparément, chacun de ces actes le condamnerait déjà à une mort certaine ; les additionner n'aggraverait pas vraiment la situation.

— Et toi, tu as accès à ce coffre-fort ?

Juan Carlos était en train de se débarrasser des documents accumulés les cinq dernières années dans son bureau lorsque le vieux Fonseca toqua à la porte.

— Entre, Ramón. Je t'attendais.

L'homme regarda, méfiant, le désordre matérialisé par deux grands sacs-poubelle remplis de papiers à côté de l'entrée.

— Tu t'en vas quelque part, mon garçon ?

— Non, mentit Juan Carlos. Mais, de temps en temps, il est

bon de faire un peu de ménage ; sinon, les papiers finissent par nous manger tout crus. Assieds-toi, je t'en prie.

Juan Carlos s'installa derrière son bureau et fit semblant de consulter le dossier de Gonzalo Fonseca, qu'il connaissait déjà par cœur. En réalité, il rassemblait son courage pour expliquer au vieil homme la raison de son appel. Après quelques secondes de silence, il se lança :

— Écoute, Ramón… Je t'ai dit à plusieurs reprises que je ne pouvais pas faire grand-chose pour aider ton fils. Les preuves contre lui sont irréfutables.

— Ce sont de fausses preuves.

— Peut-être, mais je suis dans l'incapacité de le démontrer. J'ai bien tenté de trouver une piste exploitable, mais j'ai échoué.

— Qu'est-ce que t'essaies de me dire, Juan Carlos ?

— Que le mieux, c'est de laisser la place à quelqu'un qui aura une vision nouvelle de l'affaire.

— Tu ne peux pas nous abandonner maintenant ! lança Ramón Fonseca en serrant les poings. Le procès vient de débuter.

— J'ai déjà envoyé une copie du dossier à un collègue et…

— Tu ne peux pas nous abandonner, merde ! s'énerva le vieil homme.

— Calme-toi, s'il te plaît.

Loin de se calmer, Ramón Fonseca fit le tour de la table et, malgré ses quatre-vingt-quatre ans, le saisit violemment par la chemise pour le faire lever puis le poussa contre le mur. Le cadre où se trouvait le diplôme d'avocat de Solozábal tomba au sol et le verre se brisa en mille morceaux.

— Je te jure que si tu nous laisses en plan, je te tue ! hurla Fonseca, hors de lui.

— Lâche-moi, putain ! explosa l'avocat. Quand vas-tu accepter que ton fils a bien tué ta belle-fille !?

Il repoussa Fonseca. Celui-ci lui jeta le regard le plus menaçant qu'on lui ait adressé de toute sa vie.

— Bâtard ! cracha-t-il.

— Sors de mon bureau, s'il te plaît, demanda Solozábal en se rajustant. Le nouvel avocat de ton fils t'appellera aujourd'hui.

— Si Gonzalo est condamné, je t'en tiendrai responsable, menaça Fonseca avant de sortir, fou furieux.

Comme Juan Carlos Solozábal était sur le point de dérober l'épouse et une partie de la fortune d'un chef de la 'Ndrangheta, la mafia calabraise, il ne prit pas trop au sérieux la menace d'un bon père qui, dans une tentative désespérée, voulait aider son fils…

43

— Ils n'ont pas été achetés ! hurle le capitaine Ramos en débarquant dans la salle d'interrogatoire.

Plus affaibli que jamais, Ramón Fonseca tente de se concentrer et de remettre en marche son cerveau épuisé.

— Quoi ?

— Vous vous êtes trompé en ce qui concerne la juge, l'avocat et la témoin, putain ! Ils n'ont pas été soudoyés afin d'obtenir la condamnation de votre fils !

— Bien sûr que si. La juge s'est acheté… commence machinalement le vieil homme.

— Elle a acheté un appartement à Valence, l'interrompt Ramos, avec de l'argent qu'elle a gagné au poker. Nous avons parlé avec plusieurs joueurs professionnels qui nous ont assuré qu'elle était assez connue dans le milieu parce qu'elle se débrouillait très bien. Quant à la jeune femme, nous sommes sûrs que l'argent qu'elle avait en sa possession, elle l'avait gagné en se prostituant.

— Non ! On l'a payée pour témoigner…

— Plusieurs mois après le jugement, monsieur Fonseca ? Vous ne trouvez pas ça absurde ? Si on devait me payer pour faire un faux témoignage sous serment, j'exigerais l'argent d'avance. Et ce n'est pas fini : nous sommes sûrs que l'avocat Juan Carlos Solozábal préparait en effet son départ d'Espagne. Mais pas parce qu'il avait touché un pot-de-vin : parce qu'il était tombé amoureux d'une femme mariée et qu'il voulait s'enfuir avec elle.

Ramón Fonseca digère l'information, étourdi, mais réussit à se reprendre immédiatement.

— Tout ça ne change rien.

Le capitaine Ramos frappe sur la table, irritée.

— Ah, non ? Vous vous rendez compte que vous avez tué une femme innocente qui n'a fait que son travail ?

— Qu'elle l'ait fait de bonne ou mauvaise foi, cette juge s'est trompée en condamnant mon fils, elle a payé pour cela, répond froidement Ramón. Un travail avec de telles responsabilités comporte des obligations élémentaires qu'elle n'a pas respectées.

— Et l'avocat ? Vous allez le laisser mourir simplement parce qu'il est tombé amoureux ?

— Il nous a trahis et a abandonné mon fils quand nous avions le plus besoin de lui. Et puis vous me répétez que je laisse mourir ces personnes, mais en réalité, c'est vous qui les tuez.

— Moi je n'ai pas installé un minuteur connecté à une bouteille de monoxyde de carbone, monsieur Fonseca.

— Ça n'était pas si important que ça de sauver une vie quand c'était celle de mon fils qui était en jeu, capitaine ! Si vous ne voulez pas d'autres morts, faites bien votre job.

— Dites-moi où se trouvent Juan Carlos Solozábal et Noelia Sampedro.

— Je vous dirai bientôt où est le cadavre de l'un d'entre eux.

— Vous êtes un putain de dingo, vous savez ça ?

— À votre place, plutôt que de m'insulter, j'utiliserais mon énergie pour retrouver l'assassin de ma belle-fille, capitaine Ramos.

Son flegme la frustre tant que l'espace d'un instant, elle perd les pédales :

— Écoutez-moi bien, Fonseca, murmure-t-elle, menaçante. Si ces deux personnes meurent, je vous jure que je m'occuperai personnellement de votre fils pour qu'il ne refoute jamais les pieds dans la rue, même si on découvrait qu'il n'a pas tué la moindre mouche de toute sa vie. C'est compris ?

Ramón Fonseca sourit, toujours aussi calme.

— Je vous ai choisie parce que je sais que vous ne vous le permettriez jamais, capitaine. Ce système corrompu m'a transformé en coupable, mais mon fils est innocent, et vous ne vous arrêterez que quand cette injustice sera réparée. Vous avez toujours été honnête, quelles que soient les circonstances, et ça ne sera pas différent cette fois.

Le capitaine Ramos sort de la salle d'interrogatoire exaspérée. Dans le couloir, le lieutenant Moreno l'attend.

— Ça donne envie de lui fracasser la tête contre la table, hein ?

— Un peu, c'est vrai.

— Moi ça fait quelques jours que j'ai arrêté de l'interroger. Il s'est enfermé dans son histoire et il n'est plus capable de voir qu'il ne contrôle plus rien.

— Il doit bien y avoir quelque chose pour le faire réagir, putain ! Je ne crois pas qu'il soit indifférent à tout.

— À tout, sauf à son fils.

— À tout, sauf à son fils... répète pensivement Ramos.

L'agent Óscar Jimeno s'approche d'eux avec la mine satisfaite, quelques papiers en main.

— Chef, je t'ai cherchée partout...

— Eh bien tu m'as trouvée. Que se passe-t-il ?

— J'ai enquêté plus en détail sur la vie du promoteur, et devine quoi ?...

— C'est pas le jour des devinettes, dépêche-toi de me le dire !

— Il adore le poker, comme la juge. J'ai trouvé une ou deux photos où on le voit à la même table que des célébrités lors de parties privées.

— C'est un peu tiré par les cheveux, non ? Beaucoup de gens aiment le poker, note Moreno, dubitatif.

— Oui, confirme Ramos. Le plus probable est qu'il s'agit seulement d'une coïncidence, mais désormais nous avons un lien entre Almudena García et Sebastián Oller. Bon travail, Jimeno.

— Merci, chef, sourit l'agent, fiérot.

— Où est María ? C'est le moment d'aller parler à ce M. Oller.

— Je crois qu'elle est allée vérifier que tous les permis étaient en règle sur le chantier du parcours de golf près de Tolède, répond Jimeno.

— Alors tu viens avec moi, Moreno.

Quelque chose est en train de changer entre le capitaine Ramos et le lieutenant Moreno, car, pour la première fois depuis qu'ils travaillent ensemble, son estomac ne se serre pas alors qu'il doit l'accompagner quelque part...

44

Pour Sebastián Oller, une visite de la police n'est jamais une bonne nouvelle. Une personne normale aurait au moins une petite idée du motif, mais lui a besoin de s'asseoir derrière son bureau et de réfléchir avant de laisser entrer des flics. Dans ces cas-là, la secrétaire a ordre de gagner du temps pour que son patron appelle son avocat et que celui-ci l'informe des affaires en cours afin de lui éviter de s'empêtrer dans un mensonge.

Au bout de dix minutes, il est prêt et autorise sa secrétaire à faire entrer ses visiteurs. Ceux-ci se présentent et il les prie de s'asseoir.

— Eh bien, commence Oller, dites-moi en quoi je peux vous aider.

— Je ne sais pas si vous êtes au courant que nous avons rouvert l'affaire Andrea Montero, déclare Ramos.

— J'ai vu cela à la télévision, oui. Son assassinat a été un rude coup pour notre petite famille.

— Étiez-vous régulièrement en contact avec elle ?

— Nous n'étions pas intimes, mais ça faisait plusieurs années qu'elle travaillait pour moi et nous avions une relation très cordiale. De mon côté, j'étais très content de son travail. Et je crois qu'elle était également épanouie dans cette entreprise.

— Jusqu'à quelques semaines avant sa mort… fait remarquer Ramos.

— Pardon ?

— Si nous avons bien compris, au cours des dernières semaines, Andrea Montero a eu des soucis sur le chantier près de Tolède, là où se construisent des villas, le long de ce parcours de golf identique à celui de…

Les trois secondes que Sebastián Oller met à compléter la phrase font comprendre aux policiers qu'ils l'ont désarçonné.

— D'Augusta, dit-il enfin.

— Que lui est-il arrivé exactement, monsieur Oller ?

L'esprit du businessman s'emballe. Il doit improviser une réponse crédible afin d'enterrer à jamais ce début d'enquête, sinon quelque chose pourrait éclater au grand jour et non seulement le ruiner, mais aussi lui faire passer de nombreuses années à l'ombre. Le regard inquisiteur du capitaine Ramos l'empêche de se concentrer comme il le voudrait, mais c'est surtout l'attitude sans gêne et décontractée du lieutenant qui le perturbe. Celui-ci n'a cessé depuis le début de l'entretien de piocher dans le bocal de bonbons posé sur son bureau. Il les mastique en faisant de petits bruits, et parfois enlève de l'index un morceau coincé entre ses dents. Sa supérieure lui lance de loin en loin un regard réprobateur ou furieux.

— Qui vous a dit qu'Andrea avait eu des problèmes ? demande Oller en essayant de gagner un peu de temps.

— Comme vous le comprendrez aisément, ce n'est pas à vous qu'on va balancer ça, répond Moreno avec flegme.

— Pour le moment, il s'agit d'une discussion amicale, monsieur Oller, ajoute Ramos, mais si vous ne nous répondez pas immédiatement, cela se transformera en quelque chose de plus formel et nous mettrons votre entreprise sens dessus dessous.

Le chef d'entreprise semble rendre les armes.

— Ça va, je vais vous le dire. Peu après le début du chantier, nous nous sommes rendu compte que le projet était trop gros pour qu'Andrea le dirige seule. Elle a très mal vécu qu'une autre personne soit chargée de superviser son travail.

— Alors c'était juste une question d'ego ? demande Ramos.

— Au début, oui, mais ensuite, elle a commencé à avoir des exigences que nous ne pouvions satisfaire.

— Par exemple ?

— Elle voulait que l'on double son salaire, et n'a pas hésité à nous faire du chantage.

— Comment ?

Sebastián Oller soupire, comme si devoir confesser tout ça était la chose la plus difficile qu'il ait eu à faire de sa vie.

— Quand nous avons commencé les ventes sur le projet, nous n'étions pas propriétaires de tous les terrains. Et un agriculteur refusait de nous céder sa propriété. Il y a quelques mois, nous étions enfin parvenus à un accord, mais, à ce moment-là, on aurait pu nous interdire de poursuivre le chantier, avec un surcoût énorme pour l'entreprise. Andrea a menacé de rendre tout cela public.

— Et c'est pour cela que vous l'avez fait tuer ? glisse finement Ramos.

— Bien sûr que non ! s'indigne Oller. Ni moi ni personne dans l'entreprise n'avons quoi que ce soit à voir avec sa mort !

Indira Ramos l'observe en silence tout en essayant de deviner s'il dit vrai. Le récit qu'il vient de leur faire corrobore en partie celui de Silvia Ribot, l'amie de la victime, à qui Andrea voulait remettre des documents. Mais, à moins d'avoir reçu des menaces de mort, cela n'explique pas la peur ressentie par Andrea...

— Une dernière chose, monsieur Oller, lâche Ramos. Nous avons entendu dire que vous étiez un grand amateur de poker.

— Ce n'est pas un délit, il me semble.

— Pas du tout. Nous voulons juste savoir si vous aviez déjà rencontré la juge Almudena García, celle qui vient d'être retrouvée morte.

Pour la deuxième fois, Oller est pris au dépourvu. Mais, avec l'aplomb du bluffeur, il répond :

— Jamais, capitaine. Je ne savais même pas que cette dame jouait au poker.

45

À peine terminé son examen de droit de la communication audiovisuelle, Noelia courut chez Marta avec la joie d'un enfant qui se précipite dans le salon le matin de Noël.

— Alors, on m'a envoyé quelque chose ?

Marta lui montra les paquets qui étaient sur la table en essayant de cacher la jalousie qui la rongeait. Noelia s'était figée en voyant que l'un était siglé Yves Saint Laurent et l'autre Manolo Blahnik. Elle retint sa respiration et parcourut à tout petits pas la distance qui la séparait de la table, comme si elle se dirigeait vers le bout du plongeoir de dix mètres sans être sûre qu'il y avait de l'eau dans la piscine. Elle regarda les deux paquets en silence, sans arriver à décider lequel ouvrir en premier.

— Qu'est-ce que tu attends ? s'impatienta Marta.

— Cela fait si longtemps que je rêve d'avoir des talons Manolo. Depuis le jour où j'ai vu Mister Big demander Carrie Bradshaw en mariage dans *Sex and the City* et qu'elle portait des Hangisi bleus. Ce mec excitait tellement ma mère !

— J'espère qu'il t'excitait aussi, parce que tous tes clients vont avoir cet âge-là.

— Tu connais celui de ce soir ?

— Tu veux bien ouvrir le carton une bonne fois pour toutes ? la pressa Marta.

Noelia se décida enfin et se retrouva devant les chaussures qu'elle avait toujours désirées. Elle les regarda en détail, en respira l'odeur puis les embrassa.

— Je ne crois pas que je les enlèverai, même pour dormir !

— Ça a beau être des Manolo, il n'y a rien de plus jouissif que d'enlever ses talons après les avoir portés toute la soirée. Voyons cette robe !

C'était en fait un smoking noir, avec une veste cintrée aux revers en satin. Marta sourit en voyant son amie tellement émue, même si une haine viscérale germait peu à peu en elle, nourrie par une jalousie féroce. C'était son premier rendez-vous et déjà, elle obtenait ce que Marta attendait depuis si longtemps !

— Comme tu peux le voir avec cet ensemble, Noe, Guillermo n'aime pas les choses trop extravagantes.

— Comment est-il, ce fameux Guillermo ?

— Séduisant, agréable et très généreux. Prépare-toi, parce qu'il a beau être très correct lors du dîner, après, il peut passer une heure et demie à te dévorer la chatte.

— Cool !

Le taxi envoyé par l'agence laissa Noelia devant les portes du théâtre à huit heures moins le quart, quelques minutes avant le début de la représentation de *Mariana Pineda* de Federico García Lorca. Pendant le trajet, craignant de passer pour une plouc aux yeux de son client, elle s'était informée à propos de l'œuvre et des acteurs.

Lorsqu'elle descendit de voiture, le silence se fit quelques secondes à l'entrée du théâtre. Même Guillermo Torres, actionnaire de plusieurs entreprises, collectionneur d'art, mécène, propriétaire d'un club de football, fut saisi. Il était difficile de le surprendre, mais Noelia y était parvenue en deux secondes. Si avec ça elle avait la tête bien remplie, elle serait parfaite.

— Noelia, je suppose, dit-il en s'approchant d'elle.

Noelia fut soulagée de constater que ce que lui avait dit Marta était vrai : si l'homme avait le double de son âge, il était séduisant et avait beaucoup de classe.

— Guillermo, je suppose.

Devait-elle tendre la main, lui faire la bise ? Heureusement, il mit fin à son dilemme en l'embrassant sur les deux joues.

— Nous devrions entrer. La pièce va bientôt commencer.

Au début, Noelia n'était pas détendue et ne pensait qu'au moyen d'éveiller en Guillermo cette générosité évoquée par Marta et Arancha, mais au bout d'une vingtaine de minutes, elle oublia qu'elle travaillait et elle put profiter de la représentation. Elle ressortit du théâtre enchantée par la pièce.

Son cavalier l'emmena ensuite dîner au Coque, deux étoiles au Michelin. Ils commencèrent la soirée au bar à cocktails, poursuivirent à table et terminèrent au salon. Deux heures et demie durant, Noelia et Guillermo multiplièrent les sujets de conversation tout en découvrant des saveurs nouvelles accompagnées de nectars millésimés. Le seul moment où la réalité rattrapa la jeune femme, c'était quand elle calcula la somme qu'était disposé à payer Torres pour cette nuit-là. « Plus tu passeras de temps avec lui, mieux ce sera pour toi. Et si après il t'invite à dormir à l'hôtel, c'est top », lui avait dit Marta en l'aidant à se maquiller.

À la sortie du restaurant, ils décidèrent d'effectuer une promenade pour rejoindre l'hôtel où logeait Guillermo. Après deux cents mètres à peine, Noelia s'arrêta.

— Cela t'ennuie si j'enlève mes chaussures ?

— Elles te font mal ?

— Non, non, répondit-elle en se déchaussant. Mais je ne veux pas les abîmer.

En arrivant à la chambre, Noelia avait les pieds tout noirs. Guillermo l'observa en souriant tandis qu'elle les frottait énergiquement dans le bidet. Puis elle prit une douche rapide et sortit de la salle de bains les cheveux attachés en queue-de-cheval, tout juste vêtue d'un minuscule string noir. Elle s'approcha de Guillermo en cachant ses seins comme par timidité, ce qui l'excita encore plus. Elle prit le verre que lui tendait son client et en but une toute petite gorgée. Ensuite elle l'embrassa, les lèvres humides de whisky.

— Qu'est-ce que tu aimes ? demanda Guillermo en la regardant droit dans les yeux.

— Qu'on me bouffe la chatte pendant des heures...

46

Le lendemain de sa conversation avec Vargas, dans la cour, Gonzalo Fonseca voit Gheorghe s'approcher de lui, escorté par deux de ses hommes. Gonzalo panique et cherche ses nouveaux amis du regard, mais il ne repère pas les Colombiens, ni dans leur zone habituelle près du terrain de basket ni à l'entrée de la cantine. Trop occupés à regarder un match de foot, les gardiens ne semblent pas vraiment disposés non plus à lui venir en aide.

— Tu n'as rien pour moi ? lui demande le Roumain.

— Tu... tu n'as pas su ce qui était arrivé, Gheorghe ? répond Gonzalo sans pouvoir empêcher sa voix de trembler. Hier, il y a eu des fouilles dans tout mon quartier.

— Mais comme j'ai entendu dire qu'ils n'avaient rien trouvé, j'ai supposé que tu avais bien caché la marchandise. Tu peux me la filer, maintenant.

Gonzalo jette à nouveau un coup d'œil alentour, mais toujours aucune trace de Walter Vargas et de ses hommes. En sortant de sa cellule la veille, il avait eu l'impression que Vargas accepterait l'accord, mais là il commence à penser qu'il est seul et fourré jusqu'au cou dans les emmerdes. Le regard du Roumain se durcit.

— Il n'y a rien qui me casse plus les couilles que de devoir me répéter. J'ai dit que tu pouvais me donner ma marchandise.

— Le problème, c'est que... j'ai dû m'en débarrasser.

— Eh bien, récupère-la et donne-la-moi.

Gonzalo déglutit péniblement, livide.

— Ça... ça va être impossible, Gheorghe. Je l'ai balancée aux toilettes.

Le Roumain le toise, incrédule, pendant que ses sbires commencent à faire craquer les jointures de leurs poings. La trouille au ventre, Gonzalo sait qu'il est perdu. Gheorghe lui passe un bras derrière les épaules, comme si ses intentions étaient amicales.

— Tu ne dis pas ça sérieusement.

— Je suis désolé, Gheorghe, mais je n'ai pas eu d'autre choix.

— Alors tu me dois beaucoup d'argent. Tu sais ce qu'il y avait dans ce paquet ? Cinquante ampoules de LSD à cent euros pièce.

— Quarante, il y en avait quarante.

— Qu'est-ce que tu dis ?

— Pour les balancer, j'ai dû ouvrir le paquet de clopes et j'ai vu qu'il y en avait quarante.

Le trafiquant sourit, puis lui donne un coup de poing dans l'estomac. Gonzalo tombe au sol à genoux et ouvre la bouche pour chercher de l'air.

— Relevez-le.

Ses deux sbires le relèvent et Gheorghe s'approche de lui, menaçant.

— Cinquante ampoules à cent euros chacune, ça fait cinq mille euros. Et comme à cause de toi je vais décevoir certains de mes clients, je devrai les indemniser, donc tu me dois sept mille. Je te donnerai l'adresse de ma femme pour que quelqu'un les lui porte.

— Je n'ai pas autant d'argent, Gheorghe. Tout ce que j'avais est parti en frais d'avocats, et maintenant, avec mon père qui...

— Me raconte pas ta vie.

Un autre coup de poing le plie en deux. Gonzalo a de nouveau les jambes qui flanchent. Il vomit.

— Putain de porc ! éructe le Roumain. Regarde ce que t'as fait à mes chaussures !

Gheorghe lui assène un coup de pied dans l'estomac. Un autre haut-le-cœur secoue le corps de Gonzalo. Son agresseur a anticipé et fait un pas en arrière, évitant les restes du repas qui jaillissent de sa bouche.

— On arrive en retard à cette fête ?

Gonzalo lève les yeux. Walter Vargas et ses sbires se sont enfin pointés. Les deux groupes se font face et se jaugent.

— C'est une réunion privée, dit Gheorghe.

— Elle ne l'est plus quand tu maltraites un de mes hommes.

Fabian et un autre Colombien, lui aussi torse nu et tatoué de la tête aux pieds, relèvent Gonzalo et l'emmènent derrière leur groupe. Gheorghe sait qu'il doit se méfier du manchot, malgré son allure inoffensive, mais il ne peut pas perdre la face. Ni son argent.

— Ton homme me doit sept mille euros.

— La moitié, et on en reste là.

Si Gheorghe était intelligent, il accepterait et oublierait cette histoire, mais quelqu'un qui a été élevé dans les rues de Bucarest ne se laisse jamais intimider, et encore moins par un manchot aux allures de fonctionnaire.

— La dette est de sept mille euros, répond-il fermement. Si tu veux pas qu'il arrive quelque chose à ton gars, paie.

Cela ne dérange pas Walter Vargas d'avoir à négocier : s'il avait été à la place de Gheorghe, il aurait fait exactement la même chose. Ce qui le dérange, c'est le regard condescendant qu'il lui adresse en s'éloignant. En Colombie, il a déjà tué pour bien moins que ça.

— Tu vas me revenir cher, dit-il à Gonzalo.

— Je vous assure que je vous dédommagerai, monsieur.

— J'espère bien, parce que si ce n'était pas le cas, en plus d'avoir des dettes envers Gheorghe, tu en aurais également envers moi.

Gonzalo acquiesce. Le message est clair. Walter Vargas se dirige vers le terrain de basket-ball, songeur. En réalité, il n'a nullement besoin de Gonzalo Fonseca, ce qu'il lui a offert en échange de sa protection lui est très peu utile, mais il a aimé son culot. De plus, il craint d'avoir à passer beaucoup de temps en prison à cause de l'assassinat de cette femme dont il a mis le corps dans une valise avant de le jeter dans le bassin du Retiro. Or, en prison, le respect se mesure aussi à la quantité d'hommes qui ont une dette envers vous.

— Vous allez verser les sept mille euros, chef ? lui demande Fabian.

— Tu crois que je vais donner de l'argent à ce fils de pute ?

— Si vous ne le faites pas, c'est sûr que ce sera la guerre.

— Alors nous devons nous préparer à la guerre.

47

En petite tenue, Indira Ramos récure sa maison de fond en comble. Elle ne pourrait pas dormir tranquille si elle ne le faisait pas au moins tous les trois jours. Deux ans auparavant, elle a enquêté sur l'assassinat d'un ouvrier dans la salle de dépeçage d'un abattoir. En entrant là-dedans, elle a fait une fixation sur le papier vinyle collé aux murs. De toutes les questions qu'elle a posées ce jour-là, moins de la moitié était en rapport avec le crime. Quelques jours plus tard, les sols et murs de sa maison étaient recouverts de cette matière. Cela lui a coûté une petite fortune, mais désormais sa lutte contre les virus et les bactéries est beaucoup plus rapide et efficace.

Quand on sonne à sa porte, elle s'approche du judas en tâchant de ne pas faire de bruit. En découvrant le lieutenant Moreno de l'autre côté de la porte, elle se trahit par un petit claquement de langue réprobateur.

— Je sais que t'es là, chef !

— Je ne peux pas t'ouvrir.

— Alors je vais attendre que tu puisses. J'ai tout mon temps.

Indira commence à le connaître et elle sait qu'il ne s'en ira pas. Elle va se doucher, enfile des vêtements puis lui ouvre la porte. Iván sourit comme s'il n'avait pas attendu quinze minutes sur le palier. Il porte deux sacs ornés du logo d'un supermarché.

— Que veux-tu ?

— J'apporte le dîner, répond-il en montrant les sacs.

— Pourquoi ?

— Parce qu'hier, tu nous as invités à manger chinois et là, c'est mon tour. Évidemment, je me suis aperçu que tu n'avais rien avalé.

— Je n'aime pas la nourriture chinoise.

— Ce que tu n'aimes pas, c'est imaginer comment elle est préparée. Je promets de respecter scrupuleusement les règles d'hygiène. Tu me laisses entrer ?

Indira essaie de résister, mais quelque chose la pousse à sauter le pas. Lorsqu'elle s'écarte, Iván se dirige vers la cuisine, laisse les sacs sur le plan de travail et se lave consciencieusement les mains puis commence à sortir les aliments.

— Je pensais préparer un steak tartare avec une salade de roquette, tomates cerises et avocat. Des ingrédients naturels qui ne nécessitent que très peu de manipulations. Est-ce que ça te convient ?

Indira acquiesce tout en l'observant avec curiosité. Iván sort une boîte de gants jetables et en enfile une paire, puis il tire une bouteille de vin blanc de l'un des deux sacs et cherche un tire-bouchon dans les tiroirs.

— Tu les as contaminés, lâche Indira.

Iván se fige.

— Contaminé quoi ?

— Les gants. Tu ne peux pas les enfiler puis prendre une bouteille sans savoir où elle a été stockée. D'abord tu dois la laver.

— Putain... C'est plus compliqué qu'il n'y paraît.

Indira éclate de rire. Elle ne s'y attendait pas. Elle redevient sérieuse et retrouve sa retenue.

— Et si tu t'asseyais et restais tranquille pendant que je m'occupe du repas ? propose-t-elle.

— Le but, c'était de te préparer ma recette spéciale.

— Guide-moi, alors.

Iván accepte et s'assied avec son verre de vin à l'endroit que lui indique Indira. Celle-ci commence à préparer un steak tartare en fusionnant leurs deux recettes, pendant qu'ils parlent de leurs collègues, de l'affaire sur laquelle ils enquêtent, et même de leurs histoires personnelles respectives.

— Tu ne sors pas avec la fille d'un ministre ou un truc dans le genre ? demande Indira.

— Je *sortais*. Nous avons rompu il y a quelques mois. Et toi ? Tu as quelqu'un ?

— Je ne suis pas très douée avec les autres.

— Ah non ? Tu es tellement simple à vivre, pourtant… ironise-t-il.

Indira lui sourit à nouveau, malgré elle, et se sent détendue au point de lui laisser mettre le couvert – après qu'Iván a beaucoup insisté, néanmoins.

— La vache ! s'exclame-t-il en goûtant le tartare. Il est bien meilleur que celui que je fais !

Ils mangent, bavardent, rient beaucoup, et quand Indira réalise qu'elle passe la soirée avec son collègue, ils sont assis sur le canapé, la seconde bouteille de vin à moitié vide devant eux. Le plus curieux, c'est qu'au cours de l'heure écoulée, elle a oublié ses manies. Ainsi, elle n'a pas tiqué en voyant qu'Iván ne posait pas son verre sur le sous-verre et que la table basse est constellée d'auréoles, ce qui lui aurait hérissé les poils à n'importe quel autre moment.

— Bon, alors nous sommes enfin quittes, dit-elle.

— De quoi parles-tu ?

— Je sais que tu crois avoir une dette envers moi parce que j'ai empêché Walter Vargas de t'exploser la cervelle, mais après ce dîner, tu ne me dois plus rien.

— Cette vie que tu as sauvée ne m'a pas coûté très cher.

Indira lui sourit une fois de plus, mais c'est un sourire différent, l'un de ceux où les mots sont de trop. Iván comprend ce qu'il signifie et, bien qu'il le désire de toutes ses forces, il n'ose pas bouger d'un iota, de peur de tout gâcher. Il commence à la connaître et devine que, pour elle, le contact physique est en tête de liste des dangers potentiellement mortels. Mais il n'a pas besoin de s'approcher davantage, car c'est elle qui parcourt la distance qui les sépare et l'embrasse.

Après le premier baiser, celui de la prise de contact, en arrive un second, plus passionné, au cours duquel leurs mains cherchent leurs corps avec frénésie. Quand l'excitation est à deux doigts de les conduire irrémédiablement vers le lit, Indira s'écarte.

— Attends… Ce serait mieux que tu t'en ailles.

— T'es sûre ?

— Oui. Demain, nous avons une journée compliquée.

Iván hoche la tête, malgré sa frustration.

— Ç'a été un plaisir, Indira.

— Plaisir partagé… Contre toute attente.

Elle l'accompagne jusqu'à la porte et, dès qu'elle la referme, elle redevient la femme maniaque et méfiante qui suscite si souvent le rejet de ceux qui croisent son chemin. Pendant quelques minutes, elle essaie de trouver une explication au fait que le goût qu'elle note dans sa bouche, celui des lèvres d'une autre personne, n'entraîne chez elle aucune attaque de panique. Mais elle n'y parvient pas.

Elle range et lave entièrement la maison une fois de plus – y compris les endroits où Moreno n'est pas allé. Quand elle a terminé, épuisée, elle pense se coucher, mais comme elle sait qu'elle n'arrivera pas à dormir, elle se met à ranger son armoire.

Au bout de deux heures, elle n'est pas le moins du monde calmée.

48

Cinq ans avant de rencontrer Gianna, un matin, Juan Carlos Solozábal avait lu dans le journal une information qui l'avait complètement déconcerté : Patricio Caja, un homme de soixante-dix ans, avait été arrêté et accusé d'avoir falsifié des documents officiels avec une maestria ahurissante. Il n'y aurait pas prêté attention si le faussaire ne vivait pas juste en dessous de son appartement et s'ils n'avaient pas commencé à nouer une forme d'amitié – Juan Carlos était convaincu qu'il était seulement un employé de banque à la retraite.

Il avait descendu les escaliers pour parler à sa femme, Charo, et avait offert de le défendre gratuitement. Il avait obtenu une condamnation minime, qui avait déjà été en partie effectuée quand le jugement avait été prononcé. Par la suite, Patricio et Charo avaient vendu leur appartement et déménagé à Valdemorillo.

Quand il vit son avocat à sa porte, Patricio Caja l'embrassa franchement.

— Mon cher Juan Carlos, quelle joie de te revoir ! Si tu étais arrivé cinq minutes avant, tu aurais croisé Charo.

— J'ai attendu dans ma voiture qu'elle sorte, avoua Juan Carlos.

— Et pourquoi donc ? demanda le vieil homme, sur ses gardes.

— J'ai pensé qu'elle n'aimerait pas du tout savoir la raison de ma venue.

Patricio Caja n'avait pas eu besoin d'en savoir plus.

— Je ne fais plus ce genre de chose.

— C'est une urgence.

— Dans quel pétrin t'es-tu fourré ?

— Je vais m'enfuir avec la femme d'un capo de la mafia italienne.

— Putain de merde ! s'exclama Caja, impressionné. Ça, c'est ce que l'on appelle avoir des couilles, mon petit.

Il avait fallu plus d'une demi-heure à Juan Carlos Solozábal, et six shots de la bouteille de patxaran qu'il avait apportée, pour convaincre son ancien voisin de falsifier deux passeports.

Garé face à la banque, Juan Carlos attendait nerveusement que Gianna en sorte avec les bijoux et l'argent de son mari. Pour essayer de calmer ses nerfs, il avait allumé la radio, mais comme il n'entendait que de mauvaises nouvelles, il l'avait immédiatement éteinte. Après d'interminables minutes, Gianna ressortit de la banque avec un sac de sport et un air de léger soulagement sur le visage. Elle traversa la rue puis monta dans la voiture.

— Tu as eu un problème ?

— Aucun, mais je ne sais même pas ce que j'ai pris, répondit-elle avec une joie encore contenue. Tout ce qu'il y avait.

Juan Carlos conduisit sans destination précise pour s'assurer que personne ne les suivait, jusqu'au moment où il décida d'entrer dans un parking. Il se gara au dernier étage et ouvrit le sac. À l'intérieur, il y avait beaucoup plus d'argent qu'il ne l'avait imaginé – des bijoux et des liasses d'euros, de dollars, de livres sterling –, mais aussi des documents sur les affaires que Salvatore Fusco avait conclues avec des juges, des politiciens, des policiers et des businessmen au-dessus de tout soupçon.

— Putain, Gianna ! Tu sais ce que ça signifie ?

— Quoi ?

— Que nous le tenons par les couilles !

L'avocat se libéra enfin de la tension accumulée depuis tant de jours. Il embrassa sa maîtresse comme un fou.

— Avant de monter dans l'avion à Barcelone ce soir, je l'appellerai pour lui dire que si l'envie lui prend de nous chercher, nous enverrons ces preuves à tous les médias.

— Tu crois qu'il nous laissera tranquilles ? demanda Gianna, pleine d'espoir.

— Sûrement qu'au début, il aura un accès de jalousie et qu'il voudra nous chercher et nous tuer, mais il se rendra vite compte qu'il vaut mieux nous oublier pour toujours et ravaler sa fierté. Maintenant, nous devons poursuivre le plan comme prévu.

— Je ne veux plus me séparer de toi, protesta Gianna.

— Je sais que c'est difficile, mais tu dois repartir chez toi pendant que je vais chercher les passeports.

— Pourquoi ne puis-je pas venir avec toi ?

— Je te l'ai déjà expliqué cent fois, Gianna : si tu n'es pas là pour manger chez toi, ton mari donnera l'alerte et ordonnera à toute la ville de te chercher. Et nous n'avons pas besoin de ça avant d'être dans le train qui nous conduira à Barcelone cet après-midi.

Cela ne plaisait pas du tout à Gianna de revoir Salvatore, mais Juan Carlos avait raison : ils devaient gagner le plus de temps possible. Et puis ce serait la dernière fois qu'elle verrait le visage du bâtard qui la maltraitait depuis cinq ans.

Après un nouvel échange de baisers passionnés, les deux amants se dirent au revoir. Ils partirent chacun de son côté, Gianna chez elle pour jouer une dernière fois à l'épouse modèle, lui à la gare d'Atocha pour placer le sac de sport dans une consigne. Ensuite, il se rendit à Valdemorillo pour récupérer les faux passeports, deux authentiques œuvres d'art aux noms de David Mateos et de Claudia Vadillo, les identités que Gianna et Juan Carlos avaient choisies pour le restant de leur vie.

Gianna déjeuna avec son mari en dissimulant sa nervosité, puis elle demanda à l'un de ses hommes de la conduire au salon de beauté, où elle avait rendez-vous pour un nettoyage de peau. En arrivant, elle dit à son esthéticienne qu'elle devait sortir par la porte de derrière. L'employée refusa, craignant d'être mêlée à une sale histoire, mais deux billets de cinquante euros finirent par la convaincre.

Juan Carlos attendait dans sa voiture quand la porte de service du salon de beauté s'ouvrit sur Gianna. Ils devaient aller à la gare d'Atocha, prendre le sac puis gagner Barcelone, d'où ils embarqueraient enfin vers une nouvelle vie.

Il allait faire des appels de phares pour l'avertir de sa présence quand un pressentiment l'amena à jeter un coup d'œil de l'autre côté de la rue. Une voiture se garait à moins de cent mètres, entre Gianna et lui. À l'intérieur, il distingua Salvatore Fusco, son neveu Luca, Adriano ainsi qu'un autre homme. Instinctivement, Juan Carlos se coucha en travers des sièges. Ils avaient été découverts ! *A priori*, les mafieux ne l'avaient pas vu.

Nerveuse, Gianna cherchait son amant du regard.

En une seconde, Juan Carlos Solozábal dut prendre la décision la plus difficile de sa vie.

49

Le psychologue essaie de se concentrer sur son jeune patient de neuf heures du matin, atteint de troubles bipolaires, mais des éclats de voix en provenance de l'extérieur du cabinet l'en empêchent. Au bout de quelques minutes, excédé, il se lève et se dirige vers l'accueil. Là, il voit sa secrétaire qui tente de barrer le chemin à Indira Ramos.

— Que se passe-t-il ? demande-t-il, un peu inquiet.

— Je suis désolée, docteur. Cette dame insiste pour vous voir alors qu'elle n'a pas rendez-vous.

— Je suis en consultation, Indira.

— Pardonne-moi, Adolfo, mais c'est super urgent.

— Tu ne peux pas attendre jusqu'à cet après-midi ? Je te prendrai entre deux rendez-vous...

— Impossible, j'ai besoin de te voir tout de suite. S'il te plaît, le supplie-t-elle. C'est une question de vie ou de mort.

Le psychologue soupire, agacé, lui demande d'attendre un instant, puis il disparaît dans sa salle de consultation. Quelques secondes plus tard, son patient en ressort, l'air furieux.

Après avoir présenté ses excuses une vingtaine de fois, Ramos fixe les lacets effilochés, comme si un chien s'était amusé à les mordiller, d'une des chaussures du psychologue.

— T'as vu que tes lacets étaient... ?

— Ne t'avise même pas de le dire, l'interrompt le praticien, à bout de patience.

— D'accord, pardon...

— Je croyais que tu avais réussi à contrôler ces pulsions. Or, tu débarques au cabinet sans prévenir et tu fais un tel foin que je dois interrompre une consultation !

— Tu as toutes les raisons du monde d'être énervé contre moi, mais vraiment, c'est important.

— Raconte.

— Hier, j'ai passé la soirée avec un mec.

— Tu as couché avec lui ? ne peut s'empêcher de s'étonner le psychologue.

— Ça va pas ! Nous nous sommes juste embrassés.

— Et tu n'es pas allée aux urgences pour qu'on te fasse un lavage d'estomac ?

— Ne te moque pas de moi, l'implore-t-elle, profondément accablée. Pour moi, tout ça est déroutant.

Le psychologue soupire, surmonte son irritation et bascule en mode professionnel.

— Qui était-ce ?

— Un policier de mon équipe. Le lieutenant Iván Moreno.

— Le lieutenant Moreno qui fait le beau, qui est malpoli, inculte, sale, vulgaire, peu professionnel, corrompu, puéril et machiste, comme tu le décris si souvent ?

— Je pense toujours la même chose de lui, mais j'ai découvert qu'il a... un truc.

— Il est beau, ça va, j'ai compris.

— Il n'est pas mal, mais au lieu de m'enquiquiner avec mes manies ou de tenter de me convaincre que ce que je fais est absurde, il est venu chez moi hier, m'a respectée telle que je suis, et il était prêt à préparer un dîner pour moi. Il avait même acheté un carton de gants jetables pour me mettre en confiance pendant qu'il manipulait les aliments.

— Et a-t-il réussi ?

— Pas vraiment. Mais c'est l'intention qui compte. Finalement, c'est moi qui ai préparé le dîner, puis nous avons parlé, ri, et une bouteille et demie de vin plus tard, ça s'est produit.

— Qui a embrassé qui ?

— Je crois que c'est moi, mais en ce moment, c'est une telle pagaille dans ma tête que je n'arrive plus à y voir clair. Je ne sais pas ce qui m'a pris.

— Tu apprécies un homme, Indira. Ça n'est pas si absurde que ça, tu sais ?

— C'est parce que je crois qu'il ne me plaît pas, souffle-t-elle, troublée. Je me suis laissé porter parce que, pour une raison que j'ignore, j'étais à l'aise. À cet instant-là, je n'ai même pas pensé à quand pouvait remonter son dernier bain de bouche.

— Tu es une experte quand il s'agit d'annihiler la moindre touche de romantisme ! Tu devrais oublier tes obsessions de propreté ainsi que toutes tes histoires et être contente, fière de toi. Tu te rends compte que cinq ans après, tu as fait voler en éclats la barrière du contact physique ?

— Et je fais quoi maintenant ?

— Comment ça ?

— Quand j'arriverai au commissariat et que je l'aurai devant moi, je ne pourrai pas le regarder dans les yeux.

— Tu sais le nombre de collègues de travail qui, chaque année, couchent ensemble lors de la soirée de Noël et à qui il n'arrive rien quand ils se revoient après leur gueule de bois ? En revanche, si tu es amoureuse de lui, c'est autre chose… Tu es amoureuse de lui ?

— Non, bien sûr que non ! Enfin… je ne crois pas.

Indira se prend la tête entre les mains, en proie à une confusion déroutante.

— Non, mais putain, je ne sais pas ce qu'il m'arrive, merde !

— Calme-toi, s'il te plaît. Le mieux, c'est de lui parler et de clarifier les choses.

— C'est ce que je vais faire, oui, acquiesce-t-elle, convaincue. Merci beaucoup, Adolfo. Je te dois une fière chandelle.

Indira se lève et sort de la pièce, au grand étonnement du psychologue. Celui-ci consulte sa montre et constate que l'urgence de sa patiente a été résolue en cinq minutes.

— Elle est vraiment gratinée… marmonne-t-il.

En franchissant la porte d'entrée de l'immeuble où vit son ami Daniel, Iván Moreno croise un garçon au regard fuyant. Il ne l'a jamais vu, mais il côtoie ce genre de gamin depuis qu'il a quatorze ans et sait parfaitement d'où il vient et ce qu'il vend. Il tape à la porte ; la surprise de Daniel à le trouver là est claire. S'il n'avait pas été révoqué et que les choses allaient bien, il l'inviterait à boire une ou deux bières, même s'il est encore tôt. Mais là, il veut juste se débarrasser de lui pour essayer ce qu'on vient de lui livrer.

— Que fais-tu ici, Iván ?

— Je suis venu voir si tu avais besoin de quelque chose.

— Je vais super bien. Écoute, mec, excuse-moi de ne pas te faire entrer, mais t'arrives au mauvais moment.

— C'était qui, le gamin qui vient de sortir ?

Le visage de Daniel se tend et il regarde son ami droit dans les yeux. Tous deux ont suffisamment arpenté les rues et leurs moindres recoins pour savoir ce dont ils parlent sans avoir besoin d'ajouter un seul mot.

— Tu fais le grand frère, maintenant ? répond Daniel, sur la défensive.

— Tu as passé toute ta vie à lutter contre ça et aujourd'hui, t'en es à appeler un dealer à neuf heures du matin, Dani.

— Mais putain ! Qu'est-ce que ça peut te foutre, ce que je fais ?

— Il y a quelques années, tu m'as aidé à me sortir de la merde. Laisse-moi t'aider à mon tour.

— Si tu voulais vraiment m'aider, tu te serais déjà occupé de cette salope de Ramos. Tu l'as fait ?

Iván détourne le regard, gêné.

— Que se passe-t-il ? Finalement, ça t'embête pas plus que ça qu'elle m'ait dénoncé ? balance Daniel, amer.

— Bien sûr que si ! Mais reconnais que cela faisait pas mal de temps que tu prenais des risques.

— T'es une merde, Iván, lui dit Daniel avec mépris. T'en étais déjà une quand je t'ai sorti de la rue et t'en es toujours une maintenant.

Il lui claque la porte au nez. Le lieutenant Moreno reste planté là, mal à l'aise, avec la sensation que plus il se rapproche d'Indira, plus il s'éloigne de son mentor et meilleur ami. Mais même s'il le voulait, et c'est cela le pire, il ne peut chasser de son esprit ce qui est en train de naître entre Indira et lui.

50

Noelia n'aurait pas pu mieux débuter dans la profession : pour son premier client, en plus d'avoir gardé le smoking d'Yves Saint Laurent aux revers en satin et les chaussures de Manolo Blahnik, d'avoir assisté à une excellente pièce de théâtre, d'avoir mangé dans un restaurant deux étoiles au Michelin, d'avoir eu trois orgasmes, elle avait reçu une enveloppe qui contenait trois mille six cents euros en liquide, soit soixante pour cent des six mille euros que Guillermo Torres avait déboursés pour cette soirée qu'il avait prolongée jusqu'au jour suivant.

Mais tout n'était pas toujours aussi rose...

Une majorité de ses clients n'étaient pas aussi attirants et généreux que le millionnaire qu'elle n'avait revu que plusieurs jours après, loin de là. Lors du rendez-vous suivant, le client, un trader de trente-cinq ans, cocaïnomane, n'y était pas allé par quatre chemins et lui avait donné rendez-vous à son hôtel pour la baiser après avoir sniffé plusieurs grammes et avalé une pastille bleue afin de l'aider à maintenir sa fragile érection. Ensuite, il y avait eu plusieurs chefs d'entreprise entre la cinquantaine et la soixantaine, un tennisman sur le point de prendre sa retraite, deux acteurs d'une quarantaine d'années, un couple de sexagénaires, la cadre d'une chaîne de télévision aussi soumise au lit qu'elle était dominante au-dehors, plusieurs politiciens, et un joueur de basket-ball de deux mètres qui lui avait occasionné une déchirure anale qui l'avait mise sur le flanc pendant plusieurs semaines. Peu d'entre eux l'invitaient à dîner, encore moins au cinéma ou au théâtre ; la plupart lui donnaient rendez-vous directement à l'hôtel pour des ébats sexuels qui pouvaient aller du missionnaire à une séance BDSM, en passant par des pratiques dont elle ignorait même l'existence jusque-là.

Si elle gagnait beaucoup d'argent et qu'elle avait pu quitter la résidence universitaire pour louer un appartement près de la place Quevedo, Noelia en oubliait de vivre.

— Cela fait exactement deux mois que je n'ai pas baisé un mec pour mon propre plaisir, dit-elle à Marta une nuit. Même toi et moi, on ne fait plus rien ensemble.

— Tu devrais travailler un peu moins, répondit son amie en haussant les épaules.

— J'en profite tant que ça marche bien. Et si, dans quelques mois, je faisais la connaissance du père de mes enfants et que je décidais de tout arrêter ? Pour toi, comment ça se passe ?

— Bien. J'ai gardé cinq clients fixes que je vois une fois par mois et je n'en accepte plus d'autres... À moins que ça soit Guillermo Torres qui appelle, bien sûr.

— Je n'ai plus de nouvelles de ce connard.

— Il m'a fait la même chose, ne le prends pas trop à cœur. Pourquoi on n'irait pas au cinéma toutes les deux, aujourd'hui ?

— Si seulement je pouvais... soupira Noelia. Mais Arancha a organisé un rendez-vous avec un nouveau client. J'espère qu'il jouira vite.

Ce nouveau client de Noelia était un homme de cinquante ans, ni beau ni moche, qui n'avait pas l'allure de quelqu'un qui pourrait l'emmener dîner au Coque. Un type absolument normal. Au grand étonnement de la jeune femme, il l'avait appelée seulement pour parler, se promener et prendre un verre, et il ne l'effleura même pas. Il devint un client régulier, qui la réservait toutes les trois ou quatre semaines. Les deux premières fois, cela lui avait semblé très bizarre, et même dérangeant d'avoir un rendez-vous et de ne pas baiser à la fin. Lors de la troisième rencontre, Noelia lui avait proposé d'aller à son hôtel. Il avait refusé. Et pas pour l'argent, lui avait-il répondu quand elle avait abordé le sujet. Ni parce qu'il était gay. Il n'aimait pas être seul quand il venait à Madrid, voilà tout. Noelia n'avait pas eu d'autre choix que d'accepter, mais plus ils se voyaient, plus l'ambiance devenait bizarre. Chaque fois qu'elle lui demandait son nom de famille – elle savait juste qu'il s'appelait Álvaro – ou ce qu'il faisait dans la vie, il changeait de sujet et restait évasif. Après une demi-douzaine de rendez-vous, ils n'avaient plus grand-chose à se dire.

— Je peux te poser une question personnelle ? demanda-t-il un après-midi qu'ils prenaient un mojito dans un bar où ils avaient leurs habitudes.

— Tu pourrais coucher avec moi et tu ne le fais pas, donc je ne crois pas que je t'en voudrais pour une simple question.

— Pourquoi fais-tu cela ?

— Parce que demain, mon agence m'enverra une enveloppe avec deux cent cinquante euros. Tu sais combien d'heures doit travailler cette fille pour gagner cette somme ? demanda Noelia en désignant la serveuse qui débarrassait la table voisine.

— Certes, mais son travail est plus...

— Attention à ce que tu vas dire, Álvaro, l'interrompit Noelia, avec une autorité dont elle n'avait jamais fait preuve jusqu'alors. C'est peut-être compliqué à comprendre pour beaucoup de gens, mais je considère que mon travail est tout aussi respectable qu'un autre. Cela dépend juste du prisme social au travers duquel on le regarde.

— Que veux-tu dire ?

— Que dans la Rome antique, les hommes mariés allaient dans des saunas pour sucer d'autres hommes mariés et que tout le monde trouvait cette situation normale. Qu'y a-t-il de mal à ce que je couche avec des hommes de mon plein gré ? Je leur offre ma compagnie, du sexe, et ils m'offrent de l'argent. Il n'y a pas à se prendre la tête.

Álvaro ne put que respecter son point de vue, même s'il aurait aimé lui conseiller d'arrêter et de vivre sa jeunesse comme une fille normale. Il lui proposa alors de faire une activité un peu spéciale.

— Tu sais ce qui me plairait ? dit Noelia avec un sourire enfantin.

— Quoi ?

— De faire du patin à glace. Je n'en ai jamais fait de ma vie.

Ils gagnèrent la patinoire qu'abritait l'immense centre commercial Palacio de Hielo. Ils louèrent des patins, des protections et un casier où laisser leurs affaires. Au moment de s'élancer sur la patinoire, Noelia se rendit compte qu'elle n'avait pas déposé son portable.

— Merde ! Passe-moi la clé du casier, s'il te plaît.

Álvaro la lui tendit. Noelia retourna aux vestiaires. En ouvrant la porte du casier, elle avisa le portefeuille de son client et ne put refréner sa curiosité. Elle regarda sa carte d'identité : Álvaro Artero, né à Soria. Elle continua à fouiller, poussée par l'excitation de l'interdit. Dans l'un des compartiments, elle trouva une coupure de journal jaunie par le temps. Elle la déplia. Soudain, sa gorge se bloqua, l'air refusa d'entrer dans ses poumons. Elle chancela. « Un camionneur meurt renversé sur l'A-1 à quarante kilomètres de Soria. Le conducteur a pris la fuite. »

— Allons patiner maintenant, Noelia ! fit la voix d'Álvaro derrière elle.

Noelia se retourna et, en voyant son visage décomposé, il comprit qu'il y avait un problème. Il baissa lentement les yeux. La jeune femme tenait son portefeuille dans une main et la coupure de journal dans l'autre…

— C'est quoi ce putain de bordel, Álvaro ? demanda Noelia d'une voix sépulcrale. Pourquoi tu gardes dans ton portefeuille un article sur l'accident de mon père ?

51

Assise, derrière son bureau tout propre, Indira attend en tapotant le plateau aussi impeccable que le reste de la pièce. Sur le mur du fond, un cadre avec le portrait du roi et de la reine, un drapeau espagnol, son diplôme encadré d'officier de police et une patère portant un manteau. Face à elle, des étagères avec des livres de droit parfaitement alignés et, au-dessus d'un meuble-classeur astiqué, une télévision allumée. Le volume est au minimum. On voit à l'écran la photographie de Juan Carlos Solozábal ainsi que celle de Noelia Sampedro, au-dessus d'un bandeau sur lequel on peut lire : « Qui sera le prochain ? » Cinq ou six habitués des plateaux télé débattent âprement de l'affaire, tous convaincus de détenir la vérité.

En voyant à travers la vitre qu'Iván se dirige vers son bureau, Indira éteint la télé, place la télécommande exactement au coin de la table et affiche une assurance qu'elle ne ressent pas le moins du monde.

Moreno tape à la porte et passe la tête.

— Tu voulais me voir, chef ?

— Oui, entre et assieds-toi, s'il te plaît.

Hier soir, lorsqu'il était reparti de chez Indira, Iván n'était pas très sûr de ce que deviendrait leur relation. Il était sorti de chez lui pour acheter un manche à balai, avait vu un carton de gants jetables et, au pied levé, avait eu l'idée de lui préparer un dîner. Il savait ce qu'il pouvait arriver et ne regrettait pas du tout que cela soit arrivé, mais il n'en avait pas anticipé les conséquences. Vu son sérieux, Moreno craint le pire et décide de frapper le premier :

— Ce qui est embêtant avec le steak tartare, c'est qu'il ne tient pas au ventre. À trois heures du matin, j'ai dû me lever pour manger quelque chose parce que j'avais la dalle.

Maintenant qu'il a réussi à la surprendre, il lui donne le coup de grâce :

— Évidemment, ce dîner en ta compagnie a été un bon moment et je suis très heureux que nous ayons pu arrondir les angles. Mais c'est peut-être mieux de faire une pause et de ne rien raconter à personne jusqu'à ce que cette affaire soit résolue et que nous puissions parler tranquillement de tout ça, qu'en penses-tu ?

— Euh… Oui, bien sûr… balbutie-t-elle.

— Super ! lance Moreno avec un sourire innocent. Pourquoi m'as-tu appelé ?

— Regarde tes mails.

Iván sort son portable et consulte ses messages. Il est surpris d'y trouver un billet de train à destination de Málaga pour un départ dans l'heure.

— Pourquoi as-tu besoin que j'aille à Málaga ? demande-t-il, déconcerté.

— Je veux que tu ailles faire un tour chez Ramón Fonseca avec deux agents, qui t'attendent déjà à la gare. Ne reviens pas tant que tu n'auras pas trouvé quelque chose.

— Quoi ?

— J'ai confiance en tes compétences, Moreno. Fais bon voyage.

Indira se lève et sort du bureau sans rien ajouter. Iván souffle et se met en route. Il a tout juste le temps de passer chez lui pour prendre des vêtements de rechange. Même si le retour est prévu dans l'après-midi, on ne sait jamais.

Indira entre dans la salle de réunion où María Ortega, Lucía Navarro et Óscar Jimeno dévorent des donuts en échangeant sur l'affaire.

— Et ça, là ? demande-t-elle en fixant les miettes qui jonchent la table autour du paquet.

— Pardon, chef, s'excuse Jimeno en débarrassant à toute vitesse le petit déjeuner. On croyait que tu ne passerais pas par ici aujourd'hui.

— Qui a apporté les donuts ?

— Iván, répond Ortega. Ça se voit qu'hier il a dû tirer un coup parce qu'il est de bonne humeur, ce matin. Au fait, où est-il ?

— Je l'ai envoyé chez Ramón Fonseca à Málaga, répond Ramos, qui essaie de contenir un sourire dont elle ignore la cause.

Elle fait un signe de tête en direction du paquet que Jimeno tient encore à la main.

— C'est bon, ça ?

— Tu veux petit-déjeuner avec nous ? demande Navarro, perplexe.

Indira hésite, comme si elle devait choisir le fil à couper pour désamorcer une bombe placée dans une crèche. Puis elle prend son courage à deux mains :

— Il faut bien qu'il y ait une première fois.

Ortega, Navarro et Jimeno observent leur supérieure, comme hypnotisés. Elle prend quatre serviettes avec lesquelles elle protège sa main, sélectionne un donut rose recouvert de pépites multicolores et en croque une petite bouchée. Elle fait un geste d'approbation : on dirait qu'elle trouve ça bon.

— T'es allée à l'agence où travaille Noelia Sampedro, Lucía ? demande-t-elle à Navarro, la bouche pleine.

— Oui. Comme c'était prévisible, ils assurent ne pas fixer de rendez-vous entre de jeunes étudiantes et des hommes fortunés et, bien évidemment, ils n'ont rien voulu savoir au moment de nous donner les noms de leurs clients.

— Je crois que cela ne nous mènera nulle part.

— Moi aussi. Cette fille ne semble pas avoir été forcée à se prostituer. Je continue à chercher du côté de la maîtresse de l'avocat ?

— Non, ne perdons pas davantage de temps. Concentre tes recherches sur Sebastián Oller. Je veux que tu trouves où se jouent les meilleures parties de poker de Madrid et que tu établisses une liste des participants. Jimeno, aide-la en cherchant sur internet. Que savons-nous du chantier du golf ?

— Tous les permis sont en règle, répond Ortega. Le seul truc qui a attiré mon attention, c'est que les travaux ont été suspendus pendant dix jours juste avant la mort d'Andrea Montero.

— La raison ?

— C'est un mystère.

— Il faut continuer à creuser de ce côté-là. Je persiste à penser que ce chantier est la clé de l'affaire. Tu as localisé l'agriculteur dont Oller nous a parlé ?

— Oui. Il semble qu'il n'y ait rien d'étrange dans son histoire. Au début, il a refusé de vendre ses terres, mais il y a cinq mois, il en a obtenu un prix six fois supérieur à leur valeur. Il a su attendre et a fait une bonne affaire.

— Il est temps d'aller refaire un tour sur le chantier. J'appellerai la juge afin qu'elle nous donne un mandat et qu'on puisse fourrer notre nez partout.

52

Pendant les premiers jours, la guerre entre Colombiens et Roumains à l'intérieur de la prison se limite à des regards provocateurs et à des murmures d'insultes quand les membres des deux groupes se croisent au réfectoire, dans la cour ou dans les douches. Le sang n'a pas encore coulé, et c'est ce qui inquiète le plus Walter Vargas.

— Ils vont attaquer ce connard, dit-il à Fabian en regardant Gonzalo Fonseca servir de la purée de pommes de terre grumeleuse et des petits pois desséchés aux prisonniers qui font la queue au comptoir.

— Qu'ils l'attaquent, chef ! répond le tueur sans sourciller tout en mangeant sa purée infecte. Qu'est-ce que vous en avez à foutre ?

— J'ai un accord avec lui.

— Je peux savoir quel type d'accord vous avez conclu ?

— Tu le sauras, Fabian, chaque chose en son temps. Mais pour qu'il respecte ses engagements, j'ai besoin qu'il sorte vivant d'ici.

— S'il en sort… À la télé, ils disent que son père a perdu la tête et que Fonseca a bel et bien tué sa femme.

— Ça, ça reste à voir.

Fabian regarde Gonzalo avec la curiosité malsaine qu'éveille l'idée d'une erreur judiciaire.

— Vous croyez vraiment qu'il est innocent ?

— J'en ai rien à foutre. Demande du travail en cuisine : à partir de demain, je ne veux plus que tu le lâches d'une semelle pendant la journée.

— Déconnez pas, chef, proteste le tueur. Qu'est-ce que je vais aller foutre en cuisine, moi ?

— T'es responsable de sa vie, Fabian. Cet homme a une dette envers moi et je veux qu'il la solde, tu m'as bien entendu ?

— Tu as des couilles, connard de *gadjo*, y a pas à dire...

Adonay serre avec deux doigts un des petits pois que Gonzalo lui a servis.

— On dirait du plomb... Donne-moi un pistolet à air comprimé et il n'y aura plus personne de vivant ici !

Malgré les circonstances, le Gitan réussit à arracher un sourire à Gonzalo.

— Et prie pour que ce soir, nous ne resservions pas ceux qui restent !

— Après, ils se demandent pourquoi on n'a plus de dents...

— Fonseca, téléphone ! vient l'avertir un gardien.

Gonzalo enlève son tablier et suit le maton jusqu'au téléphone, impatient. Cela fait plus de dix jours qu'il attend de pouvoir parler à son père et on l'y a enfin autorisé. Il sait que cet appel sera écouté par au moins vingt paires d'oreilles, mais il ne peut pas espérer grand-chose d'autre puisque son père est devenu un assassin qui menace de tuer deux autres personnes.

— Papa, comment vas-tu ?

— Bien, mon fils.

La voix de son père semble sortir d'outre-tombe, comme si cela faisait bien longtemps déjà qu'il était mort.

— On te traite bien ?

— Ces gens ne me laissent pas trop dormir, mais je ne peux pas leur en vouloir. Au moins, ils se sont enfin mis à chercher l'assassin d'Andrea.

— Tu en fais un de ces scandales !

— Je t'ai dit que je te sortirais de là coûte que coûte. Il n'y aura pas de retour en arrière. La seule manière de sauver l'avocat et la fille, c'est de retirer toutes les charges qui pèsent sur toi.

Ramón Fonseca a du mal à rester concentré. La conversation entre le père et son fils devient vite décousue, hachée. Après quelques minutes, le vieil homme répète à son fils de ne pas perdre espoir et lui promet de rester fort de son côté. Gonzalo lui fait ses adieux avec la sensation que cette fois, c'est pour toujours et qu'il ne le reverra jamais vivant.

Gonzalo est en train de paner plusieurs dizaines de kilos de poisson – que l'on prétend faire passer pour du merlu, mais il jurerait que ce merlu n'a jamais vu la mer – quand Fabian se présente en cuisine, avec la tête des mauvais jours.

— Qu'est-ce que tu fais ici ? demande Gonzalo, surpris.

— Je suis ta nounou, morveux. Mais je te dis tout de suite que j'ai pas l'intention de toucher la poiscaille avec mes mains, compris ?

Gonzalo songe que si Walter Vargas se montre si prudent, c'est parce qu'il est sûr que les Roumains vont s'en prendre à lui. Depuis l'incident dans la cour, ils ne sont pas revenus lui chercher des noises, mais il sait que ce n'est qu'une question de jours.

Sa crainte se confirme le lendemain : de retour de la chambre froide avec un carton de cordons-bleus congelés, il tombe sur

Gheorghe. Deux de ses hommes ont immobilisé Fabian en lui posant un énorme couteau sous le menton. La férocité habituelle du Colombien a tourné sur son visage à une expression de terreur. Il sait qu'il va mourir de la main de deux prisonniers qui ne sortiront jamais d'ici et qui, par conséquent, n'ont rien à perdre.

— Tu pensais qu'on t'avait oublié ? demande Gheorghe.

— Si vous vous en prenez à nous, Vargas ira vous chercher un par un, bredouille Gonzalo, effrayé.

— Tu crois qu'il me fait peur ?

Le Roumain fait un signe à ses sbires. Celui qui tient le couteau l'enfonce d'un mouvement rapide de bas en haut dans le cou de Fabian, jusqu'à la garde. La lame coupe en deux l'œil gauche du Colombien avant qu'il ait le temps de crier, poursuit sa trajectoire et atteint son cerveau. Le narco s'écroule au sol de tout son poids.

— Donne-moi le couteau, dit l'autre homme de main, avec l'excitation du tueur qui vient de sentir la mort. Celui-là, il est à moi !

L'assassin de Fabian remet l'arme ensanglantée à son camarade.

— T'aurais dû payer les sept mille euros, déclare Gheorghe.

Puis il sort des cuisines, en essayant de ne pas marcher dans la flaque de sang qui s'élargit lentement sous la tête de Fabian.

53

À part des fleurs fanées qui ont absorbé toute l'eau du vase depuis plusieurs mois, il n'y a qu'un papier de couleur rose sur la table de la salle à manger de la maison de Ramón Fonseca et Nieves Pons. C'est le récépissé des pompes funèbres pour la plaque derrière laquelle le veuf a déposé les cendres de son épouse au cimetière de San Juan de Málaga, il y a deux mois. Il préparait sans doute déjà son plan draconien pour sortir son fils de prison. Après l'assassinat d'Andrea Montero et la détention de Gonzalo Fonseca qui avait suivi, les plantes de la terrasse avaient subi le même sort. Le couple avait déménagé à Madrid en urgence pour accompagner son fils et personne n'était revenu les arroser.

Le lieutenant Iván Moreno regarde autour de lui, convaincu que ce n'est pas dans l'appartement du couple qu'il tombera sur une piste qui le mènera à l'endroit où sont enfermés les deux otages encore en vie. Lors d'une première perquisition, les enquêteurs du commissariat de Málaga n'ont rien réussi à trouver qui puisse les conduire vers Almudena García, Juan Carlos Solozábal ou Noelia Sampedro. Moreno se demande si Indira a insisté pour qu'il s'y rende au cas où quelque chose leur aurait échappé ou si elle cherchait à se débarrasser de lui après l'avoir embrassé.

Il s'approche du buffet et observe une à une les douzaines de photos qui s'y trouvent. Excepté celles, jaunies, du couple et de leurs parents, ce sont toutes des photos du fils unique de Ramón et Nieves, à des âges et des endroits différents. Ce parcours de vie culmine avec une photo de son mariage avec Andrea Montero. Tous deux sourient sur le seuil de l'église et se protègent d'une pluie de pétales de roses et de riz. Le policier repose la photo là où elle était quand les deux agents venus en renfort réapparaissent après avoir fouillé le logement.

— Rien ? demande le lieutenant.

— Rien, répond l'un des deux. Nous avons fouillé de fond en comble.

Une vieille dame entièrement vêtue de noir se présente alors prudemment devant la porte.

— Bonjour, dit-elle d'une petite voix.

— Vous désirez quelque chose ? demande Moreno en se retournant.

— Êtes-vous policiers ?

— Oui, madame.

— Ah, d'accord, souffle-t-elle, soulagée. J'ai eu une de ces peurs en voyant la porte ouverte ! Je croyais que c'étaient des squatteurs, comme ceux qu'ils montrent à la télé.

— Vous êtes une voisine ?

— Oui, monsieur. Je vis juste en face. Comme c'est triste ce qui est arrivé à cette famille ! Quand j'ai vu aux infos que le ravisseur qui avait enlevé ces personnes était Ramón, je n'en revenais pas.

— Vous connaissiez bien vos voisins ?

— Depuis plus de trente ans. Mon mari, qu'il repose en paix, avait acheté notre appartement le même jour que Ramón. Vous vous rendez compte de ce hasard ? Nieves et moi, nous faisions plein d'activités ensemble. Vous n'imaginez pas ce qu'elle me manque, ajoute-t-elle, très émue.

— Que pouvez-vous me dire de leur fils ?

— C'était un garçon super. Je ne peux pas croire que le petit Gonzalo ait tué sa femme, mais avec la quantité de crimes comme celui-ci qui sont commis, on n'est plus sûr de rien.

— Vous savez si Ramón ou Nieves possédaient un local ou une autre propriété ?

— Ils n'avaient que cet appartement.

— Vous en êtes certaine, madame ? Vous ne savez pas où il pourrait avoir enfermé ces personnes ?

— Moi, je connais tous les secrets de leur couple et ça, je l'aurais su.

Ce commentaire alerte le policier.

— Quels secrets connaissez-vous ?

La dame hésite, refusant de trahir la confiance de ses voisins, mais elle se rend compte que cela n'a aucun sens de se taire.

— Quand ils étaient sur le point de se séparer, c'est moi qui avais convaincu Nieves de donner une autre chance à Ramón.

— Pourquoi ont-ils failli se séparer ?

— Parce qu'il avait connu une femme d'Ardales et en était tombé amoureux.

— C'était quand ?

— Il y a vingt ou vingt-cinq ans. Par chance, elle l'a quitté et le pauvre malheureux est revenu la queue entre les jambes. Nieves était très affectée et ne voulait rien savoir, mais Ramón est venu nous demander de l'aide et nous avons pu la convaincre.

— Vous souvenez-vous du nom de cette femme ?

— Candela ou Carmela ou quelque chose comme ça. On disait que c'était la fille du curé.

54

Depuis qu'il a appris que sa femme et son amant ont vidé son coffre à la banque, Salvatore Fusco a délaissé toutes ses autres affaires et a lancé la totalité de ses hommes dans une traque sans pitié pour retrouver Juan Carlos Solozábal. Des centaines d'Italiens originaires de Calabre établis en Espagne ont passé au peigne fin les alentours de chez eux. Mais cela fait déjà douze jours que l'avocat a été enlevé par Ramón Fonseca et ils n'ont pas réussi à trouver la moindre trace susceptible de les conduire jusqu'à lui.

Quand Adriano entre dans son bureau pour le prévenir que ses hommes n'ont encore rien récupéré, ni bijoux, ni argent, ni documents, le mafieux tape du poing sur la table et balance tout ce qui s'y trouve.

— La terre ne peut pas l'avoir bouffé, putain !

— La police non plus ne l'a pas retrouvé, don Salvatore…

— Mais j'en ai rien à foutre de la police ! hurle Fusco, à deux doigts de faire un malaise. Eux, ils ne connaissent pas la rue comme nous !

— Si le vieux tient parole, dit tranquillement Luca, son neveu, l'avocat sera mort demain et le problème sera réglé.

— T'es vraiment con, Luca, répond Fusco avec un regard plein de mépris. Tu ne vois donc pas ce que cela impliquerait, hein ?

Don Salvatore explique à son neveu et à Adriano qu'au-delà de la valeur ou de la quantité d'argent disparu, si les documents qui se trouvaient dans ce coffre étaient rendus publics, ils iraient tous trois en prison, où leur vie ne vaudrait plus rien : il y aurait là-bas tant d'ennemis qui souhaiteraient leur mort qu'ils ne sauraient même pas d'où viendrait l'ordre.

— Ne vous en faites pas, don Salvatore, intervient Adriano. Je résoudrai personnellement ce problème.

Fusco sait que la manière dont Adriano compte « résoudre le problème » est tout sauf discrète, mais à ce stade, il n'a pas d'autre option que de s'en remettre à lui. Il a une confiance absolue en son homme de main.

Il l'a rencontré dans une maison de correction près de Catanzaro, quand il avait dix-sept ans et Adriano à peine douze. Mais ce morveux avait beau être tout petit et maigre, il avait tout de suite montré qu'il avait plus de couilles que tous les autres gamins, presque tous fils de mafieux. Les gardiens du centre avaient eu beau le tabasser et le tabasser, Adriano n'avait jamais balancé personne. Le jour où il perdit plusieurs dents et presque un œil parce qu'il n'avait pas dénoncé le prisonnier qui avait volé l'argent destiné à la cuisine, Salvatore comprit que ce serait bien de l'avoir à ses côtés et il lui jura qu'un jour, il reviendrait le chercher. Quinze ans plus tard, Salvatore, qui avait grimpé les échelons au sein de la 'Ndrangheta, tint sa promesse.

Même si Adriano n'était pas né en Calabre, Salvatore insista jusqu'à ce que les Hommes d'honneur acceptent qu'il intègre la famille. Il présida lui-même la cérémonie qui fit d'Adriano un membre à part entière de l'une des mafias les plus violentes au monde. Pour premier enseignement, il lui montra une balle et une capsule de cyanure.

— À partir de maintenant, ce ne sont pas les hommes qui te jugeront, mais toi seul. Si tu te trompes ou commets une faute grave, tu devras l'admettre avec honneur et choisir ton chemin. Voilà une pilule de cyanure et une balle. Soit tu choisis le poison, soit tu prends le pistolet et tu te tires une balle. Tu respecteras ces engagements, Adriano ?

— Oui, don Salvatore.

Le visage grave, le capo lui plaça les deux petits objets dans la main.

— Si quelqu'un te demande qui sont tes parents, tu devras répondre que le Soleil est ton père et que la Lune est ta mère.

— C'est ce que je ferai, don Salvatore.

— Maintenant, lis ce serment.

Il lui remit un papier, qu'Adriano lut à voix haute, solennel :

— « Dans le silence de la nuit et sous la lumière des étoiles et la splendeur de la lune, je forme la sainte chaîne. Au nom de Garibaldi, Mazzini et La Marmora, avec des paroles d'humilité, je forme la sainte société. Je jure de tout nier jusqu'à la septième génération reconnue par moi jusqu'à présent pour sauvegarder l'honneur de mes sages frères. »

Salvatore et les autres chefs lui donnèrent l'accolade et lui souhaitèrent la bienvenue au sein d'une « grande famille » qui opère dans plus de cinquante pays et gère trafic de drogue, blanchiment d'argent sale, prostitution, traite d'êtres humains, escroqueries, enlèvements, assassinats sur commande, fraudes, etc. Même si Adriano n'a jamais eu besoin de protection, à partir de cet instant, toute personne qui aurait une embrouille avec lui devrait craindre la vengeance de la mafia calabraise, la redoutable 'Ndrangheta.

— Comment penses-tu t'y prendre pour que le vieux te dise où il a enfermé l'avocat ? demande Salvatore à son bras droit.

— De la seule manière possible. Mais j'aurai besoin d'aide : je dois rester seul avec lui.

Salvatore fronce les sourcils. La demande d'Adriano est presque impossible à satisfaire, mais il faut agir, sinon trop de documents compromettants pourraient tomber entre de mauvaises mains.

— J'appellerai quelques politiciens avec qui nous sommes en affaires, dit-il. C'est leur intérêt comme le nôtre que rien ne soit divulgué.

55

Alors qu'il s'apprête à passer le portique de contrôle avant de monter dans le train à grande vitesse qui doit le ramener à Madrid, le lieutenant Moreno quitte la file d'attente. Depuis que cette voisine lui a parlé de l'infidélité de Ramón Fonseca, il essaie de se convaincre que cela n'a aucune importance et que c'est extrêmement banal dans un couple qui a passé plus de la moitié de sa vie ensemble... Mais il sait que s'il ne creuse pas un peu plus, l'idée continuera à le torturer jusqu'au moment où il prendra un autre train pour le ramener à Málaga. Ces obsessions soudaines le rapprochent encore plus d'Indira Ramos.

— Que faites-vous, chef ? lui demande un des agents qui l'accompagnent.

— Je reste un jour de plus. Vous, rentrez, et on se voit demain au commissariat.

Il sort son téléphone pour appeler Ramos et l'informer. Même si le message qu'il doit transmettre est strictement professionnel, il hésite longtemps. Puis il décide que la meilleure chose à faire est de garder ses distances et de lui envoyer un message par WhatsApp. Après en avoir écrit la moitié, il se rend compte qu'il est en train de se comporter comme un adolescent et, finalement, il l'appelle.

— T'as trouvé quelque chose ?

Même si sa question est froide et directe, Moreno sourit et retrouve confiance : ce n'est sûrement que le fruit de son imagination, mais s'il y a eu six sonneries avant qu'Indira décroche, c'est qu'elle a eu les mêmes doutes sur l'opportunité ou non d'entendre sa voix en ces instants particuliers pour eux.

— Je cherche. J'ai besoin de rester un jour de plus et de ton autorisation pour louer une voiture et réserver une chambre d'hôtel.

— Pourquoi ?

— C'est pas toi qui disais que tu m'avais envoyé ici parce que tu croyais en mes compétences ?

Moreno ne la voit pas et ne l'entend pas, mais il la connaît suffisamment bien pour savoir qu'elle le maudit à voix basse. Et, même si leur relation a pris un tournant à cent quatre-vingts degrés, il adore encore la taquiner.

— T'es toujours là, chef ? demande-t-il d'une voix innocente.

— Trouve-toi une chambre pas trop chère, s'il te plaît, répond Indira, avant de raccrocher sans le saluer.

Pendant un peu plus de cinquante kilomètres, Moreno parcourt l'autoroute A-357 qui le conduit à Ardales, un petit village blanc situé sur les contreforts de la sierra de las Nieves, dans la province de Málaga.

La première chose qui attire l'attention en approchant du village, c'est un promontoire rocheux de presque cinq cents mètres de haut couronné par le château de la Peña, une construction du XIe siècle qui a été témoin de la rébellion d'Omar ben Hafsún contre l'émirat de Cordoue. À côté du château, il y a l'église de

Nuestra Señora de los Remedios, qui, à une certaine époque, a été selon la rumeur le foyer du père de Candela ou Carmela, peu importe comment s'appelait la maîtresse de Ramón Fonseca.

Le lieutenant entre dans le premier bar qu'il trouve, le meilleur endroit pour obtenir des informations. Il augure mal de ses chances en voyant que le serveur n'a pas plus de trente ans. Malgré tout, il s'assied au comptoir et commande un café au lait ; avec des biscuits aux amandes, typiques du village à en croire une affiche. Le serveur a un accent sud-américain. Équatorien, d'après Moreno.

— Je suppose que ça ne fait pas longtemps que tu vis ici, n'est-ce pas ?

— Ça fera bientôt six ans, répond-il fièrement, avant de se rendre compte que son client cherche quelque chose. Si vous voulez, je peux appeler le patron. Lui, il a toujours vécu à Ardales.

Sans attendre la réponse de Moreno, le sympathique serveur file derrière le bar et revient un instant plus tard accompagné d'un vieil homme mesurant près de deux mètres.

— En quoi puis-je vous aider ? demande le vieil homme avec une pointe de méfiance.

— Bonjour. Je cherche une femme de ce village qui s'appelle Candela ou Carmela ou quelque chose comme ça.

— Ça ne me dit rien.

— On racontait que c'était la fille du curé.

Le vieil homme plisse les yeux.

— Qui êtes-vous ?

— Le lieutenant Moreno, annonce Iván en montrant sa carte. *A priori*, vous savez de qui je parle. Où pourrais-je la rencontrer ?

— Au cimetière. Camelia est morte il y a deux ans. Et pour votre gouverne, ce truc du curé n'était qu'une rumeur malveillante.

— Moi, je m'en fiche, de ça, soupire Moreno, déçu. On dirait que j'ai fait le voyage pour rien.

— Peut-être que Verónica pourra vous aider.

— Qui est Verónica ?

— La fille de Camelia. Elle tient un refuge pour animaux sur la route de Ronda.

Une douzaine de chiens se mettent à aboyer dès que Moreno gare sa voiture de location devant le refuge. Derrière une barrière, comme dans une arche de Noé rurale, il y a deux chèvres, trois brebis, une vache, un âne, plusieurs poules, quelques canards, trois oies et, plus surprenant, un lama. En jetant un coup d'œil à ses pieds, le lieutenant découvre que plusieurs chats se sont approchés pour se frotter contre ses jambes. Un garçon d'une trentaine d'années porte un ballot de paille aux animaux. Voyant Moreno, il rejoint la palissade.

— Dites-moi que vous venez pour adopter un chien, dit-il d'une voix suppliante. Nous avons de tout : des lévriers abandonnés par un connard de chasseur, des chiots croisés berger allemand... Et un labrador de dix ans qui a travaillé comme chien d'aveugle. Il est trop fort : à part cuisiner, il sait tout faire.

— Désolé. Je ne suis pas du coin. Et je n'ai pas non plus beaucoup de temps à Madrid pour m'occuper d'un animal.

— Dommage, soupire le garçon. Il y a de plus en plus de chiens abandonnés qui arrivent et nous ne savons plus quoi en faire. De quoi avez-vous besoin alors ?

— De voir une certaine Verónica. On m'a dit que c'est elle qui tient ce refuge.

— Vero, tu as de la visite !

Le garçon retourne s'occuper des animaux et, au bout de quelques secondes, Verónica, une jeune femme d'environ vingt-cinq ans, sort du refuge. Dès qu'il la voit apparaître, le lieutenant Moreno a un coup au cœur, convaincu qu'il a enfin trouvé la manière de faire pression sur Ramón Fonseca...

56

Salvatore Fusco avait convaincu, non sans mal, un important parlementaire de faire tout ce qui était en son pouvoir afin qu'un de ses hommes soit autorisé à interroger Ramón Fonseca en tête-à-tête ; il lui avait expliqué à demi-mot pourquoi certains documents volés par Solozábal, lui-même retenu en otage par Fonseca, devaient être retrouvés au plus vite. Le politicien avait parlé au chef de son parti, sans doute pas être très net non plus parce qu'il s'était directement adressé à un responsable de la Guardia Civil, la gendarmerie espagnole, qui s'était empressé à son tour de téléphoner à un ponte de la Police nationale. Toujours est-il que l'ordre de transfert du prisonnier vers le palais de justice était dans les mains du capo de la 'Ndrangheta deux heures plus tard à peine, établissant que le juge l'y attendait pour enregistrer à nouveau sa déposition.

Le policier qui monte la garde devant les cellules lève le regard de son portable au moment où un autre agent place un document sous ses yeux.

— C'est quoi, cette connerie ?

— Ils viennent chercher Ramón Fonseca pour le transférer au palais de justice.

— Et pourquoi ils ne l'ont pas pris hier soir dans le fourgon cellulaire ?

— J'ai une tête à connaître la réponse ?

Le policier lui jette un regard dédaigneux, lit l'ordre de transfert avec attention, puis finalement hausse les épaules, sans grande envie de poser des questions.

— Attends ici. Je te l'amène tout de suite.

Le travail de l'agent Óscar Jimeno, lors des enquêtes en cours, consiste à coordonner les informations qui lui parviennent des différentes équipes, même si personne ne l'informe vraiment. Il sait que le capitaine Ramos et le lieutenant Ortega sont reparties au chantier où travaillait Andrea Montero, mais il n'a aucune idée de ce qu'elles cherchent exactement. Il sait également que le lieutenant Moreno a décidé de prolonger son séjour à Málaga, mais il n'en a pas donné la raison. Et enfin, il sait que l'agent Navarro est allée trouver des joueurs professionnels de poker pour connaître l'endroit où l'on organise des parties illégales, mais si elle a découvert quelque chose, il n'a pas été mis au courant.

Après avoir appelé sa fiancée pour la troisième fois de la matinée, Jimeno se lève pour étirer ses jambes et fait quelques pas dans la salle dévolue à l'enquête. En passant devant le tableau où se trouvent toutes les informations sur l'affaire, il se rend compte que les autres, occupés par leurs recherches respectives, semblent avoir complètement oublié un truc : il ne reste que trois heures avant que le délai imposé par Ramón Fonseca pour la mort du deuxième otage expire.

— Putain de merde…

Jimeno a reçu l'ordre exprès de sa chef de ne pas bouger de là, et certainement pas de s'approcher du prisonnier, mais il se sent tellement ignoré que, pour la première fois de sa vie, il va ignorer à son tour. De plus, il se sait intelligent, empathique, aussi est-il persuadé qu'il réussira à faire entendre raison au vieil homme et à en tirer quelque chose. Ce serait un joli coup, qui signifierait pour lui un changement immédiat de statut.

Il sort de l'ascenseur et marche vers le policier de garde, qui lève de nouveau le regard de son portable, lassé par ces interruptions.

— Je viens parler à Ramón Fonseca.

— Ils l'ont déjà embarqué.

— Pour aller où ? demande Jimeno, déconcerté.

— Au palais de justice.

Même si l'ordre de transfert semble authentique, Jimeno sait que cela n'a aucun sens d'emmener le détenu à ce moment précis de l'enquête ; si c'était prévu, il aurait été impardonnable de ne pas l'avoir mis au courant. Il rend le document à son collègue et quand ce dernier lui dit que cela ne fait que deux minutes que le détenu est parti, Jimeno remonte les escaliers quatre à quatre.

En sortant du commissariat, il a le temps de voir que Ramón Fonseca est menotté et qu'un homme le pousse sur le siège arrière d'une berline haut de gamme, qui démarre aussitôt. La tête de l'officier de police ne dit rien à Jimeno, et il ne savait pas qu'on utilisait ce type de véhicule pour transférer des détenus. Il cherche dans sa poche les clés de son scooter, grimpe dessus et prend la même direction que la berline. Il finit par la rattraper et la suit de loin.

Quand il voit qu'elle n'emprunte pas la sortie qui conduit au palais de justice, il comprend que son intuition était bonne et continue à garder une certaine distance afin d'éviter d'être vu. Au bout d'une dizaine de minutes, la voiture sort de l'autoroute et pénètre dans une zone industrielle. Jimeno la voit entrer dans un hangar dont l'énorme porte se referme derrière elle. Il gare son scooter puis sort son portable, mais il n'a pas de réseau. Il fait le tour du bâtiment et se penche à une fenêtre pour scruter l'intérieur du hangar.

Adriano menotte Ramón Fonseca à un tuyau puis accroche sa veste et son holster à un portemanteau. Il sort de sa sacoche un long poignard effilé et sourit en regardant le vieil homme.

— Qu'allez-vous me faire ? demande Fonseca, effrayé.

— Cela dépend de toi, grand-père, répond Adriano.

L'Italien ne ressent ni pitié ni peine, seulement l'excitation propre à celui qui se sait le meilleur dans son travail et qui a l'opportunité de le démontrer. Il s'approche de Fonseca, lui bloque la bouche d'une main et de l'autre plante la lame de quinze centimètres dans son genou jusqu'à ce que la pointe apparaisse de l'autre côté.

Ramón Fonseca met quelques secondes à ressentir la puissante douleur le traverser. Quand enfin celle-ci le secoue de toute sa force, ses cris sont étouffés par la main d'Adriano, qui appuie la mèche sur l'autre genou.

— À l'âge que vous avez, vous boiterez à vie, mon vieux, lui dit-il d'une voix posée. Mais vous pourrez encore vous lever. Si vous ne m'aidez pas, vous ne bougerez plus jamais d'ici. C'est bien compris ?

Ramón Fonseca acquiesce et Adriano retire la main de sa bouche.

— Où est l'avocat ?

— Je ne peux pas vous le dire.

— Je ne veux pas le sauver, si c'est ce que vous croyez. J'ai juste besoin que Juan Carlos Solozábal me donne une information ; ensuite j'effectuerai mes basses œuvres avec grand plaisir.

— Non.

Sans sourciller, Adriano repose sa main sur la bouche du vieil homme et lui transperce l'autre genou.

L'agent Jimeno trouve une fenêtre cassée à l'arrière du bâtiment et se faufile dans le hangar. Même s'il a perdu de vue les deux individus, les cris de Fonseca le guident. Il marche lentement dans un petit couloir rempli de cartons et arrive sur le seuil d'une immense salle dans laquelle, au fond, Adriano est en train de rouer de coups le corps du vieil homme inerte recouvert de sang. Il regarde à nouveau son portable : toujours pas de couverture. Même s'il ne le porte jamais, il palpe son flanc gauche, au cas où un miracle y ferait apparaître son pistolet. Sans arme, il décide de faire demi-tour et de revenir d'où il est venu pour aller chercher de l'aide.

C'est alors qu'il voit un revolver suspendu à une patère. À portée de main. Son cœur bat la chamade. Finalement, Óscar Jimeno trouve en lui assez de courage pour s'approcher du portemanteau et se saisir du flingue.

— Police ! Mains sur la tête !

Adriano arrête de frapper Ramón Fonseca et, le premier moment de surprise passé, constate qu'un jeune homme qui ressemble plus à un geek qu'à un policier le braque en tremblant.

— Au sol et mettez vos mains sur la tête ! ordonne de nouveau Jimeno.

Adriano fait comme s'il portait les mains à la nuque et, dans le mouvement, il lance le poignard en direction du flic. L'arme se plante dans sa poitrine. Jimeno bascule, mais avant de tomber au sol, il fait feu à trois reprises. Les deux premières balles percent le toit métallique ; la troisième va se loger entre les sourcils d'Adriano.

Il est surprenant qu'un trou aussi net sur le front puisse recouvrir de sang et de cervelle une telle surface sur le mur du fond du hangar.

57

Ramos et Ortega arrivent de nouveau au golf par Magnolia Lane. Le bâtiment colonial qui tient lieu de club-house semble terminé, à présent. Elles ne sont pas descendues de voiture depuis deux minutes que le gérant obèse s'approche déjà d'elles, avec le même sourire aimable que lors de leur première rencontre.

— Bonjour, monsieur Pardo, le salue Ortega, tandis que Ramos se contente d'un signe de tête.

— Si vous avez décidé d'acheter une de nos villas, vous devriez vous dépêcher : il n'en reste plus qu'une à trois millions, plaisante-t-il.

— Ce que nous avons décidé, c'est de découvrir la cause exacte du décès d'Andrea Montero, monsieur Pardo, répond Ramos.

— Je croyais qu'il était clair qu'elle avait été assassinée par son mari...

— Il se trouve que cela n'est pas si clair pour nous. Nous avons besoin de voir les plans du projet ainsi que tous les documents, puis de parler avec le chef des travaux.

— Pour ça, je crains qu'il ne vous faille un mandat, capitaine.

Le sourire onctueux de Pardo se transforme en grimace lorsque Ortega le lui tend :

— Le voilà.

Les deux policières occupent l'un des deux salons du club-house qui, jusqu'à son inauguration et avant d'être fréquenté par les riches propriétaires des luxueuses villas, fait office de bureau pour l'entreprise de construction. Le chef des travaux leur a fourni tout ce qu'elles ont demandé. Sur la table, il y a une flopée de plans, de permis, d'ordres de travail et autres paperasses.

— Qu'est-ce qu'on cherche, chef, putain ? demande le lieutenant à voix basse.

— À les rendre très nerveux pour qu'ils se chient dessus lorsqu'on leur posera une question concernant le mois précédant la mort d'Andrea Montero. Et il me semble que l'on y arrive petit à petit…

Ortega regarde dans la même direction que Ramos et constate qu'en effet, le gérant et le chef des travaux parlent non loin de là, sans parvenir à cacher leur agacement. Alors qu'il ne fait pas très chaud, le gérant sue à grosses gouttes et semble au bord de l'infarctus. Le chef des travaux s'approche d'elles.

— Comme vous pouvez le constater, dit-il avec un calme factice, tout est en règle.

— Il semblerait, oui… Désormais, il ne nous manque plus que les rapports journaliers de l'état d'avancement des travaux pour les semaines qui ont précédé la mort d'Andrea Montero.

L'homme cache tant bien que mal son inquiétude.

— Pourquoi en avez-vous besoin ?

— Nous avons appris qu'à ce moment-là les travaux avaient été suspendus pendant dix jours, c'est bien ça ?

— Là, comme ça, je ne saurais pas vous dire… balbutie-t-il.

— En tant que chef des travaux, vous ne vous souvenez pas si, il y a à peine plus d'un an, deux cents personnes ont arrêté de travailler pendant dix jours ? lance Ramos en feignant l'étonnement, mais d'un ton soupçonneux.

L'homme semble désemparé. Il a le regard fuyant.

— Peut-être qu'il y a eu une tempête et que, pour des raisons de sécurité, nous avons décidé d'arrêter les travaux.

— Bien sûr, la violence des tempêtes de Tolède est proverbiale, ironise Ramos. Vous nous apportez les documents afin que nous puissions vérifier, s'il vous plaît ?

Les policières ont la confirmation qu'elles sont sur la bonne piste quand elles voient que le chef des travaux, après avoir prié une secrétaire de lui fournir la documentation demandée, sort pour parler au téléphone, très énervé. Quand il revient, Ortega a trouvé ce qu'elle cherchait.

— Voilà. En novembre, le chantier a été arrêté pendant neuf jours. Pourriez-vous nous en expliquer la raison ?

Les mains légèrement tremblantes, l'homme saisit le papier.

— Si l'on en croit ce qui est écrit, nous avons eu des problèmes pour faire venir des machines et nous avons décidé d'arrêter.

— Voyons si je comprends bien, enchaîne Ramos, vous dirigez un chantier de plusieurs centaines de millions d'euros et, comme il vous manque quelques machines, vous renvoyez tout le monde à la maison pendant dix jours ?

— Il semblerait que oui, bredouille le chef des travaux, pas très convaincant.

— Sur quoi travaillait Andrea Montero le jour exact qui a précédé l'arrêt du chantier, María ?

Le lieutenant Ortega fouille dans les rapports d'avancement des travaux jusqu'à trouver ce dont elle a besoin.

— Selon ce qui est indiqué ici, elle était sur la construction du lac artificiel au trou numéro 16.

— Je veux le voir.

— Il n'y a que des machines là-bas, capitaine, proteste le chef de chantier.

— Je m'en fiche. Je veux le voir.

— Tu les accompagnes, Germán ? demande le chef de chantier au gérant, résigné. Moi j'ai des coups de fil à passer.

Germán Pardo gare sa voiturette de golf ultramoderne, qui penche d'un côté à cause de son poids excessif, au bord de l'immense excavation qui longe le fairway du trou numéro 16. Un bataillon d'ouvriers s'active dans les parages, ainsi qu'une pelleteuse au fond de ce qui deviendra le lac une fois rempli d'eau.

— Le début du remplissage est prévu la semaine prochaine, annonce Pardo.

— Et les écologistes locaux en pensent quoi ?

— C'est de l'eau récupérée. De plus, dans toute cette zone il y a un réseau de rivières souterraines qui...

Le gérant s'interrompt en voyant Ramos descendre dans le trou et se diriger vers la pelleteuse.

— Vous ne pouvez pas aller là ! S'il vous plaît !

Mais l'enquêtrice reste sourde à ses injonctions. Ortega la suit, mais Pardo en est incapable. Indira s'approche de la pelleteuse et, tendant sa carte en direction du conducteur, lui fait signe.

— Je peux vous aider ?

— Nous cherchons un certain... commence Ramos en consultant son calepin : Francisco Jiménez.

— C'est moi. Mais tout le monde m'appelle Paco.

— Vous travailliez ici avec Andrea Montero le jour précédant la suspension des travaux, en novembre de l'année dernière, c'est bien ça, Paco ?

Soudain mal à l'aise, Jiménez regarde en direction du gérant, qui s'agite au téléphone.

— Répondez à la question, s'il vous plaît. Vous travailliez avec elle ou non ?

— Oui, grommelle l'ouvrier.

— S'est-il passé quelque chose d'anormal ?

— Moi je n'ai rien à voir avec ça, répond-il en se dandinant nerveusement. J'ai juste respecté les ordres.

— Mais bon sang, de quoi parlez-vous ?

— De la grotte. Je travaillais ici quand la pelleteuse est tombée à l'intérieur. Il s'en est fallu de peu que je ne sois plus là pour vous le raconter.

Les deux policières échangent un regard, intriguées.

— Et à part ça ? le presse Ramos.

— Andrea est descendue en courant pour m'aider, et c'est à ce moment-là que nous l'avons trouvé.

— Qu'avez-vous trouvé, monsieur Jiménez ?

— Le taureau.

58

Connecté à une bouteille de monoxyde de carbone qui se trouve à côté de la grille d'aération du bunker où Juan Carlos Solozábal est enfermé depuis deux semaines, le minuteur arrive à zéro pile au moment où Gianna Gallo se lève de son lit et se dirige vers son bureau en boitant.

Les raclées se sont succédé depuis que Salvatore Fusco a appris non seulement qu'elle lui avait volé le contenu de son coffre, mais qu'en plus elle voulait le quitter pour un autre homme. Quelqu'un comme don Salvatore laisse très peu de place au hasard. Il paie des employés de la banque pour être informé de tous les mouvements d'argent sur le compte de sa femme. Ce midi-là, quand Gianna était revenue manger chez elle, il avait réussi à contenir sa rage et il l'avait laissée filer au salon de beauté, convaincu qu'elle le conduirait vers ses bijoux et les documents. Frustré d'avoir fait chou blanc, il lui avait extorqué le nom de son amant et depuis la frappait régulièrement, de plus en plus fort. Un jour, elle sait qu'elle mourra sous ses coups.

Gianna se regarde dans le miroir et y voit le reflet d'un monstre déjà si difforme qu'elle est sûre que sa beauté a disparu à jamais. Malgré tout, elle peut s'estimer heureuse : si son ordure de mari n'était pas certain que, désormais, plus personne ne voudra l'approcher, elle travaillerait déjà dans un bordel au Maroc ou en Algérie. Elle ouvre un tiroir de sa commode et prend un coupe-papier en argent que son mari lui a offert le jour de leur mariage. Elle le cache sous ses vêtements et sort de la chambre. En la voyant, l'homme de main qui monte la garde assis au fond du couloir se lève.

— Où allez-vous, madame ?

— Je dois prendre des médicaments dans la chambre de mon mari.

L'homme hésite tandis que Gianna avance à grand-peine dans le couloir. On lui a donné l'ordre de ne pas la laisser descendre, mais on ne lui a pas dit de l'empêcher d'aller dans la chambre de don Salvatore.

— D'accord. Mais dépêchez-vous, s'il vous plaît. Vous devez retourner dans votre chambre.

Gianna acquiesce. Dans la chambre de son mari, elle se dirige vers le meuble qui abrite le coffre-fort, priant pour que Salvatore n'ait pas changé la combinaison. La porte s'ouvre et elle trouve la petite boîte en bois fermée à clé qu'elle cherchait. Elle sort le coupe-papier et en force la serrure. À l'intérieur, il y a la balle et la capsule de cyanure qu'on a données à Salvatore Fusco le jour où il a prêté serment comme membre de la 'Ndrangheta. Elle n'attend même pas de retourner dans sa chambre pour placer la capsule dans sa bouche et la croquer.

Juan Carlos Solozábal et Gianna Gallo meurent à quelques minutes d'intervalle, un lundi comme un autre, sans savoir qu'ils se trouvaient à peine à trois cents mètres l'un de l'autre.

IV

59

Le fracas fit sursauter Andrea Montero alors qu'elle était en train de vérifier les plans de la seconde tranche de la zone résidentielle. Cela prenait plus de temps que prévu, car, de manière inattendue, les ouvriers étaient tombés sur un énorme rocher pendant la construction d'une des villas Premium situées autour des greens du parcours de golf. Quand elle se retourna en se demandant ce qui avait pu causer ce bruit, elle tomba des nues en constatant que la pelleteuse qui creusait le futur lac artificiel du trou numéro 16 avait disparu comme par magie.

— Putain, mais… ?

Instinctivement, Andrea leva le regard vers le ciel, à la recherche de l'ovni qui avait forcément emporté la lourde machine dans les airs. Mais la colonne de fumée qui sortait du sol lui fit comprendre qu'elle ne regardait pas dans la bonne direction. Elle courut vers le trou béant. En arrivant au bord, essoufflée, elle vit que le sol s'était dérobé et que la pelleteuse était tombée cinq mètres plus bas.

— Paco ! cria-t-elle affolée en direction du gouffre qui s'était ouvert sous la machine.

Personne ne lui répondit, alors Andrea décida de descendre. Parvenue au niveau de la pelleteuse, elle s'aperçut, malgré la fumée noire que crachait le moteur, que la tête de Paco avait cogné la vitre et que son front saignait. Elle réussit à ouvrir la portière cabossée par le choc, non sans effort.

— Tout va bien, Paco ?

— Qu'est-ce qu'il s'est passé, putain ? demanda-t-il, encore sonné, en tamponnant de la main sa blessure.

— Visiblement, les topographes n'avaient pas prévu que le sol serait creux à cet endroit et il a cédé. Tu saignes.

— C'est rien.

Andrea l'aida à sortir de la cabine, au moment même où une demi-douzaine de travailleurs provenant de différents endroits du chantier arrivaient en courant pour se porter à leur secours.

— Du calme, tout va bien ! cria Andrea. Inutile de descendre, c'est peut-être dangereux !

Dans les phares toujours allumés de la pelleteuse, dont Paco avait éteint le moteur, elle vit l'amorce de deux galeries creusées dans la roche. À l'entrée de l'une d'elles, une chose qu'elle n'avait pas réussi à identifier formait un petit monticule au sol.

— C'est quoi, ça ? demanda Paco.

— Je n'en ai pas la moindre idée. Remonte pour faire examiner ta plaie, je vais aller jeter un œil.

— Mon cul ! Je te laisse pas toute seule.

Il cria à ses collègues de ne pas s'inquiéter, qu'ils remontaient d'ici à quelques minutes, puis il alluma sa petite lampe torche tandis qu'Andrea activait l'éclairage de son portable. Ils descendirent de la machine. Comme le sol semblait ferme, ils se dirigèrent vers les galeries. Andrea se pencha sur l'étrange monticule de terre et de pierres. Elle laissa échapper un petit cri en découvrant des ossements, qui semblaient très anciens.

— Putain de merde ! s'exclama Paco. C'est des os humains ?

— Cela m'en a tout l'air, mais je ne suis pas spécialiste.

— À qui cela peut-il bien être, putain ?

Andrea ne répondit pas. Une chose était sûre : il n'y avait pas de restes de vêtements autour, donc ça ne datait pas d'hier. Elle se redressa et éclaira l'intérieur de la grotte.

— Allons voir s'il y a d'autres choses.

Même s'il ne semblait pas très motivé, Paco la suivit. Au bout d'une vingtaine de mètres, ils tombèrent sur un autre monticule d'ossements, qui leur confirma que la découverte était beaucoup plus importante qu'ils ne l'imaginaient.

— Encore des humains ? demanda Paco, sous le choc.

— Je crois plutôt que ce sont des restes d'animaux, répondit Andrea en se baissant pour fouiller. Regarde.

Elle brandit quelque chose qui ressemblait à une défense d'une dizaine de centimètres reliée à une demi-mandibule.

— Putain ! s'exclama Paco. Ça, c'est pas à un chien.

— Non, ça doit plutôt être à un ours ou à un félin, on dirait...

— Je suis sûr que c'est à un tigre à dents de sabre, affirma l'homme avec conviction. Les murs de la chambre de mon fils sont recouverts de dessins de bestioles préhistoriques.

Andrea n'était pas experte en archéologie, mais il n'était pas rare que l'on trouve ce genre de chose sur de tels chantiers – chaussées romaines ou construction millénaire. La plupart du temps, on ne disait rien et on détruisait sans autre forme de procès, de peur que le chantier soit arrêté. Mais là, il semblait y avoir un vrai ossuaire d'animaux disparus.

— On devrait pas sortir d'ici maintenant ? demanda Paco, inquiet. Imagine si des bébêtes comme ça sont encore vivantes dans le coin...

— Je pense qu'elles sont mortes depuis très longtemps.

Paco éclaira les alentours, pas vraiment convaincu. Peut-être qu'il ne tomberait pas sur un tigre à dents de sabre, mais même l'idée de croiser un serpent lui filait les jetons. Tout à coup, il blêmit.

— Andrea...

Elle leva les yeux et ce qu'elle découvrit la laissa aussi pantoise que son collègue : la paroi du fond de la grotte était recouverte de dizaines de peintures de plusieurs animaux – sans doute ceux dont ils venaient de découvrir les restes. L'artiste avait tiré parti de l'irrégularité de la paroi rocheuse pour donner du volume à son œuvre, de telle sorte qu'un petit angle saillant avait servi à réaliser le museau d'un cerf, qui semblait revivre et tentait de fuir son état minéral. Juste en dessous, il y avait un groupe de lapins poursuivis par un loup à l'allure redoutable et, à leur côté, deux chevaux paissaient près d'un bouquet d'arbres. Il y avait également des scènes de chasse saisissantes, qui montraient des hommes poursuivant leurs proies, armés de lances, avec de petites mains peintes autour.

Mais, au centre de ces dessins, c'était la représentation d'un taureau grandeur nature qui était la plus stupéfiante. Andrea eut la sensation d'être devant quelque chose qui avait été caché aux yeux des hommes pendant des milliers d'années.

60

Le portefeuille d'Álvaro Artero dans une main et la coupure du journal relative à la mort de son père dans l'autre, Noelia Sampedro attendait toujours devant les casiers de la patinoire une explication de la part de son client. Le mutisme de celui-ci lui fit perdre son calme :

— Réponds-moi, putain !

Les visiteurs qui circulaient autour d'eux, en grande majorité des parents venus là avec leurs enfants, lui décochèrent des regards accusateurs. Elle s'en moquait.

— Ce n'est pas ce que tu crois, Noelia, bredouilla enfin Álvaro Artero, extrêmement embarrassé.

— Je ne sais pas ce que je crois, Álvaro, lança-t-elle entre ses dents serrées, mais je veux que tu m'expliques ce que ça foutait dans ton portefeuille.

— Je... je voulais savoir qui tu étais avant de t'engager et je... j'ai trouvé cette information.

Il transpirait et ne la regardait pas dans les yeux.

— Mais bien sûr, putain ! Prends-moi pour une conne ! Ça fait plusieurs années que cette coupure est dans ton portefeuille. Il n'y a qu'à voir son état.

— Je suis désolé, mais là je ne peux pas t'en dire plus.

Álvaro Artero récupéra vivement son portefeuille, déchaussa ses patins en moins de deux puis décampa, chaussures à la main. Noelia lui cria de s'arrêter et commença à le suivre. Elle l'aurait pourchassé jusqu'au bout de la rue si un vigile ne l'avait empêchée de sortir en patins.

Elle resta plantée là une quinzaine de minutes, à lire et relire la coupure de presse, essayant de trouver une explication à tout cela. Le vibreur de son portable la tira de ses pensées. Elle répondit machinalement, encore sonnée, sans même regarder qui l'appelait.

C'était Arancha.

— Noelia ? C'est ton jour de chance ! Guillermo Torres vient d'appeler. Il est à Madrid et il demande un nouveau rendez-vous avec toi. Je fais livrer chez toi les vêtements qu'il veut que tu portes ce soir ?

Noelia attendait cet appel depuis le lendemain de leur rencontre, mais elle était à une période de sa vie où elle pouvait dire non à des Manolo Blahnik, à un ensemble Saint Laurent et à plus de trois mille euros en échange d'une nuit agréable avec le millionnaire.

— Désolée, Arancha, mais je ne peux pas, aujourd'hui. J'ai un imprévu assez urgent à gérer. Excuse-moi.

Noelia raccrocha sans prêter attention aux protestations d'Arancha. Puis elle prit un taxi jusqu'à la place de Castille, où elle grimpa dans un bus pour Cercedilla.

Sa mère était sur le point de se coucher lorsque Noelia arriva chez elle.

— Que se passe-t-il, Noelia ? s'inquiéta-t-elle aussitôt. Que fais-tu ici ?

— Rien, tout va bien, maman, essaya de la rassurer Noelia. Je… j'avais juste besoin de venir te voir et… me voilà.

— Tu crois que tu peux baratiner comme ça celle qui t'a mise au monde ? Maintenant, raconte-moi ce qu'il se passe.

Noelia promit qu'elle le lui dirait ; mais avant, elle avait besoin de manger un peu. Sa mère lui servit des *migas* qu'elle avait cuisinées dans la matinée, des œufs brouillés aux champignons puis du fromage blanc maison. Elle se serait régalée comme jamais des talents culinaires de sa mère si elle avait réussi à chasser de son esprit cette maudite coupure de presse.

— Et donc ? attaqua la mère, curieuse, dès la dernière bouchée de Noelia avalée.

— Que sais-tu de la mort de papa ?

Sa mère se figea. Elle s'attendait à tout sauf à ce sujet de conversation.

— Ils n'ont jamais arrêté personne, c'est bien ça ? reprit Noelia.

— Tu sais très bien que non. Il est descendu de son camion pour changer une roue, un conducteur l'a renversé et a pris la fuite. Pourquoi me parler de ça maintenant ?

— Parce que… je crois que je sais qui l'a tué.

— Qu'est-ce que tu racontes ?

Noelia lui expliqua tout, omettant juste de lui dire la raison pour laquelle elle avait passé l'après-midi avec un homme qui avait deux fois son âge.

— Le fait d'être en possession de cette coupure de journal ne signifie pas forcément que c'est lui qui l'a écrasé.

— Qui garde des coupures de journaux d'un accident datant d'il y a dix ans s'il n'a rien à voir avec ça, maman ? Même moi je n'ai rien conservé.

Sa mère fronça les sourcils, consciente que sa fille avait probablement raison.

— Et cet homme, où l'as-tu connu ?

Noelia avait préparé sa réponse durant le trajet en bus, se doutant que la question arriverait sur le tapis.

— Sur le campus. Il s'est approché pour parler avec moi un jour et nous sommes devenus amis. Que crois-tu qu'on devrait faire ?

— Porter plainte contre lui.

Aussitôt, mère et fille se rendirent dans les locaux de la Guardia Civil, où Noelia répéta son histoire. Elles s'étaient demandé si elles seraient prises au sérieux, mais un jeune agent posa tout un tas de questions à la jeune femme. Pendant que sa mère remplissait des documents avec le garde civil, son collègue, qui les avait accueillies, observait Noelia avec curiosité. À tel point qu'elle en fut gênée.

— Il y a un problème ? lui lança-t-elle.

— Tu ne te souviens pas de moi, n'est-ce pas ?

— Je devrais ?

Noelia l'observa attentivement et, pour la première fois depuis leur arrivée, elle vit l'homme derrière l'uniforme.

— Pablo ? s'exclama-t-elle, étonnée.

Il acquiesça timidement. Elle lui sourit, contente de revoir le premier amant qu'elle avait eu après son cousin Javi.

— Putain, excuse-moi. Je ne t'avais pas reconnu.

— Ça fait longtemps, répliqua-t-il, avec un geste de la main qui signifiait que cela n'avait aucune importance. À part l'histoire de ton père, comment vas-tu ?

— Très bien, et toi ? Je vois que tu as décidé de ne pas devenir mécanicien.

— Les surprises de la vie ! À vingt ans, j'étais celui qui posait des problèmes dans le village et maintenant, c'est moi qui suis chargé de les résoudre.

Noelia rit de bon cœur. C'était la dernière chose qu'elle aurait imaginé pouvoir faire après la journée de merde qu'elle venait de passer.

61

L'agent Navarro se précipite à la rencontre du capitaine Ramos et du lieutenant Ortega quand celles-ci entrent en courant dans l'hôpital. Elles commençaient à interroger le conducteur de la pelleteuse, à Tolède, quand on les a prévenues de ce qui était arrivé à l'agent Jimeno.

— Comment va-t-il ?

— Mal, chef, répond Navarro en retenant des larmes. Il est en arrêt cardiorespiratoire et ça fait un moment qu'il est au bloc. Ils ne sont pas sûrs de pouvoir le sauver.

— Que s'est-il passé ? s'affole Ortega.

— La seule chose que nous savons, c'est que Ramón Fonseca a été emmené avec un faux ordre de transfert et qu'Óscar les a suivis jusqu'à une zone industrielle près d'Alcobendas. Des travailleurs ont dit qu'ils avaient entendu des coups de feu et la police municipale l'a retrouvé avec un poignard enfoncé dans la poitrine.

— Putain… Celui qui a fait ça a été arrêté ?

— Il est mort. Óscar a réussi à lui tirer dessus avant de tomber. On n'a toujours pas pu l'identifier, mais vu les tatouages qu'il a, on pense que c'est un membre de la 'Ndrangheta.

— Bordel ! Que vient faire la mafia calabraise dans tout ça ? s'énerve Ramos, dépassée par les événements.

Navarro hausse les épaules, ne sachant que répondre. Ramos aime que tout soit bien en ordre ; or cette affaire-là commence à lui échapper.

— Et Ramón Fonseca ?

— Il est toujours en vie, mais il agonise. Il a été pris charge par l'unité de soins intensifs.

— Il n'a pas dit où se trouve le cadavre du deuxième otage ?

— Avec tout ce qu'il s'est passé, je n'ai même pas pensé à le lui demander…

Ramos prie Navarro de rester là jusqu'à ce que le médecin sorte et donne des nouvelles de Jimeno, puis elle se dirige avec le lieutenant Ortega à l'étage des soins intensifs. L'infirmière tente de les empêcher de déranger Fonseca, mais, au point où en est l'enquête, Ramos n'a pas l'intention de se laisser arrêter par les horaires de visite.

Ramón Fonseca est intubé et couvert de bandes de haut en bas. Après la séance de torture que lui a infligée Adriano, il est dans un état lamentable. Un médecin arrive en urgence, alerté par l'infirmière.

— Il va s'en sortir ? demande Ramos.

— Je ne crois pas. Au-delà de ce que l'on peut voir à l'œil nu, il a une demi-douzaine de côtes fêlées et certaines d'entre elles ont perforé un poumon. On lui a également fracturé une pommette, la clavicule, le radius et le cubitus du bras gauche, on lui a sectionné les tendons des genoux… À son âge, ce serait un miracle qu'il passe la nuit.

— J'ai besoin de lui parler.

— Je ne crois pas que vous y parviendrez. Nous avons dû lui administrer des calmants et des antidouleurs.

— La vie d'un innocent est en jeu, docteur. Y a-t-il un moyen de le réveiller quelques minutes ?

Ramos en déduit qu'il y en a une du silence du médecin.

— Docteur ? insiste-t-elle.

— Le flumazénil le réveillerait. Le problème, c'est qu'il ne serait plus sous sédatif et qu'il ressentirait de terribles douleurs.

— Cela accélérerait-il son décès ?

— Je ne vois pas pourquoi.

— Alors qu'il aille se faire foutre.

Le lieutenant Ortega regarde sa chef, stupéfaite. Elle n'aurait jamais cru qu'elle l'entendrait approuver une telle démarche, mais elle est tout à fait d'accord pour tout mettre en œuvre afin de sauver Juan Carlos Solozábal ou Noelia Sampedro, enfin celui des deux otages qui est encore en vie.

— Cet homme a déjà tué deux personnes et menace d'en tuer une autre, intervient-elle. Et en plus, à cause de lui, notre collègue est entre la vie et la mort.

— Nous ne pouvons pas le laisser s'en tirer comme ça, docteur. J'en assume toutes la responsabilité.

Le médecin essaie de résister, mais face à l'insistance des policières, il finit par céder.

À peine a-t-il injecté le médicament que les indicateurs vitaux de Ramón Fonseca remontent en flèche. Les policières prennent peur quand le moniteur émet un signal d'alarme.

— Que se passe-t-il ? demande Ramos.

— Son corps vient de se réveiller, même si son esprit ne s'en est pas encore rendu compte.

Après quelques minutes pendant lesquelles Ramón Fonseca s'agite et lutte pour revenir à lui, il prend une bouffée d'air et ouvre l'unique œil qu'Adriano lui a laissé intact.

— Du calme, monsieur Fonseca, dit le médecin en lui

touchant le bras. Vous êtes sain et sauf. Essayez de respirer calmement.

Ramón Fonseca regarde autour de lui, pour comprendre où il se trouve. Alors que sa tête se réveille, ses blessures se rappellent aussi à son souvenir.

— Il est tout à vous, capitaine, déclare le médecin. À votre place, je me dépêcherais. Je ne crois pas qu'il restera lucide très longtemps.

— Vous vous souvenez de moi, monsieur Fonseca ?

— Capitaine Ramos, répond le vieil homme avec une grimace de douleur, comme si chaque son qu'il prononçait lui arrachait une dent sans anesthésie.

— Avez-vous idée de la raison pour laquelle la mafia calabraise a fait ça ?

La surprise se lit sur le visage du vieil homme pendant qu'il secoue négativement la tête.

— Je suppose que ça vous réjouira de savoir que je pense avoir découvert qui est l'assassin de votre belle-fille, même si malheureusement, je n'ai pas encore les preuves pour le démontrer.

— Dépê... dépêchez-vous.

— Je vais aussi vite que possible, mais vous devez collaborer et me dire maintenant où se trouvent Juan Carlos Solozábal et Noelia Sampedro.

— Relâchez Gonzalo.

— Les règles ont changé, monsieur Fonseca. Vous devez nous dire où ils sont enfermés si vous voulez que nous démontrions l'innocence de votre fils.

— Relâchez... mon fils.

Le capitaine Ramos a beau insister et faire pression à coups de promesses et de menaces, Ramón Fonseca accepte seulement de leur dire où se trouve la seconde victime. Dès qu'il l'a fait, le médecin lui administre un sédatif. Très vite, le vieil homme retombe dans un sommeil profond.

Pour Ramos, il n'y a vraiment rien d'agréable à la perspective de devoir ramasser un nouveau cadavre, et encore moins de l'extraire de l'endroit indiqué par ce vieux fou têtu.

62

Sur le sol de la cuisine, le sang s'écoule lentement du cadavre de Fabian. Un sourire macabre aux lèvres, les deux assassins du Colombien s'approchent de Gonzalo Fonseca. Gheorghe a déserté les lieux, laissant ses sbires effectuer leur dernière basse besogne.

— Allez, tue-le ! dit le Roumain qui a assassiné Fabian à celui qui tient désormais le couteau.

— On n'est pas obligés de régler cette histoire comme ça, les mecs, affirme Gonzalo en reculant pas à pas, les mains levées devant lui. Nous pouvons parvenir à un accord.

— Un accord ? demande l'homme au couteau. Quel type d'accord ?

— J'ai de l'argent. Vous n'avez qu'à dire un chiffre et je vous paierai. Je vous le jure.

— Si t'avais du fric, t'aurais payé ta dette à Gheorghe.

— C'est vrai que je n'ai pas un euro en ce moment, mais vous avez bien vu qu'on parle sans arrêt de moi à la télé. Quand je serai libre, je participerai à un tas d'émissions et je gagnerai vachement de fric. Tout sera à vous.

Les deux tueurs échangent un regard, mais hésitent à peine un millième de seconde :

— À quoi ça nous servirait d'être riches si on trahissait Gheorghe ?

— Tue-le une bonne fois pour toutes, putain ! Ou rends-moi la lame pour que je le fasse.

Cet infime moment de discorde autour du couteau suffit à Gonzalo Fonseca pour s'emparer d'une poêle, qu'il brandit devant lui.

— Qu'est-ce que tu fabriques avec ça ? Tu veux nous faire frire des œufs ?

Tous deux éclatent de rire et Gonzalo profite de l'aubaine : de toutes ses forces, il donne un grand coup de poêle dans le visage de celui qui tient l'arme. Un craquement indique que la pommette a cédé. Le tueur fait un tour complet sur lui-même, comme s'il jouait dans une comédie, et, foudroyé, s'écroule sur le cadavre de Fabian. Son alter ego réagit rapidement et balance à Fonseca un coup de pied dans les côtes. Ce dernier en a la respiration coupée. Il lâche la poêle et pose un genou à terre en essayant de retrouver son souffle.

— Je vais te tuer, fils de pute !

Quand Gonzalo voit son adversaire sur le point de s'emparer du couteau, il se relève difficilement et se lance contre lui. Le combat est inégal et, après un bref échange de coups, le tueur s'assied à califourchon sur Fonseca. Après lui avoir donné une série de coups de poing, il lui place le couteau sous la gorge.

— Prêt à mourir, connard ? jubile-t-il.

— Non, s'il te plaît. Tu n'as aucune raison de faire ça.

— Non, mais j'en ai envie.

Gonzalo croit sa dernière heure venue lorsque le tueur s'effondre en avant. Le coup de poêle est tellement violent qu'un filet de sang s'écoule par son nez et goutte sur le visage de Gonzalo, avant que son corps s'écroule sur le côté, pris de convulsions. Après avoir essuyé le sang sur son visage, Gonzalo voit Adonay, poêle en main.

— Ah… Et voilà, par ta faute je suis dans la merde pour un bon moment, *gadjo*, lui reproche le Gitan. Je venais juste te demander un peu de pain pour mon sandwich et à cause de toi, j'ai tué un Roumain.

— Merci… bredouille Gonzalo.

— Rien à foutre de ton merci, tu m'as mis dans la merde !

— Au sol ! hurle une voix autoritaire.

Plusieurs gardiens entrés en trombe dans la cuisine immobilisent violemment Adonay et Gonzalo au sol, sur le ventre, côte à côte. On leur passe les menottes.

— Maintenant, j'espère que tu feras moins le radin avec les cigarettes, connard de *gadjo*.

Gonzalo hoche la tête, souriant et reconnaissant.

Toute la journée, Gonzalo et Adonay sont interrogés au sujet des deux prisonniers morts dans la cuisine. Gonzalo évite d'évoquer ses embrouilles avec Gheorghe, mais, à l'exception de ce détail, il leur raconte la stricte vérité concernant le déroulement des faits. Même si son intention est d'innocenter Adonay, il n'en reste pas moins que ce dernier a tué un homme. Il sera donc jugé lors d'un nouveau procès qui aboutira, de manière quasi certaine, à un allongement de sa peine, même s'ils jurent avoir agi en situation de légitime défense.

Dès qu'ils sont ramenés dans leurs quartiers, Gonzalo propose à Adonay l'argent qu'il avait offert aux tueurs, afin qu'il embauche le meilleur avocat possible.

— D'où vas-tu sortir le blé ?

— Je trouverai, je te le promets. Fais-moi confiance.

Plus tard, un gardien qui l'aime bien informe Gonzalo de la très grave agression subie par son père.

— Il est toujours en vie ?

— Ça, je ne peux pas te le dire, mais d'après ce que j'ai entendu aux informations, ils l'ont bien amoché.

— C'est la police qui a fait ça ?

— La seule chose qu'ils ont dite, c'est que c'est en lien avec la mafia italienne.

Gonzalo Fonseca n'a aucune idée de la raison pour laquelle la mafia a fait subir un tel sort à son père. Tout ce qu'il voit, c'est que ce n'était pas une bonne journée pour les Fonseca.

63

Se replonger dans les égouts cinq ans après ce qui lui est arrivé sera probablement l'épreuve la plus dure qu'Indira Ramos devra affronter dans sa vie, mais Ramón Fonseca a été très précis quant à la localisation du cadavre du second otage.

Pendant que le lieutenant Ortega termine sa conversation au téléphone, Ramos enfile ses protections l'une après l'autre. Elle veut se sentir solide, lorsqu'elle parcourra le sous-sol de Madrid, à la recherche d'un homme de quarante ans ou d'une jeune femme de vingt-deux ans… Si elle devait participer au pari du commissariat dont elle a entendu parler, elle miserait tout ce qu'elle a sur l'avocat.

— Jimeno vient de sortir du bloc, annonce Ortega après avoir raccroché. Il faut attendre de voir comment ça va évoluer dans les prochaines heures.

— Navarro est encore avec lui ?

— On lui a dit d'aller se reposer, mais elle ne veut rien entendre.

Le capitaine sourit légèrement, fière de l'équipe qui l'entoure. Même le lieutenant Moreno commence à lui manquer. Il l'a appelée très tôt ce matin pour l'informer qu'il rentrait aujourd'hui même de Málaga avec une surprise. Le chef de l'unité d'intervention s'approche d'elles.

— Nous sommes prêts.

— Vous avez vérifié que l'endroit était sûr ?

— Autant que possible, mais on ne sait jamais, là-dessous. Où se trouve le corps selon ce cinglé ?

— Il assure avoir laissé des indices qui nous conduiront jusqu'à lui.

— Quel genre d'indices ?

— Il a perdu connaissance avant de nous le préciser.

L'officier lève les yeux au ciel. Cela ne l'amuse pas vraiment d'envoyer ses hommes vers ce qui pourrait se révéler un piège mortel, mais il n'a pas d'autre choix. Une demi-douzaine d'agents descendent dans la galerie des égouts qu'a indiquée Ramón Fonseca, à deux cents mètres d'une luxueuse zone résidentielle.

— Au moins, nous trouverons de la merde de qualité, dit Ortega, dépitée, en regardant le poste de surveillance à l'entrée de la résidence sécurisée.

— La merde des riches pue autant que celle des pauvres, María.

Elles descendent à la suite de l'unité d'élite par la petite échelle en métal. En touchant le sol et en percevant l'humidité sous ses pieds, Indira Ramos est envahie par les souvenirs de l'instant où elle est tombée dans cette fosse septique. À ses manies et à ses peurs s'ajoute une claustrophobie soudaine et inattendue qui l'empêche de respirer.

— Tu te sens bien ? demande Ortega, préoccupée.

Ramos est tellement concentrée sur sa respiration qu'elle ne répond pas.

— Pourquoi ne nous attends-tu pas en haut pendant qu'on cherche le corps ?

— Non. Je vais bien. Ne perdons pas plus de temps.

— Vers où ? demande le chef des agents spéciaux.

— Nous recherchons un indice, quelque chose qui nous

indiquerait le chemin à suivre. Ça pourrait être n'importe quoi, donc c'est à nous de bien ouvrir l'œil.

Par petits groupes, ils commencent à explorer les tunnels. Après quinze minutes de recherches infructueuses, ils n'ont toujours rien trouvé.

— Capitaine, il n'y a rien ici.

— Dites à vos hommes d'éteindre leurs lampes.

— C'est pas très malin de rester dans l'obscurité, si ?

— J'ai besoin de vérifier un truc. Faites-le, s'il vous plaît.

Ramos éteint sa lampe et Ortega l'imite, s'en remettant à l'instinct de sa supérieure. Le chef de l'unité spéciale soupire.

— Éteignez vos lampes ! ordonne-t-il.

Le tunnel se retrouve plongé dans le noir. Tout à coup, à une vingtaine de mètres d'eux, une croix fluorescente dessinée sur le mur apparaît comme par magie.

— C'est par là !

Les policiers allument leurs lampes et se dirigent vers le signal. La progression est malaisée, à cause de l'eau stagnante, des détritus, des cadavres d'animaux, des embranchements qui les obligent à se diviser.

— Ce vieux nous casse les couilles ! s'emporte le commandant de l'unité spéciale.

— Ça doit être par là, assure Ramos en scrutant le moindre recoin.

Soudain, l'un des agents pousse un cri et rameute ses camarades. Dans une galerie plus étroite, contre une planche en bois, ils voient un minuteur relié à une bouteille de monoxyde de carbone similaire à celle qu'ils ont retrouvée à côté de la cellule de la juge Almudena García.

Derrière la planche que deux agents retirent, ils découvrent une vieille porte métallique munie d'un volant.

— Ça ressemble à l'entrée d'une sorte de bunker, déclare Ramos.

— Depuis quand y a-t-il des bunkers, ici ? demande un agent.

— Depuis la guerre civile, explique Ortega. Il paraît que le sous-sol de Madrid en est encore truffé. Ils ont été construits par les républicains afin de se protéger des bombardements.

— Ouvrons cette putain de porte ! ordonne Ramos, nerveuse.

— En position ! lui fait écho son homologue.

Les agents spéciaux braquent leurs armes sur la porte tandis que l'un d'entre eux actionne le mécanisme. Dans de grands grincements métalliques, la porte s'ouvre. À l'intérieur, le corps de l'avocat Juan Carlos Solozábal gît sans vie sur son lit de camp. À en croire les traits sereins de son visage, il semble qu'il n'ait pas vu la mort le cueillir.

64

Deux heures après la découverte inattendue sous le futur lac du trou numéro 16, Sebastián Oller, son avocat et l'un de ses conseillers descendirent discrètement dans la grotte avec Andrea Montero et Paco Jiménez. Le périmètre avait été évacué. Les trois dirigeants, dont les costumes et chaussures n'étaient pas l'équipement le plus adapté pour une sortie spéléologique, furent très impressionnés par les peintures rupestres.

— Ça date de quand ? demanda Oller.

— Nous n'en avons aucune idée, monsieur, répondit Montero, mais sans doute plusieurs milliers d'années.

— Là-bas, il y a la défense d'un tigre à dents de sabre, intervint Paco, provoquant la surprise des trois nouveaux venus. J'ai regardé sur Google et ils disent que ces bestioles ont disparu il y a près de quinze mille ans.

Sebastián Oller grimaça. Ce n'était pas une bonne nouvelle, contrairement à ce que semblaient croire le conducteur de la pelleteuse et la directrice des travaux. Le conseiller qui l'accompagnait, un quinquagénaire au visage taillé à la serpe, avait l'air totalement dépourvu de scrupules, en affaires comme dans la vie. Il s'était approché de l'énorme taureau représenté sur le mur de la grotte et avait effleuré la pierre du bout des doigts. Ils se tachèrent aussitôt de rouge.

— Pour moi, c'est une arnaque. Comment le sang peut-il rester aussi frais après des milliers d'années ?

— Ce n'est pas du sang, répondit Andrea, mais de l'hématite. C'est la forme minérale de l'oxyde de fer. Je suppose que la condensation que nous provoquons dans un espace aussi restreint fait transpirer la pierre.

— Les Grecs, je crois que c'était Pline l'Ancien, l'appelaient « pierre de sang », confirma Paco, très fier.

En remarquant les regards surpris posés sur lui, il précisa :

— Ça aussi, je l'ai lu sur Google.

— Qui d'autre connaît l'existence de cet endroit ? demanda Sebastián Oller.

— Une douzaine d'hommes se trouvaient non loin quand la pelleteuse est tombée et ils savent que nous avons découvert quelque chose, expliqua Andrea Montero. Mais Paco et moi sommes les seuls à avoir vu cet endroit. Avec vous trois, désormais.

— Bien. Personne d'autre ne doit être au courant, c'est compris ?

— Il faut en informer le ministère de l'Équipement, monsieur ! protesta Montero.

L'avocat emmena son patron à l'écart pour un conciliabule à voix basse avec l'inquiétant conseiller. Quelques minutes plus tard, ils rejoignirent Montero et Jiménez. Le promoteur reprit la discussion où il l'avait laissée :

— Pour l'instant, on ne communique rien à personne. Nous fermerons le chantier quelques jours, le temps de prendre une décision.

— C'est peut-être l'une des découvertes archéologiques les plus importantes de l'histoire, monsieur ! s'éleva à nouveau Andrea

Montero. Probablement aussi importante que les grottes d'Altamira. Nous ne pouvons pas court-circuiter le ministère. Ils doivent envoyer une équipe d'archéologues afin de...

— Savez-vous ce que ça supposerait ? l'interrompit Oller, cassant. Tout d'abord, ils imposeraient l'arrêt des travaux pour une durée indéterminée, ce qui, en plus de me faire perdre des millions d'euros, mettrait deux cents travailleurs au chômage. Voulez-vous être responsable de ça, Andrea ?

— Non, mais...

— Alors, obéissez ! Nous fermerons le chantier quelques jours puis nous étudierons la meilleure manière de gérer cette affaire. Puis-je compter sur votre discrétion ?

La directrice des travaux et le conducteur de la pelleteuse échangèrent un regard. Le conseiller au visage taillé à la serpe s'éclaircit alors la voix :

— Mes propos n'engagent que moi, mais... je suis sûr que l'entreprise saura récompenser votre loyauté comme il se doit.

Ce n'était pas Oller qui formulait une telle offre, évidemment... Les propositions illégales passaient par d'autres, ce qui permettait au corrupteur de nier les avoir faites. Paco se détendit. Il aurait été plus tranquille en faisant les choses telles qu'elles devaient être faites, mais ce n'était jamais une bonne idée d'aller à l'encontre de ses supérieurs ; et puis quelques milliers d'euros ne seraient pas de trop pour refaire la salle de bains de sa maison, qui en avait bien besoin, comme sa femme le lui rappelait à longueur de journée. Il se doutait qu'en revanche, Andrea Montero ne serait pas si facile à acheter et il craignait qu'elle gâche tout.

— Laissons-les s'en occuper, chef, lui conseilla-t-il.

— Les laisser s'en occuper, cela signifie détourner le regard pendant qu'ils vont tout saccager, Paco, soupira Montero, désabusée.

— Personne n'a dit que nous allions tout saccager, Andrea, fit Sebastián Oller, doucereux. Nous demandons seulement quelques jours pour étudier la question. Alors, c'est d'accord ?

Elle hocha la tête. Elle n'avait pas d'autre option que d'avaler cette couleuvre.

— Bien ! s'exclama le businessman. Maintenant, le plus important c'est de sortir la pelleteuse de là et de fermer l'accès à la grotte. Une fois que cela sera fait, il faudra mettre des vigiles à l'extérieur pour que personne ne puisse descendre pendant la fermeture du chantier.

Sur ces mots, Sebastián Oller prit la direction de la sortie, suivi par son avocat et son conseiller. Andrea Montero contempla longuement les scènes de chasse et l'énorme taureau dessiné sur la paroi des milliers d'années auparavant. Elle savait en son for intérieur que les laisser détruire cet endroit n'était pas seulement un délit, mais que c'était également un péché.

65

Pendant que la Guardia Civil se chargeait de localiser puis d'interroger Álvaro Artero au sujet de l'accident qu'avait subi dix ans auparavant son père, Noelia Sampedro avait quant à elle tenté de retrouver sa routine. Il ne restait que quelques semaines avant la fin de l'année et elle avait besoin de se concentrer sur ses études, qu'elle avait pas mal délaissées depuis qu'elle avait commencé à travailler avec l'agence.

Marta s'assit à côté d'elle à la bibliothèque et la regarda comme si elle lui reprochait quelque chose.

— Je te dis pas le savon qu'Arancha m'a passé à cause de toi, Noe.

— Elle est très en colère ? demanda Noelia d'un air innocent.

— Imagine : Guillermo Torres est l'un des meilleurs clients de l'agence et toi, tu ne trouves rien de mieux que de refuser un rendez-vous avec lui.

— J'avais des choses à faire.

— Y a-t-il plus important que de se faire offrir une superbe robe, de magnifiques chaussures, de se faire payer trois mille boules pour être invitée à dîner dans un endroit d'enfer et ensuite jouir pendant des heures ?

Noelia hésita à lui raconter ce qu'il s'était passé avec son dernier client, mais, même si Marta était sa meilleure amie, question discrétion, elle n'était pas vraiment fiable. De plus, c'était quelque chose de si intime qu'elle avait besoin de le garder pour elle.

— Un problème... familial, improvisa-t-elle. Ma mère ne se sentait pas bien et j'ai dû l'accompagner à l'hôpital.

— Elle va mieux ?

— Oui. C'était juste une indigestion.

— L'indigestion la plus chère de l'histoire...

Noelia sourit. Elles passèrent ensuite le reste de la matinée à étudier, à échanger des notes et des ragots sur leurs camarades de classe. À l'heure du repas, Marta partit faire les courses. Noelia mangea un sandwich de la cafétéria, puis continua à réviser jusqu'en début de soirée. Lorsqu'elle sortit de la bibliothèque, Pablo l'attendait. Il était en civil.

— Qu'est-ce que tu fais là ? demanda-t-elle, surprise.

— Je suis allé te chercher en cours, mais un gars m'a dit que t'étais ici.

— Alors, vous avez parlé avec Artero ?

Pablo lui proposa d'aller dîner. Tandis qu'ils mangeaient un hamburger, il lui raconta ce qu'il s'était passé depuis que sa mère et elle avaient porté plainte contre Álvaro Artero – qu'ils n'avaient pas retrouvé.

— Il doit bien être quelque part, putain ! s'énerva Noelia.

— Nous avons émis un mandat d'arrêt contre lui.

— S'il se cache, c'est parce qu'il est coupable, non ?

— Ne tirons pas de conclusions hâtives, Noelia. Il peut s'être passé des milliers de choses.

— Comme quoi ?

— Peut-être qu'il est parti en voyage, que sais-je encore. Le mec vit seul et personne n'a pu nous dire où il traîne. Nous sommes allés chez ses parents dans un village près de Soria, mais ça fait quinze ans qu'ils sont décédés et il n'y a pas remis les pieds depuis.

— Et à son boulot ?

— Il est rentier. Il a plusieurs propriétés, fait des investissements et s'occupe de faire fructifier son argent. Mais le jour où il y aura le moindre mouvement sur ses comptes, l'alarme sonnera. Tôt ou tard, il réapparaîtra.

Noelia se résigna, consciente qu'elle ne pouvait rien faire de plus que d'attendre que l'enquête donne des résultats. Tout à coup, comme si elle comprenait quelque chose, elle dévisagea Pablo.

— T'es venu de Cercedilla juste pour me raconter ça ?

— Oui, bien sûr...

— Tu aurais parfaitement pu me le dire au téléphone.

— J'aimerais veiller sur toi.

— Veiller sur moi pourquoi ? demanda Noelia, soudain paniquée. Tu crois que ce gars pourrait s'en prendre à moi ?

— Non, bien sûr que non ! s'empressa de répondre Pablo, essayant de chasser la peur qu'il avait fait naître en elle. Je suis certain que tu ne le reverras plus. Mais pendant quelques jours, fais attention, d'accord ?

Elle acquiesça. Pablo respira profondément et se lança :

— Et je suis également venu parce que... ça me plaisait bien de te revoir.

Noelia sourit et, même si les examens de fin d'année étaient imminents et qu'elle avait décidé de ne plus sortir jusqu'à ce qu'ils soient terminés, elle lui proposa d'assister à un concert au Café La Palma. Ils y restèrent toute la nuit, jusqu'à ce que Pablo insiste pour aller manger des churros au chocolat à la célèbre chocolaterie San Ginés.

Quand, à sept heures et demie du matin, Pablo la raccompagna jusqu'à sa porte, tous les deux savaient clairement ce qui allait suivre. Toutefois, au moment d'introduire la clé dans la serrure, Noelia se rendit compte que c'était la meilleure nuit qu'elle ait passée avec un mec, même sans baiser, et elle ne voulut pas gâcher ce moment.

— Pardonne-moi, Pablo, mais je suis un peu fatiguée.

La réaction de Pablo, qui n'insista pas, désarma Noelia.

— Bien sûr. En plus, demain, tu vas devoir réviser.

— M'en parle pas ! soupira-t-elle. J'ai passé une super soirée.

— Moi aussi. Même si les trois derniers beignets étaient moyens.

— Y a qu'un mec de Cercedilla pour ingurgiter autant d'huile après avoir passé la nuit à faire la fête !

— Je devais me remplir l'estomac avant de reprendre le volant.

— Tu te sens bien ?

— Oui, ça va, tranquille. J'ai juste bu deux ou trois verres.

Le silence s'installa entre eux, que Pablo brisa à contrecœur :

— Bon, eh bien, je m'en vais. J'ai encore un bout de chemin jusqu'à la maison.

— Fais attention sur la route, s'il te plaît.

— T'inquiète. Je t'appelle dès qu'on a quelque chose sur ce gars, d'accord ?

Pablo l'embrassa sur la joue et se dirigea vers sa voiture. À peine avait-il fait quelques mètres que Noelia l'appela. Il se retourna.

— N'oublie pas que tu m'as promis qu'on irait parier au champ de courses, dimanche prochain.

— J'ai hâte d'y être. On n'est que mardi et cette putain de semaine me semble déjà sans fin.

Tandis qu'elle se démaquillait face au miroir, Noelia était sur un nuage. Même si Pablo lui plaisait depuis qu'il avait quinze ans, elle était fière de ne pas avoir couché avec lui. Elle comprenait les femmes qui ne couchaient jamais le premier soir. Avec Pablo, elle désirait que ça dure plus qu'un simple *one shot* après une nuit passée à boire des verres. Avant de sombrer dans le sommeil, elle se masturba en pensant au moment où ils s'endormiraient dans les bras l'un de l'autre après avoir fait l'amour.

66

Paco Jiménez patiente sur le canapé de son salon, préoccupé. Pour la première fois depuis qu'il est en âge de se servir d'une télécommande, sa télé est éteinte. Il doit réfléchir à ce qu'il va dire aux deux policières venues lui parler sur le chantier. Elles ont interrompu précipitamment l'interrogatoire quand elles ont appris qu'un collègue à elles avait été blessé, mais elles lui ont demandé de ne pas bouger de chez lui.

Quand on sonne à la porte, il sait que ce sont elles. Il pousse un soupir pour chasser l'angoisse qui lui tord les tripes, en vain.

— Entrez, je vous en prie. Je vous attendais.

Paco propose au capitaine Ramos et au lieutenant Ortega de s'asseoir et leur offre quelque chose à boire. Elles s'installent, mais refusent le verre.

— Nous en étions au moment où vous nous racontiez que vous aviez trouvé un...

— Un taureau, la devance Paco, comme si le secret le consumait de l'intérieur. Entre autres choses.

— Reprenez tout depuis le début, s'il vous plaît.

Paco leur narre l'accident avec la pelleteuse, les fossiles, les scènes de chasse sur la paroi de la grotte et le dessin du taureau préhistorique grandeur nature. Les deux policières l'écoutent, stupéfaites.

— Et vous n'avez informé personne de la découverte ? lui demande Ramos, sévère.

— Andrea et moi avons informé qui de droit, capitaine. Ensuite, ce sont nos supérieurs qui s'en sont occupés.

— Sebastián Oller ?

— Lui-même. Il s'est présenté sur site avec deux hommes et ils ont fermé le chantier pour quelques jours. Au bout d'une semaine, ils m'ont ordonné de tout détruire, et je… j'ai obéi.

Le remords fait trembler sa voix.

— Je suppose que vous n'avez pas fait ça gratuitement, insinue Ortega.

— Non, lieutenant. On m'a donné une prime, qui tombait à pic. Mais s'il faut la rendre, je demanderai un prêt et je la rembourserai. Je sais que c'est de l'argent sale et cela m'empêche de dormir, alors que moi j'ai toujours fait mes huit heures de sommeil d'une seule traite. Mais quand vous avez des enfants, l'argent vous file entre les doigts.

— Andrea Montero avait également accepté de l'argent ?

— Je n'ai aucune idée de ce qu'elle a fait, mais elle ne semblait pas vraiment très chaude. Elle a beaucoup insisté sur le fait qu'il fallait avertir le ministère. Oller a dit que c'était hors de question, car ça lui ferait perdre des millions.

Les policières ont désormais un mobile pour la mort d'Andrea Montero, mais cette information est fragile ; elles devront la manier avec beaucoup de prudence si elles veulent démontrer la culpabilité du promoteur.

— Vous avez une preuve de ce que vous nous avez raconté ?

L'air grave, Paco acquiesce et, sans dire un mot, se rend dans une autre pièce de l'appartement. Au bout de quelques secondes, il revient avec ce qui ressemble à un morceau de mâchoire avec une défense.

— Je l'ai trouvée là-bas et je l'ai rapportée à mon fils. Il adore les animaux préhistoriques, les dinosaures, tout ça. C'était à un tigre à dents de sabre qui a vécu il y a plus de dix mille ans.

Il ne vient même pas à l'idée de Ramos de tendre la main pour toucher ce truc qui pourrait bien contenir des virus préhistoriques. Ortega s'en saisit et le glisse avec précaution dans une pochette plastique à indices qu'elle sort de son sac. Alors, Ramos peut la prendre sans risque et l'observe avec curiosité.

Pendant que le lieutenant Ortega porte le bout de mâchoire au musée des Sciences naturelles afin de le faire expertiser, le capitaine Ramos se rend à l'hôpital, où l'agent Óscar Jimeno est en convalescence après l'intervention qu'il a subie quelques heures auparavant et dont l'issue est toujours incertaine. Dans la chambre de son subordonné, Navarro veille, assise à côté du lit. Jimeno semble endormi et aurait presque bonne mine.

— Du nouveau ? demande Ramos à voix basse.

— Non. Le médecin vient de passer et c'est toujours pareil. Nous devons garder espoir jusqu'à son réveil.

— Je suis sûre qu'il s'en sortira, Lucía.

Ramos lui pose la main sur l'épaule pour la réconforter. La jeune policière hoche la tête. Les traits de son visage sont tirés. Elle semble très affectée et au bout du rouleau.

— Tu prends tes affaires et tu rentres chez toi pour te reposer, d'accord ? C'est un ordre, ajoute Ramos, anticipant ses protestations.

— D'accord... cède Navarro. Ah, au fait, j'ai oublié de te dire que la Brigade des jeux m'a donné les coordonnées d'un type qui organise des parties de poker pour millionnaires. Je dois le rappeler demain, mais si quelqu'un d'autre pouvait s'en charger, ça m'arrangerait.

— Ne t'en fais pas. Donne-moi le numéro, je m'en occupe.

Navarro sort un carnet et un stylo de son sac.

— Ah, autre chose, commence Ramos, pensive, tandis que Navarro lui tend le bout de papier avec le numéro. Dans les affaires d'Andrea Montero, on n'a pas retrouvé son portable, c'est bien ça ?

— Oui, il me semble.

— C'est pas un peu bizarre ? Enfin... au point où nous en sommes, je ne crois pas que nous le retrouverons. Allez, rentre chez toi, Lucía.

— La fiancée de Jimeno est allée manger un bout. Dès son retour, je pars, promis. Ah ! Au fait, Moreno t'attend à la cafétéria.

— Il est enfin revenu de Málaga ?

— Oui. Et il n'est pas revenu seul.

En apercevant le lieutenant Moreno, assis à une table de la cafétéria avec une femme dont elle ne voit que le dos, Ramos a des papillons dans le ventre. Elle tente de les contrôler en contractant ses abdominaux, comme s'il était aussi simple de mettre de côté ses sentiments.

— Tu es donc enfin rentré de vacances, le taquine-t-elle.

— Chef, dit Moreno en souriant, permets-moi de te présenter Verónica Díaz.

Ramos tend la main à la jeune femme et celle-ci la lui serre presque sans regarder son visage, comme si sa tête était restée à plusieurs centaines de kilomètres de là.

— Elle ne te rappelle personne ? reprend Iván.

Évidemment, mais qui ? se demande Indira Ramos en fronçant les sourcils.

— Si, mais j'ai un trou...

— Une voisine des Fonseca m'a raconté que Ramón avait eu une aventure extraconjugale il y a vingt-cinq ans. Je suis allé trouver cette maîtresse pour lui parler, mais elle était décédée. En revanche, j'ai découvert qu'elle avait une fille de vingt-cinq ans exactement…

— Ramón Fonseca est votre père ? s'exclame Ramos, surprise.

— C'est ce que dit votre collègue, répond la jeune femme, embarrassée, mais je n'en suis pas si sûre. Selon ma mère, mon père est mort avant ma naissance.

— J'ai bien peur qu'elle vous ait menti, Verónica. Vous ressemblez énormément à Ramón Fonseca, mais encore plus à Gonzalo Fonseca. Comme deux gouttes d'eau.

Du regard, Verónica cherche confirmation auprès de Ramos, qui ne peut qu'acquiescer.

— Quand bien même ce serait le cas, déclare Verónica Díaz, je ne crois pas être celle à qui il dira où cette pauvre étudiante est enfermée.

— Peut-être pas, mais nous devons tenter le coup…

67

Depuis qu'il a été agressé dans les cuisines, Gonzalo Fonseca s'expose le moins possible. Il passe son temps libre enfermé dans sa cellule et sur ses gardes. Il sait que Gheorghe reviendra à la charge, et cette fois-ci de façon plus violente, car il a perdu un de ses hommes de confiance. Dès le lendemain de l'attaque, Gonzalo a tenu à respecter la promesse faite à Adonay : il a négocié une interview exclusive avec une très populaire émission de télévision afin de financer la défense de celui qui lui a sauvé la vie.

Quand on lui annonce qu'il a de la visite, il se dit que c'est son avocat, ou les policières qui sont déjà venues le voir, mais il découvre derrière le plexiglas un homme qu'il n'a jamais vu.

— Qui êtes-vous ?

— Mon nom est Salvatore Fusco.

Gonzalo additionne un et un : il a certainement devant lui le mafieux italien qui a fait torturer son père – qu'il n'a même pas eu le droit d'aller visiter à l'hôpital. Il s'assied face à lui, méfiant.

— Que voulez-vous ?

— La folie de votre père m'a plongé dans de très graves problèmes, monsieur Fonseca. Il a kidnappé la mauvaise personne, un avocat qui avait en sa possession quelque chose qui m'appartient et que je souhaite récupérer.

— Je n'ai rien à voir avec ce que mon père a fait.

— Vous êtes sûr qu'il n'a pas ce qui m'appartient et qu'il ne vous a pas dit où il le conservait ?

— Je ne sais pas de quoi vous parlez.

— J'ai des amis dans la police, et ils m'ont dit que vous n'aviez pas voulu le convaincre de dire où étaient les otages.

— Grâce à l'action de mon père, l'enquête a été rouverte et j'ai bon espoir qu'on démontre enfin mon innocence.

Salvatore Fusco observe attentivement pendant un long moment l'homme qui lui fait face, essayant de deviner s'il dit vrai. Il sait démasquer les menteurs. Et il ne voit chez Gonzalo Fonseca que de la franchise.

— J'espère que vous n'avez pas l'intention de me la faire à l'envers, monsieur Fonseca. Si jamais certains documents étaient rendus publics, vous risqueriez de subir le même sort que votre père.

Salvatore Fusco se lève et s'en va. Gonzalo pousse un soupir à la fois soulagé et résigné. Il est passé d'une existence tranquille à une condamnation pour l'assassinat de sa femme, et voilà qu'il est menacé par un mafieux italien, traqué par un trafiquant roumain et qu'il a une dette envers un narco colombien. Il se souvient avec ironie que quand il était libre, il rêvait de voyager...

En revenant à sa cellule, il trouve un Colombien torse nu posté à la porte. Comme il passe à côté de lui, ce dernier le fusille du regard, sûrement pour lui faire sentir qu'il le tient pour responsable de la mort de Fabián. À l'intérieur, Walter Vargas fouine dans ses affaires avec la seule main qu'il lui reste. En le voyant entrer, il sourit aimablement et repose un roman sur l'étagère.

— T'aimes lire ?

— Quand j'étais libre, je n'avais pas trop de temps pour ça, mais ici j'ai découvert que, oui, j'aimais ça.

— La prison révèle généralement le pire d'un individu, mais elle a parfois de bons côtés.

— Je préférerais m'amuser loin d'ici.

— J'imagine… Même si je trouve que tu devrais profiter de ton temps libre pour écrire ta propre histoire. Jusqu'ici, ta vie est très intéressante.

Gonzalo Fonseca le regarde prudemment, sans comprendre où il veut en venir.

— Tu as pensé à ce que tu feras quand tu seras dehors ? reprend le Colombien.

— Essayer de repartir de zéro, je suppose, chercher un travail…

— Après avoir rempli ta part du contrat, bien évidemment.

Gonzalo sait que perdre la protection de Walter Vargas en prison est la dernière chose à faire, mais il doit se libérer de l'accord passé avec lui par n'importe quel moyen.

— J'ai promis de vous venger de ce qu'on vous a fait à condition que vous me protégiez ici, monsieur Vargas. Et ce ne sont pas vos hommes qui m'ont sauvé la peau, l'autre jour.

— C'est maintenant que je te la sauve, mon petit. Ou tu préfères que je fasse savoir à ce fils de pute de Roumain que t'es tout seul ?

Gonzalo a des sueurs froides à cette simple idée. Il n'a pas d'autre choix que de hocher la tête.

— Je ne t'entends pas. Je veux t'entendre dire que notre accord est encore valable et que je pourrai compter sur toi.

— Il l'est toujours, même si je crois que vous devriez me protéger davantage si vous voulez que je remplisse ce contrat. Je suis sûr que Gheorghe reviendra pour me faire la peau.

— Ne te préoccupe pas de Gheorghe. Aucun de ceux qui tuent un de mes hommes ne s'en tire à bon compte.

Si les gardiens avaient fait attention au jeune à lunettes qui nettoie le couloir de l'infirmerie, ils se seraient aperçus qu'il lavait les mêmes dalles depuis dix minutes. En voyant sortir le médecin, il retient la porte avec le manche de son balai et entre. Le Roumain à qui Gonzalo Fonseca a enfoncé la pommette d'un coup de poêle se trouve dans le seul lit occupé. Il a été transféré à l'hôpital et opéré en urgence, puis, quelques heures après, il a été ramené à la prison pour sa convalescence. Il dort. L'autre s'approche de lui et il enlève un des oreillers placés sous sa tête. Le tueur ouvre les yeux et comprend immédiatement ce qu'il se passe. Il veut crier et appeler à l'aide, mais le bandage qui lui comprime le visage l'empêche d'ouvrir la bouche, si ce n'est pour s'alimenter au moyen d'une paille.

— T'as le bonjour de Walter Vargas.

L'assassin place l'oreiller sur son visage et fait pression dessus jusqu'à ce que le Roumain cesse de lutter. Ensuite, il replace l'oreiller sous la tête du mort puis s'en va sans que personne se soit aperçu de rien.

La fin qui attend Gheorghe est bien moins paisible…

68

Avant de rentrer chez elle, Indira Ramos passe au commissariat pour remettre de l'ordre dans les derniers éléments de l'enquête. Même s'il doit encore être soumis à une datation par l'uranium-thorium, le fossile a excité les paléontologues du musée des Sciences naturelles. S'il était authentique, il s'agirait d'un ossement de *Panthera leo spelaea*, un lion des cavernes disparu depuis quinze mille ans. Une machine à tuer dont un reste a terminé sur la table de nuit d'un adolescent de Madrid.

Si l'histoire racontée par Paco Jiménez se confirme, le promoteur et son terrain de golf n'en ont plus pour longtemps, mais Ramos sait qu'elle ne suffira pas pour l'accuser de l'assassinat d'Andrea Montero ; elle-même n'est pas certaine que ce ne soit pas Gonzalo Fonseca le coupable. Il est évident que Sebastián Oller avait un mobile très solide pour commanditer la mort de sa directrice des travaux, mais les preuves trouvées sur la scène de crime désignent clairement Fonseca, et l'expérience lui a appris qu'aucun assassin ne s'embarrasse à ce point à créer une telle scène pour incriminer un innocent. Mais si la culpabilité du mari se confirme, Noelia Sampedro n'a plus que quelques heures à vivre. Son unique espoir, c'est que la fille cachée de Ramón Fonseca puisse faire entendre raison au vieil homme.

L'arrivée du lieutenant Moreno avec un sac en plastique dans la main la sort de ses pensées.

— Que fais-tu encore au commissariat à cette heure-là ? lui demande-t-il, étonné.

— Je n'avais pas envie de m'enfermer chez moi… Et toi ?

— Je venais déposer une surprise pour le petit déjeuner, dit-il en montrant le sac. Quelques bouteilles de moscatel et les fameuses *tortas de aceite* d'Ardales.

— Miam ! Merci, Iván.

— Et si j'ouvrais une bouteille et que nous mangions la moitié des galettes à l'huile d'olive ce soir ?

— Ça m'embête un peu de piquer le déjeuner de Navarro, d'Ortega et des renforts…

— Nous en laisserons assez pour qu'ils les goûtent. Quant au moscatel, l'idée ce n'est pas de se saouler pendant le service.

— L'autre jour, des donuts, et aujourd'hui, des *tortas* et du vin : que t'est-il arrivé pour que tu changes ainsi, Moreno ?

— Ça commence à me plaire de faire partie de cette équipe, répond-il en rivant son regard à celui d'Indira.

En grignotant avec un verre de vin, Ramos et Moreno font le point sur l'enquête. Ils ont dû loger Verónica Díaz dans un hôtel près de l'hôpital, parce que le médecin qui a réanimé Ramón Fonseca ne reviendra à Madrid que le lendemain. Ramos raconte la surprenante histoire de la grotte préhistorique, et Iván qualifie Sebastián Oller de gros con pour l'avoir détruite. Il évoque le garde civil qui a appelé et s'est présenté comme un ami de Noelia Sampedro ; il se tient à disposition des enquêteurs, mais il ne peut pas vraiment aider, car il se trouve actuellement en Mauritanie pour collaborer avec la police locale sur les problèmes d'immigration clandestine.

Au troisième verre de vin, Iván ose aborder un sujet plus personnel :

— Comment ça a été, dans les égouts ?

— Bien, pourquoi ?

— Parce qu'après ce qu'il t'est arrivé, ça n'a pas dû être facile de redescendre là-dedans.

Indira stresse en comprenant qu'Iván est au courant de son secret. Il perçoit son malaise et tente de faire machine arrière :

— Pardon. Je crois que tu n'as pas envie de parler de ça.

— Comment l'as-tu découvert ? J'ai veillé personnellement à cacher ce rapport.

— Beaucoup de personnes doivent me renvoyer l'ascenseur, et il ne m'a pas été très difficile de retrouver la raison pour laquelle tu as été arrêtée pendant trois mois, il y a cinq ans.

— Pourquoi as-tu fait ça ?

— Peut-être par déformation professionnelle... Ou simplement parce que j'aime connaître le passé des gens qui m'intéressent.

Indira lutte pour réprimer un sourire inattendu.

— Je vois bien que personne ne comprend, dit-elle, mais pour moi, me retrouver là-dedans a été...

— Tu n'as pas à te justifier, Indira. Je te jure que si j'avais dû nager dans une fosse septique, les bactéries me feraient bien baliser, moi aussi.

Indira l'observe, impassible, se demandant si elle peut s'ouvrir à lui. Quelques jours auparavant, Iván Moreno aurait été la dernière personne à qui elle se serait confiée, mais il serait stupide de nier que tout a changé entre eux depuis qu'ils se sont embrassés.

— Ce ne sont pas seulement les bactéries, finit-elle par avouer. Le désordre aussi me fait flipper. Voir des choses mal rangées provoque chez moi un trouble qui m'empêche de penser clairement. Et il y a d'autres symptômes : dès que je vois un trottoir avec des dalles noires et blanches, je ne peux marcher que sur les noires, sinon je dois revenir au début.

— Ça crée une petite complication quand tu poursuis des suspects, non ?

Indira éclate de rire.

— Tu dois me trouver folle…

— Tu n'es pas exactement normale, je ne vais pas te mentir. Mais les personnes les plus intéressantes ne le sont jamais. En fait, les génies sont souvent des personnes très particulières.

— Tu connais beaucoup de génies pour affirmer ça ? le taquine-t-elle.

— Van Gogh s'est tranché l'oreille et a voulu s'alimenter avec sa propre peinture, Beethoven avait des troubles bipolaires, Rafael Nadal, plus près de nous…

— Nadal ? s'étonne Indira. Le tennisman ?

— Le meilleur sportif espagnol de tous les temps ! s'enthousiasme Iván. Si ce mec se présentait demain aux élections, il pourrait peut-être même les gagner. Tu l'as déjà vu sur un court ? Il place toujours ses deux bouteilles d'eau au même endroit et il les aligne, sinon il n'arrive pas à se concentrer. Il ne marche jamais sur une ligne quand il pénètre sur le court ou lors du changement de côté. Avant chaque service, il rajuste son short, se recoiffe puis éponge sa sueur, toujours dans le même ordre. Tous ses TOC font partie de sa personnalité. Personnellement, je trouverais inconcevable de ne plus le voir effectuer ses petits rituels.

— Je suppose qu'il s'agit seulement de s'habituer aux excentricités des autres, conclut Indira en souriant.

— Exactement. Tu dois juste trouver quelqu'un qui acceptera les tiennes.

Plus ils échangent, plus cet Iván qu'elle ne pouvait pas supporter commence à plaire à Indira. Beaucoup trop. Elle le dévisage pour vérifier s'il est vraiment sincère ou s'il cherche à lui faire baisser la garde avant de venger son ami Daniel, qu'elle a dénoncé.

Elle est à deux doigts de lui exposer ses doutes et ses incertitudes, mais elle n'est pas encore prête à dévoiler son âme ou son corps. Elle sait que si elle reste une seconde de plus face à lui, elle l'embrassera à nouveau et les choses se compliqueront plus que de raison. Alors elle se lève, en chancelant légèrement à cause du moscatel, puis prend son sac et sa veste.

— Il est tard. On se voit demain.

Et avant qu'Iván ait eu le temps de lui demander s'il l'a froissée ou vexée, le capitaine Indira Ramos a disparu.

69

Pendant les jours où le chantier était fermé sur ordre du promoteur Sebastián Oller, Andrea Montero tenta de se tenir en marge des décisions qu'allaient prendre ses supérieurs au sujet des peintures rupestres. Cependant, elle n'arrivait pas à chasser de son esprit la certitude que ce que Paco et elle avaient trouvé pourrait faire date. Ce qui la motivait n'était pas son ego mais son sens des responsabilités, quand bien même elle était consciente que, si la découverte devenait publique, son nom et celui de Paco passeraient à la postérité. Elle aurait aimé parler de ce qui lui arrivait à Gonzalo ; hélas, son mari ne lui adressait plus la parole depuis une semaine, c'est-à-dire depuis qu'elle lui avait dit qu'elle n'envisageait pas de passer les vacances d'été chez ses beaux-parents à Málaga cette année. De plus, Gonzalo se trouvait depuis quelques jours à Murcie pour un séminaire de son entreprise, et pendant leur conversation téléphonique du soir, ils n'avaient presque pas de temps pour les confidences.

Elle ne parvenait même pas à se changer les idées pendant ses cours de cuisine. Ce jour-là, le chef Antonio Figueroa s'approcha d'elle et détailla la tentative de soufflé que préparait son élève.

— Ça ne monte pas ?

— Je ne sais pas ce qu'il se passe, aujourd'hui, s'agaça Andrea, frustrée.

Il suffit au chef de prendre le ramequin et de jeter un coup d'œil à l'intérieur pour découvrir la cause du désastre.

— Tu as bien battu les blancs en neige ? S'ils ne sont pas fermes et spongieux, ça ne sert à rien.

— Merde !

— Il y a un problème, Andrea ? Ça n'est pas dans tes habitudes de commettre ce genre d'erreur.

Andrea n'était pas sûre de devoir impliquer Antonio dans toute cette histoire, mais elle éprouvait le besoin de la raconter à quelqu'un et, ces derniers temps, une sorte d'amitié était née entre eux. Le chef sentit ses doutes et lui facilita la tâche sans le savoir.

— Ça te dit si je t'invite à boire un verre de vin à la fin du cours et qu'on parle un peu tous les deux ?

Dans une cave à vin proche de l'école de cuisine, et après lui avoir fait jurer de garder le secret, Andrea raconta à Antonio avec une foultitude de détails ce qu'ils avaient trouvé dans la grotte.

— Tu n'as pas eu l'idée de prendre ce taureau en photo ?

— J'aurais dû le faire, mais tout est allé si vite que ça ne m'est même pas venu à l'esprit.

— Il est encore temps.

— Quoi ?

— Nous pouvons y aller ce soir, nous faufiler à l'intérieur de la grotte et prendre quelques photos des peintures.

— Il y a des vigiles sur le site afin que personne ne puisse s'en approcher.

— C'est pour cela que j'ai dit « nous faufiler ». Il est évident que tu connais le terrain bien mieux que ces vigiles.

Andrea hésita. Obtenir des preuves pour attester sa découverte ne lui déplaisait pas – peut-être que ce serait la seule manière de sauver ces peintures de la destruction –, mais impliquer son professeur de cuisine ne l'emballait pas trop.

— Peut-être que j'irai, mais seule.

— Même pas en rêve ! s'écria Antonio, véhément. Maintenant que je sais ce qu'il y a là-bas, je meurs d'envie de le voir de mes propres yeux.

Antonio Figueroa gara sa moto derrière la petite construction en pierre où l'agriculteur qui refusait de vendre ses terrains – sa famille possédait ces champs depuis des générations et il ne voulait pas que l'on construise un parcours de golf dessus – rangeait ses outils. Andrea lui montra un bouquet d'arbres, à environ cinq cents mètres, et lui expliqua que la grotte se trouvait là, au fond du futur lac. Ils devraient approcher dans l'obscurité, car la zone était dégagée et la lumière d'une lampe se verrait à plusieurs kilomètres à la ronde. Après avoir monté une petite colline, Andrea arrêta son compagnon du bras et tous deux s'accroupirent.

— C'est là, en face, à cinquante mètres environ, chuchota-t-elle.

— Je ne vois aucun vigile.

À peine Antonio avait-il parlé qu'une petite lumière révéla la présence de deux hommes à l'intérieur d'une voiture garée près du trou creusé par la pelleteuse. L'un des deux était sorti uriner, et l'habitacle s'était allumé quand il avait ouvert la portière. Lorsqu'il rentra dans le véhicule, Andrea se tourna vers Antonio.

— On doit contourner la voiture, chuchota-t-elle.

Ils s'approchèrent discrètement et s'accroupirent derrière la voiture, à l'intérieur de laquelle les deux vigiles regardaient une série sur une tablette. Andrea fit signe au chef de la suivre jusqu'au bord du trou tandis que les deux vigiles riaient à gorge déployée d'une réplique de Tony Soprano.

— Maintenant, il faut faire attention. Une fois en bas, nous pourrons allumer nos lampes.

Comme la pelleteuse avait été enlevée, ils durent descendre le long de la paroi rocheuse. Ils faillirent chuter lorsqu'une pierre sur laquelle ils s'étaient appuyés tomba au fond de la grotte avec un bruit qui leur sembla assourdissant. Andrea et Antonio retinrent lcur rcspiration, appuyés contre le mur, craignant que les vigiles aient entendu, mais ils devaient être tellement fascinés par leur série qu'ils n'avaient pas réagi. Quand Andrea entra enfin dans la galerie, elle alluma la lampe de son portable. Elle constata alors que le sort de cet endroit fascinant avait été scellé : une multitude de trous avaient été percés dans les parois de la grotte pour y placer des bâtons de dynamite.

— Les salauds ! enragea Andrea. Ils vont tout faire exploser.

— Où est le taureau ? demanda Antonio.

— Par ici.

En arrivant devant les peintures, Antonio Figueroa s'extasia : il n'avait jamais rien vu d'aussi beau de toute sa vie. Il s'approcha du grand taureau et l'effleura du bout de ses doigts, délicatement, en essayant de ne pas abîmer une œuvre dont les heures étaient comptées.

— Je n'arrive pas à croire que ces connards vont détruire tout ça...

— Pas si je les en empêche. Pousse-toi, s'il te plaît.

Il s'écarta et Andrea prit un nombre incalculable de photographies et de vidéos de chaque recoin de la grotte. Au bout d'une demi-heure, ils décidèrent qu'il était temps de s'en aller. Ils étaient presque en haut quand une lampe les aveugla.

— Que faites-vous ici ? C'est une propriété privée.

— C'est moi, Joaquín, répondit Andrea avec un calme feint en reconnaissant la voix du vigile.

— Andrea ? demanda-t-il, déconcerté.

— Tu peux éloigner cette lumière de mes yeux, s'il te plaît ?

— Nous avons pour ordre de ne laisser personne approcher.

— Je sais bien, mais j'ai voulu montrer ça à mon ami avant qu'on ne le fasse disparaître.

— Qu'est-ce qu'il y a en bas ? demanda le vigile avec curiosité.

— Juste une rivière souterraine. Le mieux, c'est de ne déranger personne, n'est-ce pas ?

Andrea et Antonio le saluèrent, en minimisant l'importance de ce qu'ils appelèrent « une petite espièglerie ». Ce qu'ils n'avaient pas prévu, c'était que le collègue de Joaquín convaincrait ce dernier que le mieux était d'en informer leurs supérieurs, afin de ne pas avoir de problèmes.

70

Les retrouvailles avec Pablo, la joyeuse nuit passée avec lui à Madrid et le fait qu'elle se sente enfin respectée, pour la première fois depuis l'âge de quinze ans, avaient poussé Noelia à faire le point sur son existence. L'agence n'arrêtait pas de l'appeler, mais quelque chose avait changé : elle n'appréciait plus de gagner de l'argent grâce au sexe. Même si une mauvaise réputation lui avait toujours collé à la peau en raison de ses nombreuses aventures sexuelles, offrir son corps contre de l'argent avait commencé à lui paraître sale. La seule pensée que Pablo pourrait découvrir son activité la faisait mourir de honte. Elle avait essayé de ne se concentrer que sur les examens, mais c'était très compliqué tant Arancha lui mettait la pression, sans compter qu'Álvaro Artero restait introuvable, ce qui l'inquiétait énormément.

Finalement, elle prit son courage à deux mains et se présenta à la pseudo-agence de mannequins. Arancha la toisa, avec une puissante envie de la traiter de tous les noms ; mais Noelia lui faisait gagner tellement d'argent qu'elle ravala sa fierté.

— Il me semble que tu commets une erreur en voulant arrêter, Noelia, lui dit-elle avec douceur. Est-ce que l'un de tes clients ne t'a pas bien traitée ?

— Ce n'est pas ça.

— C'est quoi alors ? Explique-moi pourquoi une fille qui gagne plus de cinq mille euros par mois en passant une ou deux nuits par semaine en compagnie de messieurs aimables et bien élevés veut renoncer à tout ça. Parce que moi, je n'arrive pas à comprendre.

— Si tu penses vraiment que c'est cool, pourquoi ne le fais-tu pas toi-même, Arancha ? se rebiffa Noelia, décidée à lui tenir tête. T'es encore super bien foutue et tu pourrais avoir tous les clients que tu voudrais.

Le visage d'Arancha se durcit. Cela ne lui plaisait pas du tout de devoir donner des explications à cette morveuse.

— Ah ! Je vois, ricana Noelia. C'est plus facile de nous envoyer Marta et moi, car toi tu prends ta part sans avoir à ouvrir les jambes, c'est bien ça ?

— Quel manque de reconnaissance ! Je te rappelle que c'est *toi* qui es venue me demander du travail, parce que tu étais dans la misère.

— Tu as raison, concéda Noelia en baissant d'un ton, et je te remercie de m'avoir aidée. Mais je ne veux plus continuer.

— Fais comme Marta, garde seulement quelques clients, insista Arancha, qui devinait que sa poule aux œufs d'or lui échappait. Tu pourras continuer à vivre comme tu le souhaites. Sinon comment crois-tu que tu vas réussir à payer tes affaires et ton appartement ?

— Je me suis rendu compte que je n'avais pas besoin de tout ça.

— Prends un dernier rendez-vous avec Guillermo Torres, tu me dois bien ça, supplia Arancha. Il veut seulement te voir, toi.

— Ne m'appelle plus s'il te plaît.

Noelia sortit et se retrouva dans la rue avec le sentiment de s'être totalement libérée, comme si elle avait échappé juste à temps à une emprise sous laquelle elle aurait pu rester toute sa vie. Elle rentra chez elle en se disant qu'il valait mieux qu'elle quitte son appartement et loue quelque chose de plus abordable. Même si elle avait gagné beaucoup d'argent ces derniers mois, elle avait également eu beaucoup plus de dépenses que prévu. Malgré tout, elle avait pu épargner suffisamment pour ne pas devoir revenir à la cité universitaire.

Enfin rentrée, alors qu'elle reboutonnait son pantalon en sortant des toilettes, elle eut la plus grande peur de sa vie : Álvaro Artero la regardait sans expression en lui barrant le passage.

— Ne me fais pas de mal, je t'en prie ! Je te jure que je ne dirai rien à personne sur cette coupure de journal.

— Tu crois que je ne sais pas que tu as tout raconté à ton ami garde civil, Noelia ?

Elle analysa rapidement la situation. Même si l'homme qui avait vraisemblablement tué son père n'était pas corpulent, elle savait qu'elle serait impuissante si jamais elle devait se battre contre lui au corps-à-corps. Elle regarda vers la table de la cuisine, sur laquelle elle avait posé son portable en entrant. Álvaro devina ses intentions et il lui suffit de tendre sa main pour s'emparer du téléphone.

— Maintenant tu peux oublier cette idée d'appeler quelqu'un.

— Qu'est-ce que tu vas me faire ?

— Je veux seulement discuter avec toi.

Noelia vit que la porte de la terrasse avait été forcée et elle comprit que son agresseur était entré par l'escalier. Quand elle avait loué l'appartement, elle s'était dit qu'il n'était pas très sûr et qu'elle devait demander à sa propriétaire d'installer une grille, afin que personne ne puisse s'introduire chez elle, mais elle avait oublié et maintenant en payait les conséquences.

— Si vraiment tu ne voulais pas me faire du mal, pourquoi es-tu passé par la terrasse ?

— M'aurais-tu ouvert si j'avais frappé à ta porte ?

— Bien évidemment que non.

— Alors tu as ta réponse, Noelia. Assieds-toi s'il te plaît.

Elle obéit et s'assit sur le canapé.

— Tu vas avouer ? lui lança-t-elle.

— Avouer quoi ?

— C'est plus la peine de continuer à faire semblant, Álvaro. Pour moi, il est très clair que t'as écrasé mon père et que t'as pris la fuite juste après.

Álvaro avait souri, ce qui rendit folle la jeune femme.

— Et en plus tu te marres, fils de pute ?

— À la patinoire, je t'ai dit que tu te trompais à mon sujet, Noelia.

— Alors si tu ne l'as pas tué, donne-moi une explication crédible à la présence de cette coupure de journal dans ton portefeuille.

— J'ai essayé de te tenir à l'écart de tout ça, mais il est clair que tu ne pourras jamais oublier ce que je vais te dire.

Álvaro Artero posa le portable de Noelia sur la table et commença à défaire un à un les boutons de sa chemise, sous les yeux d'une Noelia complètement interdite.

— Qu'est-ce que tu fais ?

— Je te démontre que ce n'est pas moi qui ai tué ton père. Au contraire, grâce à moi il est toujours en vie, ou au moins une partie de lui.

Quand il eut fini de déboutonner sa chemise, Noelia vit qu'une énorme cicatrice verticale divisait sa poitrine en deux, du cou jusqu'au ventre. Mais elle ne semblait toujours pas comprendre ce que cela signifiait.

— J'ai reçu son cœur, Noelia. En sortant de l'hôpital, mon obsession était de découvrir qui était mon donneur. Quand enfin je l'ai découvert et que j'ai su ce qui était arrivé, je me suis juré que je vous protégerais ta mère et toi. Et je ne pouvais pas concevoir que tu foutes ta vie en l'air comme tu le faisais alors.

Cette cicatrice aimantait le regard de Noelia et elle comprit ce qu'Álvaro venait de lui raconter. Elle se leva tout doucement et posa la main sur son torse. Quand elle sentit battre le cœur de son père, dix ans après avoir cru qu'il s'était arrêté, elle fondit en larmes, de la même manière que lorsqu'elle avait appris qu'un conducteur l'avait écrasé à jamais, sur une route funeste près de Soria.

71

Le capitaine Ramos et le lieutenant Ortega attendent à côté de la fontaine du parc de la Bombilla, où le contact de l'agent Navarro, l'homme qui organise des parties de poker clandestines pour millionnaires, leur a donné rendez-vous. Ramos a dû insister pour qu'il accepte de les rencontrer. Elles l'attendent depuis plus d'une demi-heure et commencent à se dire qu'il a changé d'avis et ne viendra pas.

Soudain, alors que son regard balaie pour la centième fois les alentours, Ramos découvre un homme d'une quarantaine d'années qui les regarde, méfiant, planqué derrière un arbre.

— Je crois que c'est lui, dit-elle à María.

Quand il se sent découvert, l'homme hésite, puis finit par s'approcher d'elles.

— Vous êtes les policières, n'est-ce pas ?

— Monsieur l'organisateur des parties de poker, je suppose.

— Si seulement... Je suis simplement le responsable de la caisse. Mais avant de parler, je veux savoir si vous allez m'inculper de quoi que ce soit.

— Ça dépend, répond Ramos. Avez-vous déjà tué quelqu'un ?

— Non.

— Alors, ne vous en faites pas. Nous sommes de la Criminelle, il n'y a que les morts qui nous intéressent. Et nous ne payons pas pour les informations.

— Que voulez-vous savoir ? soupira l'homme, dépité, mais bon perdant.

— Que pouvez-vous nous raconter au sujet de ces parties ?

— Qu'il y a beaucoup de fric en jeu. Juste pour pouvoir s'asseoir à la table, chaque joueur doit acheter des jetons pour quinze mille euros. Et souvent, ils en achètent plusieurs fois pendant la soirée.

— Sauf ceux qui gagnent, fait remarquer Ramos.

— Sauf ceux qui gagnent. Même si ceux-là sont moins nombreux. Normalement, tout le monde perd lors de ces parties.

— Mais alors, pourquoi y vont-ils ? s'étonne Ortega.

— Principalement parce qu'ils ont du fric à ne plus savoir qu'en faire. Il y en a qui s'ennuient à la maison, d'autres qui sont dévorés par le vice, et la plupart d'entre eux vont à l'hôtel pour rencontrer d'autres richards.

— À l'hôtel ?

— Avant ils louaient des villas ; mais depuis quelque temps, les parties sont organisées dans des suites de palaces. C'est beaucoup plus confortable pour tout le monde.

— Parlez-nous de ces personnes.

— La crème de la crème : footballeurs, politiciens, chefs d'entreprise, acteurs… Il y a même eu une fois un prince de je ne sais quel pays européen, une feignasse de plus de deux mètres qui s'est fait entièrement plumer.

— Almudena García avait-elle l'habitude de participer à ces parties ?

— Qui ?

— La juge qui a été enlevée et qui a été retrouvée morte il y a quinze jours. Je suppose que vous avez dû en entendre parler à la télé.

— Ah, oui ! Elle n'en loupait pas une. Elle était addict. Et elle faisait partie de celles qui gagnaient.

— Y retrouvait-elle le promoteur Sebastián Oller ?

À peine a-t-il entendu ce nom que l'informateur redevient très méfiant.

— Si l'on en croit votre réaction, je suppose que vous le connaissez, dit le capitaine.

— C'est un gars très dangereux. Un collègue m'a dit que c'était lui qui avait fait le coup pour ce qui est arrivé à Gus.

— Qui est Gus ?

— Gustavo Burgos. Un croupier qui travaillait régulièrement lors de ces parties. Un jour, on l'a retrouvé mort sur un terrain vague. Ils lui ont foutu une belle branlée et ils lui ont arraché les tétons, ces connards. On dit qu'il avait essayé de faire chanter Oller et que celui-ci a demandé qu'il disparaisse de la circulation.

— Je suppose que vous n'avez aucune preuve de cela, n'est-ce pas ?

— Évidemment que non !

— Vous n'avez toujours pas répondu à la question, insiste Ramos. Savez-vous si la juge et Oller se sont côtoyés à l'occasion de ces parties ?

— Un paquet de fois. Ils avaient l'habitude d'aller fumer ensemble sur la terrasse et ils passaient pas mal de temps à discuter. Allez savoir ce qu'ils tramaient...

Le capitaine Ramos manque de laisser échapper un cri de soulagement. Le lien qu'avait découvert l'agent Jimeno entre Almudena García et Sebastián Oller se confirme enfin, mais ils n'ont que la parole d'un informateur qui n'a pas du tout l'intention de faire une déposition officielle, et encore moins de témoigner contre l'homme d'affaires lors d'un éventuel procès. Il leur faut trouver autre chose. Or le temps défile, et les possibilités de porter secours à Noelia Sampedro, le dernier otage encore en vie, s'amenuisent.

Après avoir joint par téléphone leurs collègues qui ont enquêté sur l'assassinat du croupier, afin de confirmer ce que l'informateur leur a dit, Ramos et Ortega vont rendre visite à la mère de ce Gustavo Burgos – une femme qui n'a pas été épargnée par la vie et habite dans un logement social modeste, dans le quartier chaud de Villaverde, dans le sud de Madrid.

— Mon fils n'était pas sur le droit chemin, ah ça non ! lâche-t-elle aux policières, les yeux encore emplis de tristesse. Depuis qu'il avait quitté son boulot au casino, il s'était mis dans des histoires pas très nettes. Il m'avait dit qu'il deviendrait riche et voyez comment il a terminé, le pauvre.

— Comment avait-il prévu de gagner de l'argent ? demande Ortega.

— Allez savoir ! Mais quoi qu'il en soit, cela ne lui a pas réussi.

— Quand est-ce que vous l'avez vu pour la dernière fois ?

— Quelques jours avant qu'il soit retrouvé mort, il était venu me voir. Il semblait très heureux, mais il ne m'avait pas dit pourquoi.

— Il n'a rien fait ou rien dit d'étrange ?

— Non. Il a mangé, il s'est allongé un moment dans son ancienne chambre puis il est reparti.

Les policières lui demandent l'autorisation de jeter un coup d'œil dans cette chambre. Même si plusieurs posters d'adolescent sont encore accrochés aux murs, elle s'est désormais transformée en un débarras où vient s'entasser tout ce dont la dame refuse de se débarrasser. Il suffit à Ramos de jeter un seul coup d'œil à la bibliothèque pour y découvrir de petites traces de poussière, comme si quelqu'un avait consulté un album Panini de foot de la saison 1990-1991.

Au milieu des pages, presque rigides à cause des images qui y ont été collées, elle découvre une enveloppe. À l'intérieur de celle-ci, des photos sur lesquelles la juge Almudena García et sur lesquelles elle apparaît aux côtés, entre autres, de l'homme d'affaires et promoteur Sebastián Oller.

72

Le médecin n'a pas besoin d'administrer de flumazénil à Ramón Fonseca pour qu'il se réveille. La vie du vieil homme semble prête à s'éteindre, mais son unique œil valide est encore ouvert et fixe un point imaginaire au plafond. Il n'a vraiment pas l'air d'être très lucide ; vu la quantité de calmants qu'il a dans le corps, il est fort probable qu'il ne sache même plus qui il est. Le lieutenant Moreno entre dans la chambre et s'approche du lit. Il regarde Fonseca quelques secondes avec pitié avant de parler :

— Putain... Ils vous ont bien défoncé, mon vieux.

À part le bip répétitif émis par le moniteur qui contrôle ses indicateurs vitaux, son œil qui cligne est l'unique preuve qu'il est encore en vie.

— Le médecin m'a dit que ce serait compliqué de communiquer avec vous, continue Moreno, mais j'ai besoin que vous fassiez un effort ; parce que ce que j'ai à vous raconter vous intéressera sûrement. Vous m'entendez ?

Ramón Fonseca le regarde et acquiesce légèrement. Le policier ne cesse d'être surpris par la force de cet homme.

— Bien. Il se trouve que je suis allé à Málaga. Je suis passé chez vous pour fouiner un peu et chercher une piste qui me conduirait à Noelia Sampedro, mais on voit bien que vous avez bien pris soin de nous compliquer la vie. Vos plantes vertes sont mortes, je ne vous apprends rien. Le truc, c'est que quand j'étais sur le point de m'en aller, j'ai fait la connaissance de votre voisine, la dame qui habite en face de chez vous. Vous vous souvenez d'elle, n'est-ce pas ?

Le vieil homme acquiesce de nouveau.

— Parfait. Elle m'a parlé de votre fils, Gonzalo, de l'amitié qui la liait à votre femme et elle m'a dit que vous manquiez énormément aux gens du quartier. Et elle a mentionné l'aventure que vous avez eue, il y a quelques années, avec celle dont on racontait qu'elle était la fille du curé d'Ardales.

Le bip du moniteur s'accélère. Le lieutenant sourit, à présent certain qu'il a réussi à capter l'attention du kidnappeur et assassin.

— Je suis ravi de voir que ça non plus, vous ne l'avez pas oublié, monsieur Fonseca. J'ai décidé d'aller à Ardales et même si Camelia est morte depuis quelques années, j'ai appris qu'elle avait une fille. Dès que je l'ai vue, j'ai su que je devais la ramener avec moi. Connaissez-vous Verónica ?

Les bips rapprochés du moniteur confirment à nouveau que Ramón Fonseca comprend de quoi parle Moreno – et qu'il ne s'attendait pas à ce que la police découvre qu'il n'est pas aussi seul au monde qu'il voulait le faire croire.

— Je suppose que vous préférez que votre fille continue à vivre aussi paisiblement que c'est le cas aujourd'hui en s'occupant de ses animaux, n'est-ce pas ?

L'œil ouvert du vieil homme reflète le plus profond mépris. Il déplaît à Moreno d'utiliser la jeune femme de cette manière, mais le temps des subtilités est révolu. Même le très intègre capitaine Ramos est désormais d'accord pour se servir de tout ce qu'ils ont sous la main pour lui soutirer les informations dont ils ont besoin.

— Ça me chagrine d'aller emmerder une jeune femme bien qui n'est en rien responsable du fait que son père est un assassin complètement cinglé, croyez-moi, mais vous ne nous laissez pas d'autre choix. Je vous jure que si Noelia Sampedro meurt, je m'occuperai personnellement du cas de votre fils Gonzalo pour qu'il pourrisse en prison même s'il est innocent, mais je ferai également tout pour rendre la vie impossible à votre fille. Je sais comment y arriver, je vous donne ma parole, ajoute Moreno, très convaincant.

— Salaud... crache Fonseca dans un souffle.

— Je sais. Ce serait mieux de ne pas retarder la rencontre plus longtemps, sinon votre cœur va finir par exploser.

Le lieutenant sort dans le couloir et revient accompagné d'une Verónica Díaz très affectée. La jeune femme, encore sous le choc du mensonge de sa mère, sent son estomac se nouer en constatant que l'homme sur lequel elle fantasme depuis qu'elle est toute petite n'est plus qu'un vieux débris. On l'a déjà avertie qu'elle redeviendrait vite orpheline. Ramón Fonseca esquisse quelque chose qui ressemble à un sourire.

— Salut... ma fille.

Verónica le regarde sans réagir. Le lieutenant Moreno s'en rend compte et lui touche le bras délicatement.

— Je suis désolé de vous mettre la pression comme ça, Verónica, mais nous ne disposons pas de beaucoup de temps.

— Pouvez-vous nous laisser seuls ?

— Avant, vous devez réussir à lui faire dire où est enfermée Noelia Sampedro.

— Laissez-nous seuls, s'il vous plaît, insiste-t-elle.

Même si ce n'était pas le plan prévu, le policier sort de la chambre. Peut-être qu'en restant en tête-à-tête avec sa fille, le vieux se laissera attendrir et lui confiera enfin ce qu'ils veulent savoir. Il assiste à la rencontre entre le père et la fille derrière la vitre, préoccupé. Il reste à peine deux heures avant que le troisième otage soit exécuté.

Moreno descend à la cafétéria et prend un café bien serré. Il voit alors son ami Daniel sortir d'une salle de consultation. En seulement quelques semaines, son aspect a radicalement changé : plus aucune trace du fringant policier qui travaillait en jean et baskets dernier cri. Iván comprend que Daniel est toujours dans la mauvaise passe dans laquelle il a sombré depuis qu'il a été révoqué. Il doit faire quelque chose pour lui. Il s'apprête à s'approcher pour lui offrir son aide, mais il est sûr que ce dernier la rejettera quand il apprendra qu'il ne s'est pas vengé d'Indira Ramos. Et puis il a des choses plus urgentes à traiter. En le regardant franchir la porte d'un pas hésitant, il se promet de chercher une manière de lui tendre la main une fois que tout ça sera fini.

73

En s'apercevant que ses hommes s'éclipsent, le regard fuyant, l'abandonnant seul dans les douches, Gheorghe serre les dents de rage. Il comprend qu'il est déjà mort.

Putains de traîtres ! se dit-il, tandis que trois Colombiens armés de couteaux lui font face. Quand il combat, un homme nu semble toujours sans défense, même s'il est grand et fort comme c'est le cas du Roumain. Malgré le ridicule de la situation, il se met en garde, bien décidé à vendre chèrement sa peau.

— Allez, venez me chercher, enculés !

— Tu préfères qu'on te viole avant ou après t'avoir tué, pédale ?

— C'est moi qui vais vous tuer tous les trois, et après j'enverrai mes hommes violer vos grosses putes de mères, vos sœurs et même vos filles.

— Mais tu n'as plus aucun homme, tocard.

Le premier Colombien est trop confiant et l'attaque directement, en oubliant qu'un gars comme lui n'a pas gagné un tel statut par hasard. Gheorghe esquive sa charge et lui assène un coup avec la paume de sa main sur le nez, en terminant son mouvement vers le haut. Pendant quelques secondes, le tueur de Walter Vargas ne se rend pas compte que sa cloison nasale a été cassée et déplacée jusqu'au cerveau. Le Colombien se retourne, prêt à revenir à la charge, mais ses jambes ne répondent plus et il tombe au sol, foudroyé. Ses deux compères le regardent, perplexes, sans comprendre comment un coup en apparence si anodin a pu le tuer.

— À qui le tour ?

Cette fois, les tueurs coordonnent un peu mieux leur attaque. Ils partent chacun d'un côté puis se jettent sur Gheorghe en même temps. Même si le Roumain parvient à rendre quelques coups, ce ne sont que des coups de poing alors que ses agresseurs enfoncent dix centimètres de lame dans sa chair à chaque impact. Ce n'est qu'une question de temps avant que l'un des coups de couteau ne le blesse à mort.

Quatre minutes plus tard, Gheorghe s'écroule au sol, lardé d'une soixantaine de coups. Auparavant, il a réussi à récupérer l'une des deux lames, restée plantée dans sa hanche, et à l'enfoncer dans le cou d'un des Colombiens. Le jet de sang qui colore le mur de la douche le fait sourire, car il lui rappelle la première fois qu'il a tué un homme à Bucarest. Il lui avait également sectionné la carotide et il avait également vu gicler du sang rouge vif sur plusieurs mètres. Ils ont réussi à le tuer, certes, mais il a fait mordre la poussière à deux de ses assaillants, et le troisième ne l'oubliera pas jusqu'à la fin de ses jours.

— Maintenant, viole-moi si t'en as envie, murmure-t-il avant de fermer les yeux à jamais.

Depuis la mort de Gheorghe, Gonzalo Fonseca vit bien plus tranquillement, d'autant que son avocat lui promet que sa libération ne saurait tarder. Il espère juste sortir avant que son père meure, mais il ne compte pas trop là-dessus : les médecins ne s'attendent pas à ce qu'il reste en vie encore très longtemps. Il n'a toujours pas reçu l'autorisation d'aller le voir, sans doute une mesure de rétorsion parce que Gonzalo n'a pas voulu intervenir pour qu'il libère les otages.

Son codétenu, Nelson, un Dominicain en surpoids, est lui aussi enfermé pour meurtre. À part le juge qui l'a condamné, tout le monde considère qu'il est innocent. Une nuit, alors qu'il rentrait chez lui après avoir trimé dans un magasin pendant douze heures pour un salaire misérable, il était tombé sur un homme qui tentait de violer une adolescente. Au début, il avait détourné le regard et poursuivi son chemin, pensant que la dernière chose dont il avait besoin était de se retrouver mêlé à des problèmes, mais il n'avait pu ignorer ce qui se passait et était revenu sur ses pas. À peine avait-il bousculé le violeur que ce dernier avait titubé et s'était brisé la nuque contre le rebord du trottoir. En un dixième de seconde, la vie peut changer pour toujours.

— Tu vas vouloir certaines de mes affaires, Nelson ?

— Tu sembles bien sûr de ta libération, *blanquito*.

— J'ai toujours cru en la justice.

— Malgré tout ce que tu as vu ici ?

— La justice n'a rien à voir avec le fait d'atterrir ici. Tout dépend de la chance et de la défense que tu peux t'offrir.

— On commence quand vous voulez.

La direction de la prison a dressé tous les obstacles possibles et imaginables pour éviter que l'équipe de l'émission de télévision puisse s'entretenir avec Gonzalo Fonseca, mais la chaîne a fait un tel raffut avec cette interview que l'empêcher aurait été encore pire. L'administration pénitentiaire n'avait aucune envie de la mauvaise publicité que pourrait lui causer l'annulation par la chaîne d'une émission spéciale sur l'état des prisons en Espagne...

— Je suis prêt, déclare Gonzalo.

L'interview dure quarante-cinq minutes. Gonzalo Fonseca évoque avec les journalistes l'assassinat d'Andrea, les enlèvements organisés par son père, la mort de la juge et celle de l'avocat, Noelia Sampedro – à qui il reste quelques heures à vivre si Ramón Fonseca ne change pas d'avis. Gonzalo assure ne lui vouloir aucun mal, il promet même d'essayer de la retrouver si le juge lui permet de rendre visite à son père à l'hôpital. Enfin, les journalistes abordent les tentatives d'assassinat dont Gonzalo a été victime en prison. Si l'opinion publique était déjà assez persuadée de son innocence, après l'avoir vu à la télé et avoir compris que l'argent empoché à l'occasion de cette interview serait reversé au détenu qui lui a sauvé la vie pour régler ses frais de défense, elle est désormais complètement convaincue.

74

— Tu as toujours su que j'étais ta fille ?

Ramón Fonseca se tait, bourrelé de remords.

— Réponds-moi, s'il te plaît.

Le vieil homme acquiesce, lui causant un profond chagrin.

— Pourquoi n'es-tu jamais venu me voir pour me le dire ?

S'il avait pu parler, Ramón lui aurait raconté que c'était là son intention, qu'il avait même voulu quitter sa femme et son fils pour former une famille avec sa mère et elle, mais que c'était Camelia qui l'avait rejeté. Éperdument amoureux, il l'avait suppliée à d'innombrables reprises au téléphone de lui accorder une autre chance, ne serait-ce que pour leur fille. En vain.

Un jour, il était allé à Ardales pour la supplier de vive voix. Il gara sa voiture à l'entrée du village et quand il arriva sur la place San Isidro, il vit Camelia et un autre homme se couvrir de baisers, à côté de la poussette dans laquelle dormait Verónica. C'était la première fois de sa vie que Ramón ressentait une telle irrépressible colère lui parcourir les veines. Plus de vingt ans après, c'était encore cette colère qui l'avait poussé à enlever les trois personnes qu'il rendait responsables de la situation injuste qu'endurait son fils. À l'époque, cette fureur avait provoqué une réaction viscérale.

Les deux amants étaient rentrés chez Camelia et il passa plus de trois heures caché au coin de la rue avant de voir ressortir l'homme. Il le suivit dans les rues du village, désertes à minuit en ce mardi de février. L'homme marchait en toute décontraction et s'arrêta pour pisser près d'un arbre, à quelques mètres de la voiture de Ramón. Sans bruit, celui-ci ouvrit sa portière et il prit la barre de fer qui se trouvait toujours en dessous du siège conducteur. Ramón se rapprocha de son rival par-derrière. La barre serrée bien fort dans sa main, il la leva, prêt à frapper. Il eut un moment de lucidité et réussit à se contrôler. L'homme remonta sa braguette et continua son chemin, sans savoir qu'il s'en était fallu de peu que sa vie s'achevât lors de cette froide nuit d'hiver.

— Ta mère… n'a pas voulu, réussit enfin à articuler Ramón.

— J'en ai rien à foutre de ce que ma mère voulait ! s'emporte Verónica, révoltée. J'avais le droit d'être au courant, putain !

— Je suis… désolé.

La jeune femme tente de se calmer, consciente que cela n'a aucun sens de s'énerver contre un vieil homme à l'article de la mort et qui ne peut plus rien faire pour changer le passé.

— Ton fils Gonzalo, il sait que j'existe ?

Ramón Fonseca fait signe que non de la tête.

— Il l'a fait ? C'est lui qui a tué sa femme ?

— Non.

— Comment peux-tu en être si sûr ?

— Innocent… Même la police… sait maintenant, halète Ramón, que cet effort épuise.

— Alors, pourquoi continuer à séquestrer Noelia Sampedro ?

Fonseca doute, mais ne veut pas reculer.

— Allez ! insiste sa fille. Fais quelque chose de bien pour une fois. Tu veux que je me souvienne de toi comme de celui qui a laissé mourir une innocente ?

Ramón Fonseca semble sur le point de céder, mais quand il s'apprête à parler, il est saisi de convulsions qui secouent entièrement son corps, comme pris d'épilepsie. Les paramètres du moniteur s'affolent et l'indicateur des signes vitaux commence à émettre un son plus grave, celui de l'alarme.

— Qu'est-ce qu'il t'arrive ? demande Verónica, effrayée.

Son père essaie de dire quelque chose, mais sa voix est à peine audible.

Le lieutenant Moreno, revenu de la cafétéria, fait les cent pas dans le couloir quand il voit à l'autre bout un médecin et deux infirmières entrer en hâte dans la chambre de Ramón Fonseca. Il se précipite à son tour.

Le vieil homme est pris de soubresauts sur son lit ; les soignants luttent pour maîtriser la crise.

— Préparez de l'oxygène et une injection d'adrénaline ! ordonne le médecin en entamant un massage cardiaque. Et faites sortir cette jeune femme d'ici !

L'une des infirmières pousse gentiment Verónica en dehors de la chambre. Sur le seuil, elle se heurte presque à Moreno.

— Que s'est-il passé ? demande-t-il, affolé.

— Je ne sais pas, répond Verónica, les larmes aux yeux, sous le choc. Il semblait bien et tout à coup…

— Il vous a dit où se trouvait Noelia Sampedro ?

Verónica ne peut détacher son regard de l'intérieur de la chambre, où le médecin et les infirmières essaient de réanimer Ramón Fonseca. Ils sont agités. La situation semble critique.

— Répondez-moi, Verónica, insiste le policier. C'est urgent ! J'ai besoin de savoir s'il vous a dit où se trouvait Noelia.

La jeune femme essaie de se concentrer. Elle se rend compte

qu'elle tient toujours à la main une revue médicale prise dans la chambre de son père.

— Non. Quand il allait me le dire, il a commencé à convulser. Il a juste eu le temps de me montrer cette revue.

Moreno s'en empare. En une, on peut lire : « Tuberculose ».

— Qu'est-ce que ça veut dire ? demande Moreno, abasourdi.

— Je n'en ai pas la moindre idée. Il m'a montré cette revue, et ensuite…

Dans la chambre, le médecin dresse le constat de décès. Il est treize heures quarante-cinq, en ce jour où doit également mourir Noelia Sampedro, étudiante et prostituée.

75

Cela fait plusieurs jours que Noelia Sampedro a arrêté de frapper les canalisations avec une boîte d'asperges, convaincue désormais que personne ne lui portera secours. Elle a perdu espoir le jour où elle n'a plus eu la force de se lever de son lit de camp pour uriner sur la grille d'écoulement située dans l'autre coin de sa cellule. Cellule où, sauf erreur, elle est enfermée depuis vingt-deux jours. Un pour chaque année de sa vie.

La plupart du temps, elle dort. Quand elle se réveille, les bruits qui lui parviennent de l'extérieur lui font de nouveau ressentir sa solitude et ses peurs. Au début, elle a cru que c'étaient des gens et elle s'est égosillée pour appeler à l'aide ; plus tard, il lui a semblé que c'étaient des animaux et elle a essayé de ne pas faire trop de bruit pour ne pas trahir sa présence ; désormais, elle préfère ne plus penser à l'origine incertaine de ce putain de truc qui l'empêche de se reposer.

Elle sursaute de nouveau en entendant ces pas au plafond. Elle est sûre qu'ils sont réels, qu'elle n'a pas perdu la tête et qu'ils ne sont pas le fruit de son imagination. Le problème, c'est que parfois elle les entend dans sa propre cellule. Une fois, elle a même cru qu'on passait tout près d'elle, qu'on frôlait son bras, et elle aurait juré qu'elle ne dormait pas, à ce moment-là.

Elle sent qu'elle se déshydrate peu à peu. Elle regarde les bouteilles d'eau empilées près de la porte, à moins d'un mètre. Elle n'aurait même pas besoin de se lever : il lui suffirait de tendre le bras pour étancher sa soif. Elle hésite. Elle en a déjà bu plus de la moitié, mais elle en a suffisamment, encore, pour survivre pendant plusieurs semaines.

L'horreur.

Si elle s'hydrate, l'eau fera disparaître ces aiguilles plantées dans sa gorge et soulagera son terrible mal de tête ; en revanche, elle prolongera ses tourments pour une durée indéfinie. Après quelques minutes de flottement, Noelia décide de continuer à souffrir. Elle boit des gorgées pour sa mère, pour Pablo et pour le cœur de son père, qui contre toute attente bat toujours. C'est un soulagement immense et instantané de sentir le liquide irriguer les moindres cellules de son corps. Vide depuis plusieurs jours, son estomac en profite pour crier famine. Noelia laisse encore s'écouler un peu de temps avant d'ouvrir enfin la boîte d'asperges avec laquelle elle essayait de signaler sa présence. Une preuve de plus qu'elle a perdu tout espoir de sortir de cet endroit.

Comme l'a fait l'avocat Juan Carlos Solozábal trois semaines auparavant, elle observe le fil du couvercle en fer-blanc et pense à en finir une bonne fois, mais elle ne parvient à trouver ni le courage ni les forces nécessaires pour se suicider, encore moins en s'ouvrant les veines. Si elle avait eu un pistolet à disposition, elle se serait déjà fait sauter la cervelle, mais perdre son sang lentement, ce n'est pas la fin qu'elle souhaite.

À l'extérieur de la cellule de Noelia Sampedro, près d'un petit générateur caché sous des couvertures qui en atténuent le son, le minuteur connecté à une bouteille de monoxyde de carbone termine son compte à rebours. Il reste moins d'une heure avant qu'il arrive à zéro et que le gaz se libère.

76

Complètement obnubilée, le capitaine Ramos répète sa routine de contrôle pendant qu'elle observe le patchwork de photographies, coupures de presse et diplômes exposés sur le mur derrière le bureau du juge. Le magistrat lui en veut encore de l'avoir obligé à la mettre dehors la dernière fois qu'ils se sont vus. Il la regarde d'un air peu amène tout en feuilletant le rapport qu'elle lui a remis et examine les photos retrouvées chez Gustavo Burgos, le croupier assassiné.

— Que M. Oller ait déjà joué au poker avec la juge Almudena García ne veut strictement rien dire, énonce-t-il en terminant sa lecture, avant de balancer les feuilles du rapport sur son bureau d'un geste méprisant.

— Je sais, mais il y a beaucoup de preuves qui…

— Des indices, corrige-t-il.

— D'accord, des indices, concède Ramos. Mais reconnaissez que tout cela mis bout à bout nous amène à penser que Sebastián Oller est derrière la mort d'Andrea Montero.

— Je ne peux lancer un mandat d'arrêt à son encontre seulement parce que vous le soupçonnez, capitaine.

— Et en ce qui concerne les peintures rupestres ?

— Pour moi, c'est une histoire à dormir debout. Sincèrement, je n'arrive pas à croire qu'il y ait une grotte d'Altamira *bis* près de Tolède.

— Nous avons la déposition du conducteur de la pelleteuse et la moitié de la mandibule d'un animal mort il y a quinze mille ans. Les experts du musée des Sciences naturelles ont certifié qu'elle était authentique, donc vous pourriez ordonner sa détention pour destruction de patrimoine historique.

— Pour devoir le relâcher deux heures plus tard ? Non merci.

— Peut-être que ces deux heures seraient suffisantes pour que Ramón Fonseca nous dise où il a enfermé Noelia Sampedro, le presse Ramos. Et puis, il y a aussi l'assassinat du croupier.

— Une autre chimère que vous avez sortie de votre chapeau. Qui vous a raconté ça ? Le nom du témoin n'apparaît nulle part.

— C'est un informateur qui préfère rester anonyme pour le moment.

— C'est-à-dire qu'il pourrait avoir tout inventé.

— Je n'aurais rien à y gagner.

— Je suis désolé, mais je suis pieds et poings liés.

— Alors on laisse cette fille se taper un shoot de monoxyde de carbone, monsieur le juge ? demande Ramos, acerbe.

— Si vous n'avez pas réussi à retrouver ces personnes, c'est que vous n'avez pas bien fait votre travail, capitaine, rétorque le juge d'un ton cassant.

— Il vous suffirait de signer le mandat d'arrêt pour que Ramón Fonseca voie que nous avons rempli ses conditions et il arrêterait enfin tout ça, bordel ! On doit tenter un truc, putain !

Irrité, le juge la fusille du regard. Cette flic lui sort par les yeux et il l'enverrait bien volontiers se faire voir, mais un avocat et une collègue sont morts, et il ne veut pas non plus que le dernier otage meure. De plus, si on laissait filtrer à la presse qu'il a eu la possibilité de lui sauver la vie et qu'il ne l'a pas fait à cause de son aversion pour le capitaine Ramos, ce serait un très mauvais coup pour sa carrière. Et quelque chose lui dit que cette mouche à merde munie d'un badge d'officier ferait fuiter l'information juste pour lui nuire.

— Ce n'est pas pour vous mettre la pression, monsieur le juge, insiste-t-elle, aussi aimable que possible, mais il est deux heures dix.

— Et ? Vous devez aller manger ? réplique-t-il, sarcastique.

— Non, mais il ne nous reste que cinquante minutes pour retrouver Noelia Sampedro vivante. Pourriez-vous signer le mandat et continuer à me mépriser juste après ?

Le juge serre les dents, ravale sa fierté et signe. Il le tend à Ramos, mais, quand elle est sur le point de s'en saisir, il le retire vivement.

— Je vous le donne à une condition.

— Laquelle ?

— Que vous ne remettiez plus les pieds ici de toute votre putain de vie, capitaine Ramos. Si vous avez quelque chose à demander, ce sera un autre policier de votre équipe qui viendra. Je ne veux plus jamais vous revoir.

— Parfait !

Le capitaine Ramos et le lieutenant Ortega déboulent dans l'hôpital au pas de course. En les voyant se diriger vers la chambre de Ramón Fonseca, le lieutenant Moreno va à leur rencontre.

— Nous avons enfin le mandat d'arrêt contre Sebastián Oller, Moreno ! lui lance Ramos, essoufflée.

— Je crois que vous arrivez un poil en retard, chef.

— Il reste encore trente-cinq minutes, annonce Ortega en regardant sa montre. Si Ramón Fonseca nous dit où se trouve Noelia Sampedro, nous pouvons arriver à temps.

— Je crains que Ramón Fonseca ne nous dise plus rien, María, réplique le lieutenant, la mine déconfite.

Il fait un geste en direction de la chambre qu'occupait Fonseca. En se retournant, les policières voient que des infirmiers en ressortent en poussant un brancard sur lequel se trouve le cadavre du vieil homme.

— Quand est-il mort ? demande Ramos, abattue.

— Il y a dix minutes. Il était en train de parler avec sa fille quand il a eu une attaque.

— Et il ne vous a pas dit où Noelia Sampedro était enfermée ?

— Non, répond Moreno, avant de lui tendre la revue médicale que Verónica lui a remise. Il a simplement montré cette revue, mais je l'ai feuilletée en long, en large et en travers, et je n'ai trouvé aucune piste qui pourrait nous conduire jusqu'à elle.

Ramos fixe la couverture du magazine, perdue dans ses pensées. En levant la tête, elle voit les infirmiers entrer dans l'ascenseur avec la dépouille de Ramón Fonseca. Non loin, un médecin assez âgé discute avec l'une de ses collègues. Elle s'approche d'eux.

— Excusez-moi. Je suis le capitaine Ramos, dit-elle en présentant sa carte. Pourriez-vous m'indiquer s'il y a encore des cas de tuberculose en Espagne ?

— De tuberculose ? Oui, en effet, répond la femme. Environ neuf cas pour cent mille habitants.

— Et la guérison est très compliquée ?

— Moins que par le passé, mais cela reste une maladie qui donne pas mal de fil à retordre. Dans les cas les plus difficiles, on prescrit un traitement à base d'antibiotiques pendant presque deux ans.

— Et avant, comment soignait-on ça ?

— Par des cures de grand air à la campagne, explique le médecin plus âgé. Les malades allaient suivre un traitement dans des sanatoriums à la montagne. J'ai moi-même été interne dans l'un d'entre eux, dans la sierra de Guadarrama.

— Comment s'appelle cet hôpital ?

— Le sanatorium de la Marina. Il est à Los Molinos. Mais ce n'est pas la peine de vous y rendre. Je suis allé y faire un tour il y a deux ou trois ans et il est à l'abandon. Il est vraiment dans un état lamentable.

Les battements de cœur du capitaine s'accélèrent.

77

Sebastián Oller était en réunion avec son conseiller au visage taillé à la serpe quand on l'informa de l'incident qui avait eu lieu la nuit précédente avec sa chef des travaux. À peine le téléphone raccroché, l'homme d'affaires s'était levé pour regarder par la fenêtre en fronçant les sourcils, comme il le faisait à chaque fois qu'il devait prendre une décision difficile.

— Tu sais ce qu'il faut faire, Sebastián, lui dit froidement son conseiller.

— Mais quelle idiote ! Elle ne pouvait pas rester bien sagement à sa place et oublier cette histoire ?

— Je t'ai dit qu'Andrea Montero nous poserait des problèmes dès le moment où elle a refusé de prendre l'argent que nous lui avons offert en échange de son silence.

Oller acquiesça. Il savait lui aussi que ce ne serait pas simple de faire oublier cette découverte à sa collaboratrice, mais il avait pensé que la raison l'emporterait – elle avait un très bon poste et un salaire confortable. Le plus vraisemblable était qu'elle avait photographié les peintures et qu'elle allait tenter de négocier.

— Qui était l'homme qui l'accompagnait ? demanda le conseiller.

— Le vigile n'a pas pu l'identifier, mais vu la description qu'il en a faite, je suppose que c'était son mari.

— Qu'est-ce qu'on fait, alors ?

Sebastián Oller chercha une solution, mais il eut beau retourner le problème dans tous les sens, il n'y avait que deux options possibles : soit il rendait la découverte publique, au risque de perdre des millions d'euros si le chantier était suspendu ou ses permis annulés, soit il coupait le mal à la racine. Après quelques minutes de silence, et même s'il avait eu beaucoup de peine à se décider, il donna l'ordre que son conseiller savait qu'il donnerait :

— Que les Russes s'en occupent. Et qu'ils détruisent toutes les preuves qu'ils pourront trouver.

La nuit où Andrea Montero avait pris les photos des peintures dans la grotte, elle n'avait pas pu fermer l'œil. Elle ressentait encore les effets puissants de l'adrénaline causée par l'aventure qu'elle avait vécue avec son professeur de cuisine, mais ce qui l'avait réellement empêchée de dormir, c'était qu'une fois qu'ils étaient revenus à la moto, Antonio l'avait embrassée.

Dès le premier jour, elle l'avait trouvé très attirant et il y avait un bon feeling entre eux, même s'il ne lui avait jamais traversé l'esprit que cela déboucherait sur une relation autre qu'amicale. Mais ces choses-là ne se prévoient pas, elles arrivent, tout simplement. Et quand leurs bouches s'étaient scellées, toute marche arrière était devenue impossible.

Le lendemain, Andrea déjeuna avec son amie Silvia Ribot. Elle avait l'intention de lui raconter l'histoire des peintures rupestres, ainsi que ce surprenant baiser. Mais après une demi-heure à endurer les lamentations de Silvia sur les problèmes de l'un ses enfants au collège, elle changea d'avis. Elle se contenta de lui dire qu'elle lui enverrait des documents afin qu'elle les garde si jamais il lui arrivait quelque chose. Silvia ne la prit pas vraiment au sérieux, puis elle se leva précipitamment parce qu'elle avait une réunion au collège avec la professeure principale de son aîné.

Andrea ne pensait pas se rendre au cours de cuisine, mais elle avait beau tenter d'oublier ce qu'il s'était passé la nuit précédente, elle ne pouvait chasser de son esprit la saveur des lèvres d'Antonio. Cet après-midi-là, pendant qu'ils faisaient mariner des cailles, ils eurent la chair de poule chaque fois que leurs regards se croisèrent ou que leurs doigts se frôlèrent. Tous deux comprirent alors qu'il était inévitable d'aller plus loin.

— Ça te dit qu'on se retrouve pour prendre un verre de vin après le cours ? lui chuchota Antonio en faisant mine de l'aider à préparer sa sauce.

— Pourquoi ne pas aller dans un endroit plus discret ?

La convention à laquelle participait Gonzalo Fonseca à Murcie se termina un jour avant la date prévue à cause de l'annulation d'un intervenant. Même si beaucoup de ses collègues décidèrent de rester pour profiter d'une journée de liberté loin de leur famille et de leur routine, Gonzalo préféra rentrer chez lui. Il avait dans l'idée d'inviter Andrea à dîner dans un bon restaurant et de solder leurs petites disputes de ces derniers jours.

Il arriva chez lui avec juste assez de temps pour se changer avant de lui faire la surprise de passer la prendre à l'école de cuisine.

Sa femme fut le dernier élève à quitter le bâtiment. Elle riait avec Antonio Figueroa, le professeur. Gonzalo le connaissait pour avoir assisté à un de ses cours et il l'aimait bien. Il déboucla sa ceinture de sécurité et s'apprêtait à ouvrir sa portière quand quelque chose dans l'attitude d'Andrea et d'Antonio le retint. Il les observa depuis sa voiture. Ses soupçons se confirmèrent quand il les vit s'embrasser, juste avant de monter sur la moto de Figueroa.

Gonzalo resta immobile, incrédule. Il n'était pas en colère, ne se sentait pas trahi, il doutait de ce que ses yeux avaient vu ; il avait même failli se les frotter, comme dans les dessins animés. Mais avant d'aider Andrea à enfiler son casque, le cuisinier l'embrassa de nouveau. Elle ne le gifla pas, ne lui hurla pas de ne pas recommencer parce qu'elle était mariée et heureuse.

Quand la moto tourna au coin de la rue, Gonzalo Fonseca se secoua de son hébétude et les suivit à distance raisonnable, encore persuadé qu'il y aurait une explication à tout cela. Lorsqu'il constata que la moto entrait dans le parking d'un hôtel, une déception immense s'abattit sur lui.

78

Le sanatorium militaire de Los Molinos, anciennement Sanatorio de Marina, est un ensemble de bâtiments qui occupe plus de dix mille mètres carrés construits dans une enceinte de soixante-cinq hectares. L'imposant bâtiment principal de six étages abritait par le passé cinquante-cinq chambres, des blocs opératoires, une cafétéria, des cuisines, des salles de consultation, une salle d'autopsie, une chapelle et une résidence, tout d'abord pour les médecins et les infirmières, puis, plus tard, pour les religieuses qui s'occupaient des malades en phase terminale. Il fut érigé en 1943, dans le but de soigner les militaires espagnols atteints de maladies respiratoires grâce au bon air de la sierra de Guadarrama. Après avoir accueilli principalement des tuberculeux pendant un demi-siècle, l'établissement était devenu une clinique gériatrique pour les haut gradés de la marine quand les nouveaux traitements contre la tuberculose s'étaient imposés face aux coûteuses cures à la montagne. Incapable de supporter les énormes coûts de fonctionnement de l'endroit, le ministère de la Défense en ordonna la fermeture en 2001. Depuis, cette immense masse de briques et de béton n'accueille plus que des squatteurs, des pillards, des graffeurs, des groupes de jeunes qui se retrouvent pour boire des coups et des amateurs de paranormal.

On dit que les âmes de ceux qui y sont morts sont restées enfermées entre les murs, et il y a eu beaucoup de morts ici...

La voiture conduite par Ramos s'arrête devant un panneau qui interdit l'accès au site et menace de lourdes amendes les contrevenants, mais il semble que ça n'ait pas été suffisant pour dissuader Ramón Fonseca. Les deux fourgons du Groupe spécial d'opérations arrivent au moment où Ramos, Ortega et Moreno descendent du véhicule.

— Bordel ! dit le lieutenant Ortega en frissonnant. Ce vieux a été assez taré pour enfermer cette pauvre fille ici ?

— Il faut espérer que oui, parce que sinon, nous ne retrouverons sûrement jamais son corps, répond Moreno en observant le bâtiment.

— On en est où, au niveau du temps ? demande Ramos.

— Huit minutes.

Le capitaine répercute l'information à l'unité d'intervention venue en renfort. Leur commandant organise la fouille par groupes de deux.

— Rappelez-vous que nous cherchons une bouteille de monoxyde de carbone reliée à un minuteur. Si vous voyez quelque chose, donnez immédiatement l'alerte.

En entrant dans le vestibule, les trois policiers se rendent compte que retrouver quelqu'un ici en si peu de temps est pratiquement mission impossible. Devant eux se déploient de très longs couloirs, desservant de multiples pièces, avec des recoins qui sont autant de caches où l'on pourrait avoir enfermé quelqu'un. Les décombres, les graffitis et les dizaines de meubles disloqués qui encombrent l'endroit vont encore compliquer les recherches.

— Quatre minutes, chef, annonce Ortega en consultant sa montre.

— Combien de temps peut-elle tenir à partir du moment où le gaz commence à sortir ?

— Ça dépend de son état de faiblesse et du volume de la pièce où elle est enfermée, mais pas plus de six ou sept minutes, déclare Moreno.

— Faisons du bruit, le plus possible. Il faut que Noelia nous entende et nous indique sa position.

L'ordre est répercuté et aussitôt, on entend résonner un peu partout dans le bâtiment des appels et le bruit sec des matraques qui frappent le métal.

À l'intérieur de sa cellule, Noelia entend comme des coups sourds ; mais, au lieu de lui donner l'espoir d'être secourue, ils la tétanisent encore plus. Elle craint que la présence qu'elle sent depuis de nombreux jours ait enfin décidé de se montrer. Elle n'arrive pas à penser de façon lucide et se bouche les oreilles.

— Fiche-moi la paix !

Si elle n'était pas aussi profondément perturbée, elle se rendrait compte que ce raffut est différent. Il provoque même de petites vibrations dans le bâtiment et l'une des boîtes de conserve empilées à côté du mur tombe au sol, roule et disparaît sous son lit de camp. Tout à coup, les bruits cessent. Noelia retient son souffle, craintive. Alors, elle entend un son différent, un léger sifflement qui provient du conduit de ventilation.

— Le temps est écoulé, annonce Ortega en éteignant l'alarme de son portable, le visage défait.

— Six minutes à partir de maintenant, lâche Moreno avec gravité.

— Silence ! ordonne soudain Ramos, aux aguets. Vous n'entendez pas ?

— Quoi ?

— Ce bourdonnement continu, comme un genre de moteur. Peut-être que… est-ce que ça pourrait être un générateur ?

— Je l'entends ! crie le commandant du groupe d'intervention. Ça vient de l'étage au-dessus !

Le petit groupe monte en courant au premier étage, où les couloirs, les graffitis et les décombres sont encore plus nombreux. Même s'il est toujours presque imperceptible, on entend le bourdonnement un peu plus nettement.

Noelia Sampedro commence à avoir sommeil, mais ce n'est pas le même sommeil que celui qui l'a maintenue en état de somnolence ces dernières semaines. Elle essaie de garder les yeux ouverts, même si quelque chose la pousse à les fermer et l'invite à se reposer. Pour toujours. Avant de se laisser emporter, elle regarde la dernière bouteille d'eau qu'elle a bue et se dit qu'elle était empoisonnée. Elle touche enfin au but et elle sourit. Elle ne ressent plus de peur, elle a seulement envie que tout se termine au plus vite pour retrouver son père et l'embrasser.

Au fur et à mesure qu'ils montent les marches, les policiers entendent mieux le bruit. En arrivant au dernier étage, Ramos court dans le couloir sans se soucier du désordre et de la saleté de l'endroit.

— Hé ! s'exclame le commandant du groupe d'intervention. Attendez qu'on inspecte le terrain !

Mais le capitaine ne s'arrête pas et entre dans la dernière chambre. Elle ne se couvre même pas les mains pour farfouiller dans le tas de vieilles couvertures posées contre le mur et dégager le petit générateur. Juste à côté, il y a le minuteur et la bouteille de monoxyde de carbone reliée à un conduit de ventilation, dans la partie supérieure d'un mur de construction récente en ciment et en briques.

— C'est ici ! Elle est derrière ce mur !

— Les six minutes sont écoulées ! avertit Ortega. On doit se dépêcher !

— Dégagez ! lance l'agent spécial, une masse à la main.

Au septième coup, le mur cède et tombe en partie. La forte odeur d'urine, de sueur et d'excréments qui provient de la brèche indique qu'ils ont trouvé le lieu où Noelia Sampedro est enfermée depuis plus de vingt jours. Elle est allongée sur son lit de camp, inerte. Tandis que les policiers dégagent l'ouverture, le lieutenant Moreno se faufile à l'intérieur et s'approche d'elle.

— Elle est encore en vie ? demande Ramos.

— Elle semble très faible, mais son cœur bat !

Moreno la prend dans ses bras et la fait passer de l'autre côté.

— Oxygène !

L'un des agents apporte une bouteille et pose un masque sur le visage de la jeune femme. Tous attendent, les doigts croisés.

— Allez, Noelia, respire...

Au bout de quelques secondes, elle ouvre les yeux, affaiblie et effrayée, sans savoir vraiment si elle est encore de ce monde ou si elle est déjà dans celui d'après.

Alors, le capitaine Indira Ramos prend la petite bouteille de gel désinfectant qui ne quitte jamais sa poche, dépose une noisette dans sa paume et se frotte les mains à s'en effacer les empreintes digitales.

79

À la première heure de la matinée, Gonzalo Fonseca reçoit la nouvelle qu'il attend depuis de très longs mois. Son avocat, après avoir pris acte que le mandat d'arrêt contre l'homme d'affaires et promoteur Sebastián Oller avait été émis, a exigé du juge qu'il libère immédiatement son client et qu'il lui permette d'assister à l'enterrement de son père.

Pendant toute la matinée, c'est un défilé de prisonniers qui essaient de gratter des vêtements, des livres à échanger contre des cigarettes ou des produits alimentaires de la réserve. Son codétenu Nelson se bat pour garder ce qu'il considère comme à lui après ces nombreux mois de vie commune, mais il déteste lire et il n'entre pas du tout dans les vêtements de Gonzalo, aussi doit-il se contenter de nourriture.

Au moment où Gonzalo commence à espérer que Vargas a oublié leur accord, celui-ci apparaît.

— Laisse-nous seuls, *negro*, lance-t-il à Nelson.

Le Dominicain sait qu'avec le mafieux, il ne faut pas discuter : il déguerpit aussitôt.

— Au final tu t'en es sorti, mec...

— Je vous ai dit que j'étais innocent.

— Tu as payé le prix fort pour le démontrer.

— Mon père savait ce qui était en jeu. Je suis sûr qu'il est mort heureux d'avoir réussi à me donner une deuxième chance.

— Si c'était pour mes enfants, je mourrais également, sans aucun doute.

Vargas fait un signe à l'homme qui surveille les abords de la cellule, le seul des trois tueurs qui a survécu à la rencontre avec Gheorghe dans les douches. Celui-ci entre en boitant légèrement et remet à Gonzalo un papier, sur lequel il n'y a qu'un numéro de téléphone.

— Prends-toi une bonne cuite, tire un coup et ensuite appelle ce numéro, ordonne Walter Vargas.

— C'est le numéro de… ?

— On te donnera tout ce dont tu as besoin pour honorer notre accord, poursuit le Colombien sans répondre à sa question.

Gonzalo observe le papier en silence. Cela fait des jours qu'il songe à disparaître pour toujours, une fois dehors, pour éviter d'avoir à respecter l'accord qu'il a conclu avec le Colombien en échange de sa protection en prison, mais il sait que ce dernier le chercherait, le retrouverait, et que sa fin ne serait pas si différente de celle de Gheorghe. En plus, il vient de découvrir qu'il n'était pas aussi seul qu'il le pensait dans ce monde ; il ne veut pas avoir à se cacher.

— Un problème ?

— Aucun problème, Vargas. J'étais juste en train d'apprendre le numéro par cœur.

Puis il prend un briquet sur la table, brûle le papier et le jette dans les toilettes.

— J'espère que tu t'en tireras bien, mec.

— Je vous souhaite la même chose, Vargas.

Après avoir cru pendant plus d'un an qu'il ne sortirait pas de prison avant d'avoir soixante ans, en franchir la porte et se retrouver dehors, libre, dans la rue est une sensation étrange pour Gonzalo. Elle est décuplée par l'afflux de journalistes autour de lui, comme autour d'une rockstar. Il étouffe, cherche à s'extraire de cette nuée vibrionnante. Il aperçoit une voiture garée à quelques mètres de là, au volant de laquelle une jeune femme le fixe avec curiosité. Ils se reconnaissent immédiatement. Il se dégage et court vers elle, puis il monte dans le véhicule. Ils n'échangent pas un seul mot avant de s'être éloignés de cet endroit de malheur.

— Alors comme ça, tu es ma sœur...

— Alors comme ça, tu es mon frère... répond Verónica.

Frère et sœur se regardent puis se sourient, heureux de se rencontrer après avoir appris l'existence l'un de l'autre. Pendant les longues heures du trajet en direction de Málaga, pour un dernier au revoir à leur père, ils ont le temps de faire connaissance et de constater qu'ils ont beaucoup plus de choses en commun qu'ils ne pouvaient l'imaginer.

Sebastián Oller boit un verre dans l'un des salons du très sélect club privé dont il est membre quand la directrice, Silvia Ribot, entre. Si le promoteur savait que c'est elle qui a mis les enquêteurs sur sa piste, il donnerait immédiatement l'ordre de la liquider.

— Excusez-moi, monsieur Oller, dit Silvia. Des policiers vous demandent.

Oller termine son cognac à quatre cents euros la bouteille, conscient qu'il ne pourra pas profiter de nouveau d'un tel moment avant longtemps : selon son avocat, cette fois ça ne sera pas simple d'éviter la prison. Même s'il sera quasiment impossible de démontrer sa participation à l'assassinat d'Andrea Montero ou à celui du croupier Gustavo Burgos, il sera mis en examen pour d'autres délits, que ce soit pour corruption, pour menaces ou pour destruction de patrimoine historique. Il a toujours pensé que ce serait l'ambition d'un associé ou un tueur à gages envoyé par l'un de ses nombreux ennemis qui aurait sa peau, mais jamais il ne lui est venu à l'esprit que son bourreau serait un putain de Velázquez mort il y a plus de quinze mille ans...

— Monsieur Oller ? insiste Silvia Ribot.

— Je suis prêt, dit enfin l'homme d'affaires.

L'instant d'après, le capitaine Ramos et le lieutenant Ortega entrent.

— Mesdames, les salue Oller avec une feinte amabilité. Je suis au regret de vous dire que cela ne me réjouit pas de vous revoir.

— Je suppose que vous savez déjà pourquoi nous sommes là, dit Ramos.

— Oui, et vous faites erreur. Je n'ai jamais tué personne.

— Je vous crois. Vous êtes de ceux qui préfèrent envoyer les autres faire le sale boulot, n'est-ce pas ?

— Je doute que vous puissiez démontrer quoi que ce soit de ce genre.

— Nous verrons bien. Mains dans le dos, s'il vous plaît, ordonne Ramos en sortant des menottes.

— Est-ce vraiment nécessaire ? s'exclame Oller, horrifié. Si vous avez un tant soit peu d'humanité, laissez-moi partir d'ici avec dignité. Dans ce club, il y a des personnes qui me connaissent depuis plus de trente ans.

— Alors elles ne seront pas surprises de vous voir menotté. Il est même évident que beaucoup se demanderont pourquoi cela a tant tardé.

— Et d'autres vont se chier dessus, ajoute Ortega.

Sebastián Oller baisse la tête, vaincu. Il sait que ses amis ne seront pas trop affectés. Dans les cercles qu'il fréquente, la ruine des uns fait la fortune des autres. Il en va des affaires comme de la prison, certains y entrent et d'autres en sortent.

80

— Ça ne me semble pas si grave.

— Ça ne te semble pas… ?

Indira Ramos ne termine pas sa phrase, scandalisée.

— Bordel ! Tu sais les risques que ça comporte, Adolfo ?

— Les préservatifs, ça existe.

— Les préservatifs ne protègent que d'une infime partie de ce que l'on peut se transmettre en baisant !

— Bon, d'accord, souffle le psychologue, lassé par la conversation, vas-y, continue de faire bouillir ton godemiché en silicone antiallergénique une fois par semaine et oublie ton lieutenant.

— Tu ne m'aides pas beaucoup, tu sais, se vexe Indira.

— Et comment crois-tu que je pourrais t'aider ? Tu m'expliques que tu es attirée par un homme et quand je te dis, en tant que psychologue, que je te sens enfin prête à interagir à nouveau avec d'autres personnes, tu pètes les plombs.

— C'est parce que je n'ai plus besoin des conseils d'un psychologue, mais de ceux d'un ami.

— D'accord, ramasse tes affaires.

Il se lève, déterminé, et se dirige vers la porte. Assise dans son fauteuil, Indira le suit du regard, stupéfaite.

— Ce n'est pas encore l'heure.

— Je sais, mais on va faire une thérapie de choc. Allez !

Indira regarde autour d'elle, très mal à l'aise, pendant qu'Adolfo passe la commande au comptoir. Le bar mélange différents styles : une décoration moitié irlandaise et moitié américaine, des jambons suspendus au plafond, une machine à sous, un *maneki-neko*, chat porte-bonheur chinois qui agite la patte en permanence. Un groupe de huit hommes et trois femmes regardent un écran géant et encouragent des footballeurs comme s'ils étaient au stade.

Adolfo revient du comptoir avec un plateau sur lequel se trouvent deux énormes hot-dogs à la viande hachée recouverts de fromage fondu et deux pintes de bière glacée.

— Ketchup et moutarde ? demande-t-il en s'asseyant en face d'elle.

— Tu ne crois tout de même pas que je vais avaler ça ? s'offusque Indira avec une grimace dégoûtée. Va savoir dans quel état se trouve la cuisine de ce boui-boui !

— Dégueulasse, c'est sûr. Mais c'est justement ce qui fait que ce boui-boui sert les meilleurs hot-dogs de tout Madrid.

— Peut-être, mais tu vas bouffer ça tout seul, parce que je ne vais pas y toucher. Même pas en rêve !

— Tu ne voulais pas parler avec moi comme avec un ami, Indira ?

— Si, mais…

— Les amis, l'interrompt-il, font ce genre de chose ensemble. Ah ! Et il ne faut pas trop les emmerder, parce qu'ils peuvent te dire d'aller te faire foutre.

— Je te préfère presque en tant que psychologue.

— Mange ton hot-dog !

Indira est sur le point de refuser, mais elle trouve ce hot-dog… appétissant.

— Et les couverts ?

— Ici, il n'y en a pas, répond Adolfo en arrachant une bouchée d'un coup de dents.

Elle protège ses doigts à l'aide de plusieurs serviettes et saisit, horrifiée, un bout de viande recouvert de fromage. Elle le porte lentement à la bouche, comme si elle participait à un jeu télévisé de survie et devait manger des cafards pour gagner une épreuve. Elle est sur le point de renoncer à plusieurs reprises, mais chaque fois le regard menaçant de son psychologue l'en empêche. Quand, enfin, elle se décide et mastique son morceau de hot-dog, elle se rend compte que c'est excellent. Surprise, elle dévisage l'homme qui, à cet instant, est seulement son ami.

— Alors ? demande Adolfo, satisfait.

— C'est pas mal…

— Eh bien maintenant mords vraiment dedans et bois une gorgée de bière, car j'en ai commandé deux de plus.

Iván Moreno essaie de monter une armoire Ikea achetée voilà quelques mois, le jour où il a constaté que le canapé, si utile comme zone de stockage, avait le défaut de froisser ses chemises. Il a commencé par monter les étagères à l'envers : impossible de fermer les portes, il est obligé de recommencer.

La sonnerie qui retentit à sa porte est l'excuse parfaite pour faire une pause avant d'envoyer par la fenêtre deux éléments censés s'emboîter pour former un début de tiroir. Iván enfile sa chemise et va ouvrir.

— Indira ? coasse-t-il, ébahi. Que fais-tu ici ? Il est arrivé un truc à Jimeno ?

— Pas que je sache, répond Ramos, la bouche pâteuse et la diction difficile. Il est toujours dans le coma. Je peux entrer ?

— T'es saoule ? s'étonne Iván, qui va de surprise en surprise.

— Juste un peu, répond-elle avec un sourire innocent.

Elle s'approche de lui et l'embrasse. Même si Iván ne peut s'empêcher de répondre à son baiser, il s'écarte rapidement.

— Attends, attends un instant ! Je ne sais pas si tu es en état de...

— Je suis dans les conditions optimales, le coupe-t-elle. Si j'avais pas bu ces trois pintes de bière et ces trois shots de rhum, j'aurais pas osé venir. Mais si tu préfères, je peux m'en aller et on oublie tout ça.

Iván la regarde en silence, désarçonné. Indira interprète ce silence comme un refus et, gagnée par la honte, tourne les talons.

— C'est bon, j'ai compris, lance-t-elle, dégrisée par l'humiliation. Désolée de t'avoir dérangé.

— Indira ! la retient-il, avant de la prendre délicatement dans ses bras. C'est que... je ne veux pas que tu fasses ça uniquement parce que t'as trop bu et que demain, tu regrettes.

— Je regretterai probablement, oui... Mais là, c'est ce que je veux faire.

— T'en es sûre ?

Pour seule réponse, Indira l'embrasse de nouveau. Cette fois, Iván ne recule pas. Ils avancent vers la chambre bouches collées et en se déshabillant l'un l'autre. Quand ils parviennent sur le seuil, Indira découvre une armoire à moitié montée, des outils éparpillés au sol, des vis, des boulons et des planches un peu partout. Elle se sent soudain mal à l'aise face à ce désordre.

— Oh, mon Dieu...

— Oublie ce que tu viens de voir ! dit précipitamment Iván en refermant la porte. On va dans la chambre d'amis.

V

81

Après avoir passé la nuit sur un canapé des plus inconfortable à côté du lit de l'agent Jimeno, Ramos se réveille avec un torticolis très douloureux. Óscar est toujours dans le coma. Selon les médecins, plus il mettra de temps à en sortir, plus la probabilité qu'il ait des séquelles sera grande.

Indira se lève, s'étire et va prendre sa température en lui posant la main sur le front. Elle se surprend elle-même de pouvoir faire un tel geste sans enfiler de gros gants en silicone, qui plus est dans un hôpital, où chacun sait que les bactéries et les virus prolifèrent. Et comme si cela ne suffisait pas, elle a dîné à la cafétéria hier soir. C'est peut-être la raison de l'étrange malaise qu'elle ressent, mais c'est peut-être également parce que son instinct lui chuchote qu'elle est passée à côté de quelque chose.

Depuis qu'elle a retrouvé Noelia Sampedro vivante et qu'elle a clos l'enquête, son équipe croule sous les félicitations – alors que si l'on s'en tient aux statistiques, ils ont juste réussi à sauver une seule des victimes de Ramón Fonseca, soit un petit 33 % de réussite. Pourtant, Ramos n'arrive pas à chasser cette enquête de son esprit et à passer à autre chose.

La porte s'ouvre sur Moreno. Trois jours se sont écoulés depuis qu'ils ont fait l'amour, et Indira ne peut toujours pas le regarder dans les yeux, encore moins aborder le sujet. Avant tout, parce qu'elle n'a aucune idée de ce qu'il faudrait dire. Iván, qui commence à la connaître un peu, sait qu'il ne doit pas lui forcer la main, mais attendre que ce soit elle qui fasse le premier pas.

— Du nouveau ? demande-t-il.

— Non, il dort encore.

— María n'est pas restée avec toi ?

— Cela n'avait aucun sens de rester ici à deux, alors hier soir, je l'ai renvoyée chez elle.

Le silence s'installe, de plus en plus gênant à mesure qu'il s'étire.

— Et... et toi, comment ça va ? hasarde finalement Iván.

— J'ai un torticolis. Écoute, tu sais, l'autre jour...

— Oui ?

— Ça te va si on oublie ?

— C'est ce que tu souhaites ? demande Moreno, qui masque sa déception.

— Je n'ai aucune idée de ce que je veux, Iván. Je n'ai jamais pensé qu'un truc comme ça pourrait nous arriver, et j'ai besoin de quelques jours de plus pour l'assimiler tranquillement, puis réfléchir à ce que j'aimerais faire. D'accord ?

— C'est d'accord. Je ne suis pas pressé.

Indira lui sourit avec reconnaissance, heureuse qu'il la comprenne. Le silence qui suit, plus léger celui-ci, est interrompu par l'arrivée de Navarro. Elle semble épuisée.

— Pardon, Indira. Je sais que j'ai une demi-heure de retard, mais il y avait un putain de bouchon.

— Ne t'en fais pas.

Lucía dévisage sa supérieure sans pouvoir masquer sa surprise.

— La vache, je ne sais pas ce qu'il t'arrive en ce moment, mais je te préfère comme ça, en mode sympa. Comment va-t-il ? ajoute-t-elle en se tournant vers Óscar.

— Toujours pareil.

Navarro pousse un soupir résigné en ôtant son manteau, qu'elle suspend à une patère. Lorsqu'elle se retourne vers Ramos et Moreno, elle blêmit d'un coup. Puis ses yeux s'écarquillent et sa mâchoire se décroche.

— Mon Dieu...

Ramos et Moreno suivent son regard et découvrent, à leur grand étonnement, que Jimeno a ouvert les yeux.

— Va prévenir un médecin, dépêche-toi ! ordonne Ramos.

L'agent Navarro se précipite dans le couloir. Soulagée, Ramos prend la main d'Óscar, qui regarde autour de lui d'un air ahuri.

— Que s'est-il passé ? demande-t-il avec un tout petit filet de voix.

— Tu as reçu un coup de couteau. Tu es sain et sauf.

— Tu ne t'en souviens pas ? demande Moreno.

— Je me souviens que je suis descendu voir Ramón Fonseca en salle d'interrogatoire, mais qu'on l'avait emmené et...

— Ça, c'est terminé. Ne t'en fais pas.

— Nous avons sauvé l'avocat et la fille ?

— Malheureusement, l'avocat est mort. Mais Noelia Sampedro va bien.

Le médecin entre, suivi de Navarro. Il s'approche de Jimeno et lui prend le pouls.

— Bienvenue dans le monde des vivants, mon garçon. Comment te sens-tu ?

— Comme si un autobus m'avait roulé dessus.

— Le plus important, c'est que tu vas récupérer, Óscar, sourit Navarro, émue.

— Bon, tout semble en ordre, déclare le médecin. Des

infirmières vont venir tout de suite pour lui faire des examens. Essayez de ne pas trop le fatiguer.

— Ne vous inquiétez pas, docteur.

Le médecin sort.

— Tu nous as fichu une de ces trouilles ! déclare Navarro.

— Ça n'a quand même pas dû être si grave que ça…

— Je t'assure que si… affirme Ramos. Tu dois une fière chandelle à Lucía. Pendant toute une semaine, elle a refusé de s'éloigner de ton lit.

— Une semaine ?! demande Jimeno, surpris.

— T'étais dans le coma depuis lundi dernier, mec, lui annonce Moreno.

Jimeno semble peu à peu réaliser.

— Putain… J'ai été si mal que ça ?

— Encore pire que mal. Pour que t'aies une idée, l'acte de décès était déjà signé. Il ne restait plus qu'à écrire la date.

Tout à coup, Ramos ressent un profond frisson, comme si toutes les pièces s'imbriquaient enfin dans sa tête.

— Je n'arrive pas à y croire… marmonne-t-elle en se parlant à elle-même.

— À croire quoi ? demande Moreno en la fixant, intrigué.

— Antonio Figueroa…

— Le chef cuisinier ? C'est quoi, le problème ?

— Savez-vous dans quel hôpital il a été conduit après son accident de moto ?

— Il me semble avoir lu quelque part que c'était à Puerta de Hierro. Pourquoi ?

Ramos ne répond pas et sort de la chambre en courant. Le lieutenant Moreno et l'agent Navarro se regardent, abasourdis.

— Va avec elle ! lance Lucía. Dépêche-toi ! Moi, je reste avec Óscar.

Moreno acquiesce et sort.

— La connaissant, dit Jimeno avec effort, elle va encore nous compliquer la vie.

Lucía Navarro approuve. Quand le capitaine Ramos s'emballe ainsi, ça ne présage jamais rien de bon…

82

Tandis que Gianna, de plus en plus nerveuse, attendait Juan Carlos à côté de la porte de service du salon de beauté, où les deux amants s'étaient donné rendez-vous pour s'enfuir et commencer ensemble une nouvelle vie, l'avocat était caché dans sa voiture. Quand la belle Italienne vit débarquer son mari, accompagné de son neveu Luca et du sanguinaire Adriano, elle comprit dans un frisson glacial que tout était terminé.

Juan Carlos jeta un bref coup d'œil par le pare-brise et son cœur se lacéra quand Salvatore Fusco prit violemment sa femme par la nuque pour la faire entrer de force dans sa voiture. Il eut alors l'impression que Gianna l'avait regardé pendant un dixième de seconde, comme si elle lui disait avec une immense tristesse que le joli rêve qu'ils avaient vécu venait de se transformer en cauchemar. Le véhicule disparut vers le bas de la rue en faisant crisser ses pneus, et seulement à cet instant Juan Carlos se souvint qu'il devait cesser de bloquer sa respiration et remplir ses poumons d'air s'il voulait continuer à vivre, ne serait-ce que quelques instants de plus.

Il démarra et se dirigea vers la gare d'Atocha. La seule chose qu'il pouvait faire, c'était prendre le sac contenant l'argent, les bijoux et les papiers d'identité qu'il avait déposés dans la consigne et partir le plus loin possible d'ici. Toutefois, il se rendit vite compte que sa vie ne vaudrait rien s'il n'essayait pas de sauver la femme qu'il aimait. Alors il se gara à une centaine de mètres de la gare et composa le numéro de téléphone de Luca.

— Je veux parler à don Salvatore.

— T'es un homme mort, l'avocat !

— Vas-y, passe-moi ton oncle.

Juan Carlos entendit l'oncle et son neveu parler en italien ; après quelques secondes, la voix grave du capo de la 'Ndrangheta retentit à l'autre bout de la ligne.

— Oui ?

— Je suppose que vous voulez récupérer vos documents, don Salvatore ?

— Rendez-les-moi et vous pourrez emmener ma sale pute de femme. Elle est à vous. Je n'en veux plus.

— Permettez que ce soit moi qui pose les conditions.

Salvatore Fusco attendit en silence. Il avait l'habitude de mener ce genre de négociation et savait que la chose la plus intelligente à faire était d'écouter.

— Tout d'abord, je veux que votre neveu et Adriano restent à l'écart de cet échange. S'ils sortent de chez vous dans les prochaines heures, toutes les rédactions recevront les documents qui témoignent de vos combines illégales et de vos entreprises de corruption.

— Continuez.

— Vous conduirez votre épouse dans une heure dans le hall des arrivées du terminal 4 de l'aéroport Adolfo Suárez. Une fois là-bas, je vous appellerai de nouveau, mais sur le téléphone de Gianna. Je vous recommande de vous y rendre seulement tous les deux, ou vous n'entendrez plus jamais parler de moi.

Il raccrocha sans laisser le temps à Salvatore Fusco de négocier, convaincu que le mafieux ne perdrait pas l'opportunité de récupérer ses documents, même s'il devait pour cela renoncer à son épouse.

Juan Carlos redémarra et prit la direction de l'aéroport. En sortant du parking où il avait laissé sa voiture, il chercha un endroit d'où il pourrait surveiller le terminal bondé.

Une heure et demie plus tard, toujours aucune trace de Salvatore Fusco ni de Gianna. Il commençait à penser que son plan improvisé était tombé à l'eau, quand il les vit enfin s'avancer. Même si Gianna avait le visage presque entièrement mangé par d'énormes lunettes de soleil, elle semblait aller bien. Salvatore la tenait fermement par le bras, observant tout ce qu'il se passait autour de lui. Juan Carlos scruta les alentours pendant cinq minutes. Même si Luca et Adriano ne l'avaient pas accompagné, il constata qu'au moins deux hommes de main du mafieux surveillaient le terminal. L'un des deux, en effectuant sa ronde, passa à quelques mètres de l'endroit où il se trouvait sans le reconnaître. Une fois le danger éloigné, il sortit son téléphone et composa le numéro de Gianna. Fusco lui répondit.

— Vous êtes venu seul avec votre épouse ?

— Oui.

— Je n'en suis pas si sûr, mais je ne m'attendais pas à autre chose.

— Donnez-moi ce qui m'appartient et finissons-en une bonne fois.

— C'est bientôt fini, don Salvatore. J'ai commandé un taxi pour Gianna. Il viendra la prendre dans cinq minutes au quatrième étage du parking B. Je veux qu'elle y aille seule et que personne ne la suive, c'est compris ?

— Va te faire foutre ! protesta Salvatore Fusco, hors de lui. Cette salope n'ira nulle part toute seule !

— Alors on annule la négociation ?

Le mafieux hésita un instant. Juan Carlos l'entendit soupirer.

— Et comment pourrais-je être sûr que vous me rendrez ce qui m'appartient ?

— La seule chose que je veux, c'est Gianna. Nous garderons une partie de l'argent pour pouvoir quitter le pays et, une fois à l'abri, je vous ferai parvenir vos documents et vous n'entendrez plus jamais parler de nous. Vous avez ma parole.

— Votre parole, c'est de la merde.

— Je ne peux rien vous offrir de plus. C'est à prendre ou à laisser. Alors ?

L'instinct du mafieux le poussait à refuser et à lui jurer qu'il passerait le temps qu'il faudrait à les chercher et à leur faire la peau de ses propres mains, mais si l'avocat mettait ses menaces à exécution et que ces documents étaient dévoilés, il serait un homme mort.

— Si jamais il vous vient l'idée de me tendre un piège, je vous jure sur la tête de mes enfants que ma *famiglia* ira vous chercher jusqu'au bout du monde, qu'elle vous trouvera, et alors vous regretterez de m'avoir connu, maître.

— Que Gianna prenne le téléphone.

L'avocat raccrocha et Salvatore Fusco rendit son téléphone à Gianna. Il échangea quelques mots avec elle ; puis, dépassée par les événements, elle se dirigea vers le parking, le cœur gonflé d'espoir. Elle passa non loin de Juan Carlos, qui dut se retenir pour ne pas aller à sa rencontre. Il attendit quelques minutes puis courut vers sa voiture. Il avait un coup de fil à passer pour mettre en branle la suite de son plan. Il sortait son téléphone de sa poche tout en déverrouillant sa portière quand Ramón Fonseca, qui s'était approché de lui dans son dos, lui planta une seringue dans le cou.

Quand il ouvrit les yeux, Juan Carlos Solozábal se trouvait dans le bunker qui allait devenir son cercueil…

Personne ne vint chercher Gianna au rond-point où, sur instruction de son amant, le taxi l'avait déposée. Les hommes de Salvatore Fusco la localisèrent et la ramenèrent à son mari. Quelques semaines après la mort des deux amants, l'entreprise qui gère les consignes de la gare d'Atocha, suivant scrupuleusement le règlement sur les bagages abandonnés, fait procéder à l'ouverture du casier dans lequel se trouve le sac rempli d'argent, de bijoux et de documents déposé par Juan Carlos Solozábal.

Le lendemain du scandale causé par la révélation dans les journaux du vaste réseau de corruption organisé par Salvatore Fusco, dans lequel sont impliqués d'importants chefs d'entreprise, magistrats, policiers et hommes politiques, le corps du mafieux est retrouvé flottant sur le ventre dans la piscine de sa vaste demeure.

83

La mère de Noelia Sampedro était convaincue que c'était son mari qui veillait sur leur fille et sur elle depuis qu'il était mort écrasé par une voiture. Depuis cette nuit fatidique, elles avaient eu des soucis d'argent, mais à chaque fois que cela menaçait de devenir un gros problème, elles avaient toujours bénéficié d'un coup de chance : une offre de travail soudaine et inattendue, une bourse inespérée pour financer les études de Noelia, ou encore un compte caché ouvert en secret par son mari et qui servit à payer les mensualités en retard de son crédit immobilier.

Quand sa fille lui avait raconté la mission que s'était assignée Álvaro Artero depuis qu'il avait appris à qui avait appartenu le cœur qui battait dans sa poitrine, elle avait été quelque peu déçue de comprendre que ce n'était pas son mari qui les avait aidées depuis un lieu mystérieux qui aurait ressemblé au ciel. Néanmoins, elle avait été heureuse de constater qu'il restait encore des gens bien en ce bas monde.

Ce soir-là, elle était très nerveuse, car leur bienfaiteur était attendu à la maison pour dîner. C'était la première fois qu'elle allait le rencontrer. Mère et fille dressaient la table pendant qu'il réglait des formalités administratives au poste de la Guardia Civil avec Pablo.

— Comme il a eu une greffe, je ne sais pas s'il va pouvoir manger du cochon de lait...

Noelia éclata de rire.

— C'est pas drôle, ma fille ! C'est gras, ça pourrait lui boucher les artères.

Noelia ne put dissuader sa mère d'aller au marché, d'où elle revint avec une daurade sauvage d'un kilo et demi.

Même s'il était végétarien depuis plus de dix ans, Álvaro se sentit si bien avec Noelia et sa mère qu'il mangea du cochon de lait, et se laissa même resservir. Quant à son hôtesse, elle eut l'impression d'être de nouveau devant son mari, mais dans un emballage différent.

Noelia avait l'intention de rattraper ses cours et avait prévu de s'enfermer à la bibliothèque les semaines suivantes, profitant du fait que l'on avait enfin donné le feu vert à Pablo pour passer quelques mois en Mauritanie, où il allait collaborer avec la police et l'armée locales dans la lutte contre l'immigration clandestine.

En l'accompagnant à l'aéroport pour lui dire au revoir, elle ressentit le besoin de lui ouvrir son cœur.

— Pablo... je dois te dire quelque chose.

— Mon vol décolle dans une demi-heure, Noe. Ça ne peut pas attendre que je revienne ?

— Non. Je suis sûre de faire une connerie, mais il se trouve que je t'aime et j'ai besoin que tu saches tout de moi pour pouvoir décider si tu m'aimes également.

— C'est quelque chose que l'on ne peut décider. On aime ou on n'aime pas.

— Tu m'as parfaitement comprise.

Pablo accepta de s'asseoir à ses côtés près des portiques de sécurité et la regarda en silence boire une gorgée d'eau, l'air anxieux. Même si la situation ne s'y prêtait pas, cela le fit sourire de la voir ainsi sur les nerfs.

— Et donc ?

— Eh bien… commença Noelia d'une voix tremblante. Il se trouve que j'avais prévu de travailler, de garder des enfants et de bosser comme serveuse pour gagner ma vie à l'université, mais à ce moment-là, on m'a proposé quelque chose et…

— Stop ! l'interrompit Pablo.

— Je veux tout te raconter.

— Je sais déjà tout, Noelia.

— Tu… tu sais tout ? balbutia-t-elle, décomposée.

— Je suis flic, tu t'en souviens ?

— Et… tu t'en fous ?

— Non, bien sûr que je ne m'en fous pas. Tu ne peux pas t'imaginer comme ça me fait chier.

— Là, j'ai arrêté.

— Je le sais aussi. Même si je crois que chacun est libre de faire ce qu'il veut de sa vie, je ne peux pas te dire que cela me réjouisse.

Noelia lui sourit, parce qu'elle prenait vraiment conscience que ce qu'elle ressentait pour lui était de l'amour et non un simple caprice passager. Pablo lui saisit la main, tendrement.

— Écoute, je crois que le mieux, c'est que nous utilisions ce temps pendant lequel je vais être loin d'ici pour réfléchir. Ensuite, nous déciderons de ce que nous ferons, ça te va ?

Noelia acquiesça et l'embrassa de toutes ses forces. Elle pleura comme une madeleine et lui jura qu'elle attendrait son retour, peu importe le temps que cela prendrait.

Alors que Noelia avait terminé son dernier examen et qu'elle se dirigeait vers un bar avec ses camarades, une Jaguar s'arrêta le long du trottoir à côté d'elle. La vitre arrière descendit et Noelia découvrit, surprise, le visage de Guillermo Torres, le premier et meilleur client de sa courte carrière d'escort.

— Salut, Noelia.

— Guillermo… Que fais-tu ici ?

Embarrassée, elle regarda autour d'elle, nerveuse à l'idée d'être vue en train de parler à cet homme venu la chercher en voiture avec chauffeur.

— À l'agence, on m'a dit que tu avais arrêté de travailler.

— Exactement. J'ai décidé de prendre mes études au sérieux et cela me distrayait trop.

— Cela te rend encore plus désirable, affirma-t-il, admiratif.

— Je te remercie, dit Noelia avec un sourire forcé. Maintenant, si tu veux bien m'excuser, j'ai rendez-vous avec des camarades de classe et ils m'attendent.

— Je n'aurai donc pas de dernier rendez-vous avec toi, Noelia ?

Quand quelqu'un a autant d'argent que Guillermo Torres, il pense souvent qu'absolument tout est à vendre.

— Je suis désolée, mais j'ai arrêté.

— Et si je te paie le double, ça te va ? Sans intermédiaire, c'est entre nous, donc tout pour toi.

Même si elle voulait refuser, Noelia était tentée. Avec l'argent que lui offrait cet homme, elle n'aurait plus à réfléchir à la manière dont elle paierait son logement et ses dépenses de l'année à venir. Le millionnaire perçut ses doutes et lui mit la pression :

— Dix mille euros pour toute la nuit.

— Trente mille, osa-t-elle.

— Non, même si tu étais la princesse de Monaco.

— C'est ce que je vaux, c'est à prendre ou à laisser.

— Vingt mille et tu m'accompagnes de dix heures du soir à dix heures du matin. Qu'en dis-tu ?

Noelia pensa à Pablo, avec qui elle avait parlé le matin même au téléphone. Il lui avait dit qu'il passerait plusieurs semaines dans le désert et ne pourrait sans doute pas entrer en contact avec elle ; elle pensa à Álvaro Artero, qui avait tout fait pour la sortir de cette vie-là ; elle pensa à sa mère, qui aurait honte d'elle si elle savait qu'elle vendait son corps au plus offrant ; elle pensa à son amie Marta, qui aurait accepté sans hésiter une seconde. Et puis, finalement, elle pensa à elle.

— Où m'emmènes-tu dîner ?

Pendant toute la journée, Noelia eut des accès de remords, mais elle s'obligea à envisager la situation de manière rationnelle. Techniquement, ce ne serait pas une infidélité puisque Pablo et elle avaient décidé de laisser leur histoire en suspens jusqu'à ce qu'il revienne de sa mission en Afrique. Elle se maquilla de façon sommaire, enfila une robe courte à paillettes et des stilettos. Le chauffeur la laissa à dix heures moins dix devant le DSTAgE, un restaurant gastronomique renommé. Même si, au début, elle se sentit mal à l'aise de recommencer ce qu'elle s'était juré de ne plus jamais faire, elle finit par se détendre : Guillermo Torres était un homme bien élevé et attentionné, dont la seule intention était de passer une soirée agréable avec une jeune femme magnifique. Ensuite, ils allèrent à l'hôtel.

Quand Noelia ouvrit les yeux, il était déjà onze heures et le millionnaire finissait de s'habiller.

— Bonjour. Je t'ai laissé l'argent sur la table de nuit.

Son regard suivit l'information et elle vit une grosse enveloppe. Elle ne ressentit pas le besoin de vérifier si elle contenait bien le montant convenu.

— À quelle heure dois-je laisser la chambre ?

— À l'heure qui te plaît, ne te préoccupe pas de ça. Je dirai au chauffeur de t'attendre pour te ramener où tu voudras.

— Merci.

— Ça a été un réel plaisir, Noelia. Si tu décides de reprendre du service, n'hésite pas à me le faire savoir.

Puis Guillermo Torres était sorti de la chambre et de sa vie pour toujours. À peine avait-il fermé la porte que Noelia prit l'enveloppe. Elle sourit en voyant la quantité de billets qu'elle renfermait. Elle la plaça dans le coffre-fort et décida de profiter des services du palace. Après avoir mangé, s'être baignée dans la piscine et s'être fait masser, elle revint dans sa chambre pour se doucher et dire adieu à cette vie de luxe. Elle descendit au garage pour demander au chauffeur de la conduire chez elle. Elle croisa un vieil homme, qui essayait de hisser un sac lourd dans le coffre de sa voiture.

— Pardon, mademoiselle, lui dit Ramón Fonseca, aimable. Pourriez-vous m'aider à mettre ça là-dedans ?

— Bien sûr.

Noelia se pencha pour prendre le sac. Au moment où elle lui tournait le dos, elle sentit une piqûre dans son cou. Puis les ténèbres…

Quand elle reprit connaissance, elle était enfermée dans une pièce où elle resterait pendant trois longues semaines.

84

Moreno a beau insister sur le trajet qui les mène vers l'hôpital Puerta de Hierro de Majadahonda, Ramos refuse de lui dire ce qui lui est venu à l'esprit au point qu'elle soit sortie de la chambre de l'agent Jimeno en courant – d'après elle parce que son pressentiment « peut se porter la poisse ».

— Depuis quand un pressentiment peut-il *se porter la poisse* ? demande Moreno, ironique.

— C'est ce que j'ai dit et c'est comme ça.

— Tu ne crois pas que tu vas un peu loin avec tes manies, Indira ?

Le capitaine fait la moue puis écrase la pédale de frein. La voiture dérape sur plus de cinq mètres au beau milieu de la voie centrale de l'autoroute, provoquant presque un carambolage. Les conducteurs qui les dépassent klaxonnent et les insultent.

— T'es devenue folle ?

Iván regarde autour de lui, mort de peur, tandis que les voitures doublent en les frôlant et leur font des appels de phares.

— Ce que je vais te dire là, je ne te le dirai qu'une seule fois, Iván. Et cela vaut autant pour le travail que pour notre relation, quelle que soit la nature de cette relation.

— Tu pourrais te ranger sur le bas-côté avant que quelqu'un nous percute, s'il te plaît ?

Indira semble ne même pas l'avoir entendu.

— Je n'ai pas l'intention de te permettre de remettre en cause ou de juger ma manière d'être, poursuit-elle. Si je te dis qu'un pressentiment peut se porter la poisse ou qu'il faut désinfecter trois fois le même objet, si absurde que cela puisse te paraître, pour moi c'est sérieux et j'ai besoin que cela soit respecté, on est d'accord ?

— On est d'accord, concède-t-il, affolé.

— Si mon attitude te semble ridicule ou si tu penses que tu ne vas pas pouvoir la supporter, le mieux, c'est que l'on règle ça ici, qu'en dis-tu ?

Iván inspire un grand coup et la regarde en silence. Comme Indira, il cesse d'entendre les klaxons et les insultes. Il se penche lentement vers elle et l'embrasse avec douceur sur les lèvres, confirmant ce qui est clair pour eux depuis le jour où ils ont décidé de s'affranchir des rapports entre chef et subordonné.

— C'est une réponse suffisante pour toi ?

Indira se contente d'acquiescer d'un hochement de tête.

— Bien. Maintenant, pourrais-tu redémarrer avant que quelqu'un nous tue, s'il te plaît ?

Indira repart et aucun des deux n'ouvre la bouche jusqu'à leur arrivée à l'hôpital, un énorme ensemble moderne en verre et béton situé à la sortie d'une des villes les plus chères d'Espagne.

— Nous avons besoin de consulter le dossier d'Antonio Figueroa. Il a eu un accident de moto et a été admis aux urgences de cet hôpital il y a un peu plus d'un an.

— Je ne sais pas si je peux vous transmettre cette information sans mandat judiciaire, capitaine, répond la réceptionniste, dubitative, pendant qu'elle observe les plaques que lui montrent les policiers.

— Nous n'avons pas besoin que vous nous transmettiez un rapport, mais juste que vous nous laissiez vérifier quelques données. C'est très important pour clore notre enquête.

La jeune réceptionniste est toujours indécise. Il lui suffirait d'entrer le nom qu'ils lui ont donné dans le moteur de recherche, mais ces derniers temps, ses responsables sont devenus très pointilleux pour tout ce qui concerne la protection des données et elle ne veut pas avoir de problèmes. Le lieutenant Moreno perçoit son hésitation et déploie tout son charme.

— Je sais que nous vous demandons quelque chose de délicat, mais nous avons besoin que vous nous donniez un coup de main. Quand nos soupçons seront confirmés, nous ferons établir le mandat et personne ne saura rien, je vous le promets. Mais là, on ne peut pas perdre une minute de plus.

Il regarde discrètement le bracelet de la jeune femme, sur lequel sont gravées de petites lettres dorées, et ajoute :

— S'il vous plaît… Clara.

— Carla.

— Carla, pardon.

Ramos hallucine en constatant que le numéro de charme grossier de Moreno porte ses fruits et que la réceptionniste lui sourit. Cela provoque un accès de jalousie inattendu qu'elle n'a pas vu venir non plus.

— C'est d'accord, cède finalement la jeune femme. Mais je peux seulement vous laisser regarder l'écran.

— Putain, c'est ouf… marmonne Ramos, presque plus ennuyée de cette comédie que soulagée de voir le lieutenant obtenir ce dont ils ont besoin.

— Comment dites-vous que le patient s'appelait ?

— Antonio Figueroa.

La réceptionniste tape son nom sur le clavier et la fiche du professeur de cuisine apparaît à l'écran.

— Le voilà.

Ramos passe la tête au-dessus du comptoir, et il lui suffit de jeter un coup d'œil à la date d'admission pour confirmer ses soupçons.

— Je le savais, putain ! s'exclame-t-elle, énervée. Je n'en reviens pas qu'il ait pu nous rouler dans la farine comme ça ! On est cons, complètement cons !

Elle se précipite vers la sortie en maugréant. Moreno remercie la réceptionniste et rejoint sa supérieure.

— Tu vas enfin me raconter ce qu'il se passe, Indira ?

— Sa date d'admission… répond-elle en tentant de comprendre ce qu'elle vient de découvrir.

— Qu'est-ce qu'il y a avec sa date d'admission ?

— Elle ne coïncide pas avec la date de sa mort, bordel ! Quand Navarro a dit à Jimeno que son acte de décès était signé et qu'il ne manquait que la date à écrire, j'ai compris.

— Excuse-moi, mais moi je ne comprends rien.

— Depuis le début, explique Ramos en tâchant de se calmer, nous avons écarté l'idée que Gonzalo Fonseca avait quelque chose à voir avec la mort du professeur de cuisine de sa femme. Pourquoi ?

— Parce qu'apparemment, c'était un accident de moto et parce que…

Moreno comprend soudain où sa chef veut en venir et il blêmit.

— Putain… !

— Parce que ça s'est produit six jours après l'assassinat de sa femme et qu'à ce moment-là, Fonseca avait déjà été arrêté. Mais nous ne savions pas que l'accident de moto s'était produit bien avant, et qu'Antonio Figueroa avait passé quelques jours dans le coma avant de mourir.

— Quand est-ce que l'accident a eu lieu ?

— Le jour même de l'assassinat d'Andrea Montero. Selon ce qui est marqué sur sa fiche, il est entré à l'hôpital exactement deux heures avant que Gonzalo Fonseca soit arrêté chez lui, recouvert de sang, avec le cadavre de sa femme dans la chambre voisine.

Moreno tente de réorganiser ses idées à toute vitesse.

— Attends... Que Gonzalo Fonseca ait pu les tuer tous les deux ne signifie pas qu'il l'a fait, Indira. Il n'avait pas de mobile.

— Quelqu'un a-t-il pensé à demander à Noelia Sampedro si elle a vraiment vu Gonzalo Fonseca gifler sa femme dans l'ascenseur d'un hôtel ?

85

Tout en tétant son impressionnant cigare sur la terrasse de la suite, entre deux parties de poker, Sebastián Oller ne quittait pas la juge García des yeux. Il avait éliminé le croupier qui avait tenté de la faire chanter avec des photographies compromettantes, quelques semaines auparavant, maintenant il réclamait son dû.

— De quoi avez-vous besoin ? demanda finalement Almudena García.

— Si j'ai bien compris, c'est vous qui présidez le procès pour le meurtre d'une femme par son mari. La victime s'appelait Andrea Montero.

— Vous la connaissiez ?

— Tout à fait. Andrea était la directrice des travaux d'une zone résidentielle de luxe que je construis près de Tolède.

— Le monde est un village, répondit la juge, surprise. Je vous écoute.

— Voilà, commença Oller, après avoir vérifié qu'ils étaient bien seuls sur la terrasse. Juste avant sa mort, j'ai eu quelques soucis avec Andrea.

— Quel genre de soucis ?

— Je ne crois pas que cela soit pertinent d'en parler.

— Je suppose que votre demande va me placer dans une situation très compromettante, donc c'est moi qui déciderai si c'est pertinent ou non, monsieur Oller.

L'homme d'affaires n'était pas habitué à se faire remettre à sa place de la sorte. Il dévisagea la juge en silence, mais contint son irritation. Il hésita à lui dire la vérité, mais tous les deux étaient impliqués dans le meurtre d'un homme, il n'avait rien à perdre. Il lui raconta donc l'histoire de la grotte préhistorique et des photographies de l'endroit qu'avait sûrement prises Andrea la nuit précédant sa mort.

— Je trouve étrange de n'avoir lu aucune information dans les journaux sur cette découverte, ironisa la juge.

— J'espère que vous n'aurez jamais à en lire, répondit froidement Oller.

— Vous n'avez pas de poids sur la conscience ?

— Avoir un poids sur la conscience, ce n'est pas le lot des personnes de notre trempe, très chère.

La juge encaissa le coup, consciente qu'elle était très mal placée pour donner des leçons de morale après avoir toléré l'assassinat de Gustavo Burgos.

— Ce dont j'ai besoin, continua Oller, c'est de récupérer le portable d'Andrea. Je ne veux pas que quelqu'un tombe sur les photos un jour ou l'autre et que l'on me fasse une désagréable surprise.

— Le téléphone est éteint et je l'ai déjà fait envoyer à une entreprise spécialisée afin qu'on le rallume et qu'on l'analyse.

— Révoquez l'ordre.

— Je ne peux pas faire ce genre de chose sans attirer l'attention.

— Je me fous de savoir comment vous vous y prendrez, mais ces photos ne doivent jamais être révélées. Jamais. Si vous me rendez ce service, nous serons quittes.

La juge García fronça les sourcils. C'était compliqué, mais elle pouvait demander qu'on lui remette les résultats des analyses en main propre. Le ministère public ne trouverait rien à y redire, à l'inverse de la défense. Par chance pour la magistrate, Juan Carlos Solozábal, l'avocat de Gonzalo Fonseca, s'était dessaisi de l'affaire quelques jours plus tôt et celui qui l'avait remplacé n'avait ni l'expérience ni le temps de retourner le dossier. Tout à coup, une idée passa par la tête de la juge. Elle scruta attentivement la réaction de Sebastián Oller lorsqu'elle demanda :

— C'est vous qui avez fait le coup ?

— Comment ça ?

— Qui avez fait tuer Andrea Montero pour éviter qu'elle rende public ce qu'elle avait trouvé dans la grotte et que l'on suspende les travaux ?

— Je ne sais pas si je dois répondre à cette question.

— Au point où l'on en est, le mieux est de jouer cartes sur table.

— Cela vous intéresse vraiment ?

— Je ne voudrais pas envoyer un innocent en prison.

Oller céda et fit le choix de la sincérité :

— En effet, j'en ai donné l'ordre... mais ce Fonseca est loin d'être innocent.

Quelques mois après avoir prononcé le jugement contre Gonzalo Fonseca, la juge Almudena García se rendit compte que cela faisait longtemps qu'elle était sur le fil du rasoir et qu'un jour, quelqu'un s'apercevrait qu'elle avait cessé d'être honnête à l'instant où elle avait toléré la mort d'un homme qui avait essayé de la faire chanter. Elle pensa à son fils, la seule personne qui comptait vraiment dans sa vie, et elle décida de le mettre à l'abri du mieux qu'elle le pouvait, car il était fort probable que l'on découvrirait un jour le pot aux roses. Elle rassembla toutes ses économies, légales et illégales, et les remit à un avocat qu'elle connaissait depuis des années afin qu'il achète un appartement à Valence et qu'il l'enregistre au nom de son fils.

Quelques jours plus tard, en rejoignant sa voiture au parking de l'étude notariale avec laquelle elle avait pris l'habitude de travailler, elle vit une ombre s'approcher dans son dos. Elle eut à peine le temps de se retourner qu'elle sentit une piqûre dans son cou. Elle ne cria pas avant de perdre connaissance.

86

Gonzalo Fonseca attendait depuis deux longues heures que sa femme sorte de l'hôtel après avoir consommé son infidélité avec le professeur de cuisine. Il commençait à se dire qu'ils étaient partis à son insu par une autre porte quand il vit la moto sortir du garage. À sa grande surprise, Andrea n'était pas dessus. Il descendit de la voiture, traversa la rue et entra dans le hall de l'hôtel. Il était prêt à tout entendre, et il avait même eu l'espoir qu'ils soient venus là simplement pour dîner, mais il n'y avait aucune trace de sa femme dans la salle du restaurant. En voyant des clients sortir de l'ascenseur, il monta dedans et appuya sur le premier bouton des quatre étages de l'hôtel, dans le but d'inspecter les chambres une à une jusqu'à trouver Andrea.

Il parcourut le couloir dans tous les sens, mais il ne croisa qu'un couple d'Américains qui entraient dans une chambre. Quand il appela de nouveau l'ascenseur pour inspecter le deuxième étage, les portes s'ouvrirent sur Andrea, les cheveux encore mouillés.

— Gonzalo... Que fais-tu ici ?

La déception qui se lisait dans le regard de son mari était directement proportionnelle à la consternation d'Andrea. Mille prétextes lui passèrent par la tête, mais elle savait qu'aucun ne lui serait vraiment utile.

Noelia Sampedro sortait de la chambre où elle avait vendu ses services à un acteur quand elle vit un homme gifler une femme devant l'ascenseur.

— Eh ! Que faites-vous ? demanda-t-elle en s'approchant d'eux d'un pas décidé.

Aucun des deux ne se retourna vers elle. Andrea se contentait de toiser avec mépris son mari, dont les yeux brillaient de colère.

— C'est la première et la dernière fois que tu lèves la main sur moi, Gonzalo.

Il n'avait pas besoin d'en entendre davantage pour comprendre que c'en était fini de son couple et qu'il ne pourrait rien faire pour le sauver. Andrea appuya sur le bouton et les portes de l'ascenseur se refermèrent au moment où Noelia les rejoignait.

— On ne tape pas une femme, connard !

Gonzalo la dévisagea, abasourdi, puis se dirigea vers les escaliers. Tel un zombie, il sortit de l'hôtel, traversa la rue et monta dans sa voiture, pile au moment où une contractuelle allait le verbaliser. Il prit la direction de son domicile. Soudain, en s'arrêtant à un feu tricolore, il aperçut Antonio Figueroa qui sortait avec sa moto d'une station-service.

En une fraction de seconde, il prit sa décision.

Il le suivit à une vingtaine de mètres jusqu'à la Moncloa, puis sur l'autoroute de La Corogne, et enfin sur la route d'El Escorial. Quand la moto entama l'ascension du col, Gonzalo appuya sur l'accélérateur pour se porter à la hauteur de l'homme qui avait bousillé sa vie parfaite. Le motard lui fit des signes pour lui signaler que sa manœuvre de dépassement le mettait en danger. Quand il se tourna vers lui et qu'il vit l'expression de Gonzalo Fonseca, Antonio comprit que sa dernière heure était venue.

Il tenta de freiner lors du franchissement de l'ancien pont du Retamar, mais un coup de volant l'éjecta de la route et le chef cuisinier vola par-dessus le parapet à plus de cent kilomètres-heure. Sa tête percuta une pierre qui fendit le casque en deux. Aucun témoin.

Gonzalo revint chez lui avec un goût de sang dans la bouche, boosté par l'adrénaline. Il gagna la cuisine et prit un couteau qui semblait l'attendre sur la table. En entrant dans la chambre conjugale, l'arme cachée dans le dos, il constata que son épouse avait ouvert une valise sur le lit et qu'elle y fourrait des affaires en vrac.

— Que fais-tu, Andrea ?

— Je me barre, Gonzalo. Je reviendrai plus tard pour chercher le reste de mes affaires.

— Si tu crois que je vais te permettre de me quitter pour cette merde, tu te trompes.

— Je ferai ce que je veux, compris ? lui cracha-t-elle au visage. Et si j'ai envie de partir avec Antonio, sois sûr que je le ferai.

— J'ai comme un doute… lança Gonzalo, avec un demi-sourire sardonique.

Andrea tressaillit. Elle cessa de remplir sa valise et fixa son mari, prise d'un sombre pressentiment – et un peu apeurée.

— Et pourquoi ça ? Qu'est-ce que tu lui as fait, Gonzalo ?

— Je crains qu'il n'ait eu un petit accident de moto et que tu n'aies plus d'amant, ma chérie…

Andrea étouffa un cri. Puis elle pivota pour se ruer hors de la chambre, mais Gonzalo fut plus prompt et lui barra le passage. Puis il la saisit violemment par les cheveux.

— Où crois-tu aller, salope ?

— Lâche-moi !

— T'aurais pas dû me trahir, Andrea.

Le premier coup de couteau pénétra son flanc gauche sans

toucher aucun organe vital. Le second lui traversa le bras. Le troisième perfora un poumon. Les suivants occasionnèrent des dégâts irréparables. Pour faire cesser ses cris déchirants et ses appels à l'aide, Gonzalo Fonseca lui trancha la gorge de part en part. Andrea se tut définitivement, puis tomba au sol. Gonzalo remit la valise dans l'armoire, en faisant attention de ne pas la tacher de sang, puis il regarda celle qui avait été l'amour de sa vie, convaincu qu'elle avait eu ce qu'elle méritait. Quand Andrea arrêta de respirer, il se rendit dans le bureau pour attendre l'arrivée de la police.

Les deux Russes que le conseiller de Sebastián Oller avait envoyés pour tuer Andrea Montero se garèrent devant sa maison, de l'autre côté de la rue. Ils virent des lumières à l'étage et se préparèrent à entrer pour exécuter leur contrat. Mais, en posant le pied sur le trottoir, l'un des deux tueurs retint son camarade. Il indiqua de la tête l'autre bout de la rue, où plusieurs voitures de police venaient de débouler, gyrophares allumés et sirènes hurlantes. Ils se rassirent dans leur voiture et regardèrent, surpris et contrariés, quatre policiers en uniforme défoncer la porte d'entrée puis investir la maison.

Gonzalo Fonseca vécut son procès comme si c'était celui de quelqu'un d'autre, convaincu que la condamnation qu'on lui imposerait serait exemplaire. Mais, à mesure que les jours passaient, il se rendit compte que, même si les preuves contre lui étaient accablantes, pour un motif qui lui échappait, les gens voulaient croire à son innocence.

Quelques mois après son emprisonnement, un détenu avec lequel il s'entendait bien lui conseilla de discuter avec un tueur russe qui était arrivé deux semaines auparavant et qui partageait sa cellule. Le type parlait beaucoup et adorait raconter des anecdotes.

La veille, il avait affirmé avoir été payé pour faire disparaître la femme d'un autre prisonnier. Celle de Gonzalo.

Au début, celui-ci n'avait pas jugé l'information crédible : qui, à part lui, aurait pu vouloir tuer Andrea ? Mais quand il alla lui poser des questions dans sa cellule et que le Russe le prit violemment par le cou, il comprit que le tueur en savait plus long qu'il ne le disait. Ce dernier le gifla et lui conseilla de ne plus jamais parler de cette histoire.

Gonzalo commença à réfléchir à ce qu'il pourrait faire de cette information, et à fantasmer sur l'idée qu'il pourrait retrouver sa vie d'avant. Il n'arrêtait pas de penser au fait que quelqu'un, dehors, avait voulu liquider sa femme, mais il en ignorait la raison et il ne savait pas non plus de qui il pouvait s'agir. Sa seule chance était d'obtenir la réouverture de l'enquête et de mettre à la tête de celle-ci quelqu'un de compétent – mais comment ? Ce fut seulement après la mort de sa mère qu'il trouva la solution pour mener son plan à bien.

Dans les jours qui suivirent le décès de sa femme, Ramón Fonseca prit dix ans. Il commença à se laisser aller, dans le seul but de rejoindre Nieves. Gonzalo savait qu'il lui restait peu de temps pour utiliser à son profit l'amour que son père lui portait. Il entreprit de se construire un personnage de prisonnier dépressif et suicidaire.

— Ne dis pas de bêtises, Gonzalo, lui reprocha durement son père lors de l'une de ses visites. Tu as encore une longue vie devant toi.

— Mais de quelle vie parles-tu, papa ? Quand je sortirai d'ici, j'aurai plus de soixante ans et nulle part où aller. Qui me donnera du travail ?

— Tu dois essayer de positiver davantage, fils.

— Ou je sors bientôt, ou je ne passerai pas l'année.

Ramón avait le cœur brisé d'entendre son seul fils parler d'attenter à sa vie. Il savait qu'il ne supporterait pas de le perdre, lui aussi, mais il n'avait aucune idée de ce qu'il pourrait faire pour le sortir de là.

— Tu dois faire en sorte qu'on rouvre l'enquête, papa.

— À quoi cela servirait-il ? Aucun policier ne prendrait la peine d'enquêter davantage que ce qui a déjà été fait.

— Il y a une certaine Indira Ramos. Elle est capitaine à la Criminelle, il me semble. Il y a peu, j'ai lu qu'elle avait dénoncé un collègue qui avait falsifié des preuves. Apparemment, c'est une incorruptible.

— Tu crois qu'elle m'écoutera ?

— Bien sûr que oui. Mais pour cela tu dois être implacable.

— Dis-moi ce que tu veux que je fasse, fils.

87

Après avoir accompagné sa sœur Verónica à Málaga pour porter les cendres de leur père au cimetière où, quelques mois auparavant, Ramón Fonseca avait déposé celles de son épouse, Gonzalo retourne à Madrid, prêt à remplir sa part du contrat passé avec Walter Vargas.

Au début, il s'est creusé la cervelle pour trouver un prétexte lui permettant de le rompre, mais plus il y pense, plus il est excité à la perspective de ce qu'il risque d'éprouver : quand on a déjà tué une fois, on a très envie, au plus profond de soi, de recommencer. La puissance ressentie au moment de disposer de la vie d'autrui n'a pas d'équivalent.

Il entre dans un magasin de téléphonie et, après avoir effectué les démarches pour l'ouverture d'une nouvelle ligne, il compose le numéro que lui a ordonné d'appeler Vargas. Quand une vieille dame lui répond, il pense s'être trompé, mais quand il lui dit qu'il appelle de la part de Walter, la dame lui donne une adresse dans le quartier de Lavapiés. Une heure plus tard, il pousse la porte d'entrée d'un immeuble. Il découvre une sorte de cour des miracles dans laquelle un groupe d'hommes jouent aux dés contre un mur, s'échangeant des billets de dix et vingt euros, où une femme choisit sur un étal de fortune du jambon *ibérico* sous vide visiblement volé à la supérette du coin, où une prostituée africaine offre ses services à un vieillard qui n'a pas l'air en état d'en profiter.

— Pour cinq euros de plus, je te donne du Viagra, chéri !

Gonzalo sonne à la porte qu'on lui a indiquée. Il doit s'y reprendre à plusieurs fois pour qu'enfin on lui ouvre. Un Colombien qui ressemble à ceux de la garde rapprochée de Vargas se tient devant lui, patibulaire.

— Qu'est-ce que tu veux ?

— Je viens prendre un paquet de la part de Walter Vargas.

Le Colombien le regarde de haut en bas et lui ordonne d'attendre sur le palier. Cinq minutes plus tard, il lui remet une boîte à chaussures et lui referme la porte au nez. À l'intérieur, un Glock 17 semi-automatique au numéro de série effacé ainsi que plusieurs chargeurs. Il met le pistolet à sa ceinture, les chargeurs dans ses poches et dépose la boîte à chaussures devant la porte.

Au cours des trois journées suivantes, il suit la cible qui lui a été désignée presque vingt-quatre heures sur vingt-quatre. Celle-ci est toujours protégée par plusieurs gardes du corps, mais après un mois sans mauvaise surprise depuis que sa femme a été retrouvée morte dans une valise au milieu du parc du Retiro et qu'il a dénoncé Walter Vargas, la surveillance s'est légèrement relâchée autour de Miguel Ángel Ricardos.

Deux jours sur trois, l'homme d'affaires déjeune avec sa secrétaire. Pendant qu'ils passent du temps tous les deux dans l'appartement de la jeune femme après avoir mangé, les gardes du corps vont chercher les enfants de Ricardos à l'école et les ramènent chez lui.

Le quatrième jour, Gonzalo profite de ce qu'un voisin a commandé une pizza pour s'introduire dans l'entrée de l'immeuble. Il monte au dernier étage sans être repéré par le concierge. Après une heure d'attente caché dans un recoin du palier, alors qu'il est en train de se dire que Miguel Ángel Ricardos et sa maîtresse ne vont pas venir faire leur sieste crapuleuse justement le jour où il les attend, l'ascenseur s'arrête au dernier étage. Gonzalo Fonseca enfile son passe-montagne et aborde le couple juste après que la secrétaire a ouvert la porte.

— Si jamais j'entends ne serait-ce qu'un seul cri, je vous défonce la tête, les menace-t-il en les braquant avec son pistolet.

Il pénètre dans l'appartement juste derrière eux et referme la porte. Malgré son avertissement, la secrétaire se met à crier. Gonzalo lui assène un coup de crosse qui lui fait perdre connaissance.

— Prenez tout ce que vous voulez, bafouille Ricardos, effrayé. Je n'opposerai aucune résistance.

— J'espère bien. Vous avez des cordes ?

— Je... je ne sais pas... Je ne vis pas ici, moi.

Tout en continuant de le braquer avec son arme, Gonzalo ouvre plusieurs tiroirs de la cuisine et trouve un rouleau adhésif d'emballage. Il le prend et le déroule.

— Attachez-la à une chaise. Serrez fort, s'il vous plaît.

Ricardos obéit et, quelques minutes plus tard, la secrétaire est bien attachée et bâillonnée. Lorsqu'elle reprend ses esprits, son regard terrorisé oblige Gonzalo à la calmer pour lui éviter une attaque cardiaque. Il promet de ne rien lui faire et contraint le businessman à l'enfermer dans sa chambre. Puis il le fait s'asseoir sur le canapé et enlève son passe-montagne.

— Vous êtes... Gonzalo Fonseca ! ahane Ricardos, qui a vu son visage aux infos pendant près d'un mois.

— Si vous savez qui je suis, vous devez savoir également que j'ai passé treize mois en prison accusé du meurtre de ma femme, n'est-ce pas ?

— Oui, mais... qu'est-ce que j'ai à voir là-dedans, moi ? demande-t-il, déconcerté.

— Écoutez, monsieur Ricardos, il se trouve qu'en prison, j'ai été obligé de réclamer de l'aide à l'un de vos amis. Et ce genre de chose, ça se monnaie.

— De quel ami me parlez-vous ?

— De Walter Vargas.

Le visage de Miguel Ángel Ricardos se décompose. Il propose alors la seule chose qui, à ses yeux, peut lui sauver la vie :

— Je vous paierai. Je vous ferai un versement dans le pays que vous voudrez et d'un montant que vous déciderez. Que dites-vous de cinq cent mille euros ?

— Vous êtes très généreux, mais un accord est un accord.

Gonzalo Fonseca lève l'arme tandis que Ricardos le supplie de ne pas le tuer. Avant de venir s'incruster dans son cerveau, la balle traverse la paume de sa main en y dessinant un trou parfait. Un instant, Fonseca pense lui faire, en hommage à Walter Vargas, une cravate colombienne – sortir la langue par sa gorge tranchée. Il écarte l'idée : ce serait trop fastidieux. Et la dernière chose dont il a besoin, c'est de salir ses vêtements.

Gonzalo loge à l'hôtel où il a giflé sa femme juste avant de les tuer, elle et son amant. Au moment de choisir un endroit où se poser à sa sortie de prison, il a trouvé l'idée amusante. Il n'a pas encore eu le temps de retirer sa veste que l'on tape à la porte. Il va ouvrir en toute décontraction, pensant qu'il s'agit du room-service, mais il se retrouve face au capitaine Ramos et aux lieutenants Iván Moreno et María Ortega.

— Capitaine Ramos... En quoi puis-je vous aider ?

— Pouvons-nous entrer, monsieur Fonseca ?

Gonzalo hésite, mais il s'efface en souriant.

— Bien évidemment. Je n'ai pas encore eu le temps de vous remercier pour ce que vous...

— Nous savons que c'est vous qui l'avez fait, l'interrompt Ramos.

— Fait quoi ?

— Tué votre femme.

Gonzalo Fonseca sent tous les poils de son corps se hérisser. Il s'efforce de garder la tête froide.

— Je suppose que c'est une blague.

— Vous trouvez qu'on a l'air de déconner ? demande Moreno.

Non, on ne dirait pas, songe Gonzalo.

— Puis-je savoir comment vous en êtes arrivés à une conclusion aussi absurde ?

— Jusqu'à aujourd'hui, nous pensions qu'Antonio Figueroa était mort six jours après votre épouse, alors que vous aviez déjà été arrêté. Mais il se trouve que son accident s'est produit quelques heures à peine avant l'assassinat d'Andrea.

— Je ne comprends pas où vous voulez en venir, capitaine.

— Ils étaient amants, n'est-ce pas ? Vous l'avez découvert dans ce même hôtel où vous logez aujourd'hui, et c'est pour cela que vous l'avez giflée. Noelia Sampedro a été témoin de cette scène. Ensuite, vous avez suivi Antonio Figueroa, vous avez provoqué son accident, puis vous êtes revenu à Madrid et vous avez poignardé votre femme.

Gonzalo Fonseca la regarde en silence. Si son avenir n'était pas en jeu, il la féliciterait pour sa perspicacité. Mais il nie en secouant la tête.

— Je reconnais que c'est une théorie qui tient plutôt bien la route. Mais je suis au regret de vous dire qu'elle est fausse. Selon un rapport rédigé par votre propre équipe, et que m'a fait parvenir mon avocat, le patron d'Andrea a envoyé quelqu'un pour la tuer parce qu'elle allait rendre publique une découverte archéologique qui aurait pu foutre en l'air le chantier du parcours de golf.

— Nous avons des preuves, affirme tranquillement Moreno.

Gonzalo regarde le lieutenant, surpris.

— Quelles preuves ? demande-t-il prudemment.

— L'enregistrement de la caméra de surveillance d'un hôtel qui se trouve sur la route d'El Escorial. On analyse en ce moment même les images au commissariat, mais on nous a déjà informés qu'on voyait passer la moto de Figueroa suivie de votre voiture quelques secondes après. Et juste avant l'accident.

Si Gonzalo Fonseca avait réussi à garder la tête froide, il aurait soupçonné qu'aucun hôtel ne conserve pas les enregistrements d'une soirée normale pendant plus d'un an ; et donc que Moreno bluffait. Mais les flics viennent de lui décrire les faits tels qu'ils se sont déroulés cette nuit-là. Il sourit, comme s'il allait continuer de clamer son innocence, puis sort d'un geste vif le pistolet de sa ceinture et vise Ramos.

Le coup de feu résonne dans la chambre. Indira a un goût de sang dans la bouche. L'impression de vivre ses derniers instants. Mais en bougeant la tête, elle voit le pistolet d'Iván encore fumant dans sa main. Et la moitié du crâne de Gonzalo Fonseca a disparu. Elle comprend seulement à cet instant que ce n'est pas elle qui est morte, et que Moreno vient de régler sa dette.

Ramos se plie soudain en deux et vomit au milieu de la chambre.

88

Admettre que l'on souffre d'une addiction est difficile pour tout le monde, mais plus encore pour un policier qui poursuit depuis des années les dealers qui fournissent la drogue qui est en train de le détruire. Daniel Rubio s'autorisait à en consommer de temps en temps, mais depuis qu'il a été révoqué après avoir été dénoncé par le capitaine Ramos, tout a été de mal en pis : il a commencé à boire pour essayer d'évacuer sa frustration, ensuite il s'est roulé un joint de temps en temps, puis il s'est mis à en fumer à n'importe quelle heure pour tenter de fuir la réalité, sans y parvenir. Plus tard, il est passé à la coke, ce qui a décuplé sa rage et ses désirs de vengeance. Quand il a compris que sa carrière était finie, il a essayé l'héroïne. Alors, il a découvert que c'était la seule chose qui le soulageait.

Iván Moreno appuie sur la sonnette. Au troisième coup, toujours sans réponse, il colle son oreille à la porte en espérant entendre son ami bouger dans l'appartement. Il ignore que l'ex-policier est sorti de chez lui depuis deux heures. Il essaie de le joindre sur son portable, mais tombe sur son répondeur. Iván n'est pas du genre à avoir des pressentiments, mais cette fois, c'est différent. Il remarque que son rythme cardiaque s'accélère quand il se dit qu'il a trop tardé à venir ici pour obliger son ami à accepter son aide.

Son dealer a été arrêté lors d'un coup de filet à Vallecas. Quand il s'en aperçoit, Daniel maudit ses ex-collègues de faire si bien leur travail. D'un côté, il enrage de constater qu'il n'était pas si indispensable que ça à son unité ; de l'autre, c'est comme s'il se cognait contre le réel et comprenait la violence de son addiction. Cette arrestation se produit le jour précis où il avait décidé d'arrêter, après un dernier shoot, toutefois. Il a même passé des heures sur internet pour rechercher la meilleure clinique pour commencer une cure de désintoxication. Le problème, c'est qu'il doit aller chercher sa dernière dose lui-même.

L'interphone a été arraché à sa base, tout comme la serrure d'une porte en métal qui a connu des jours meilleurs. Dès qu'il entre dans le hall de l'immeuble, Daniel voit un junkie assis dans les escaliers, la tête entre les jambes. Il a déjà franchi le premier effet du shoot, agréable mais chaque fois plus court, pour plonger dans une léthargie qui se dissipera jusqu'au moment où son corps exigera une nouvelle dose. Daniel regarde vers le haut et se rend compte qu'on monte vers cet enfer-là, mais qu'on n'en descend pas.

Il traverse un couloir plein de détritus et tape sur l'encadrement de la porte de l'appartement du dealer. Il suffit à la personne qui ouvre de le regarder dans les yeux pour savoir que, même s'il ne l'a jamais vu de sa vie, Daniel doit être un bon client. On le fait passer dans une chambre sale, où plusieurs autres junkies attendent la marchandise qu'un dealer vient d'apporter, cachée dans les semelles de ses chaussures. Comme s'ils étaient dans la file d'attente d'une poissonnerie, l'un d'eux en interroge un autre au sujet de la qualité de la production locale. Un troisième fixe Daniel, évalue la possibilité d'échanger une information contre une dose gratuite et sort discrètement de la chambre. Quelques minutes plus tard, deux gros bras aux mines assez peu avenantes entrent et virent tous les junkies. Tous sauf un.

— On se connaît, non ? lance l'un d'eux.

Daniel le regarde. Évidemment qu'il les connaît. Trois ou quatre ans auparavant, non seulement il l'avait arrêté, mais, alors qu'il se trouvait au sol, menotté, il lui avait foutu un coup de pied dans les reins parce que ce connard le menaçait. Son regard haineux ne l'avait pas vraiment empêché de dormir. Bien sûr qu'à ce moment-là, il ne savait pas qu'il se retrouverait à sa merci un jour, désarmé et sans collègue pour protéger ses arrières.

— Non, affirme crânement Daniel.

— Non ? T'es sûr que t'es pas flic ?

— Je crois que tu confonds, mon ami.

Le trafiquant lui donne un coup de poing, lui pique son portefeuille et le tend à son camarade. Ce dernier l'ouvre, fouille à l'intérieur et trouve une photo sur laquelle Daniel se tient à côté du lieutenant Iván Moreno, en uniforme.

— Tu te trompes sur deux points, agent Rubio, dit-il avec un sourire cruel. Je ne confonds jamais deux visages, et je suis encore moins ton ami.

89

Indira entre dans la pharmacie de son quartier, celle-là même dans laquelle, à grands cris, elle avait un jour promis de ne plus jamais remettre les pieds quand ils avaient refusé de lui vendre un analgésique sans ordonnance. Si cela n'avait tenu qu'à elle, elle serait allée dans une officine moins tatillonne, quelques rues plus loin, mais elle se sent si mal après ce qu'elle a vécu à l'hôtel avec Gonzalo Fonseca qu'elle ravale sa fierté. Elle va juste demander ce dont elle a besoin et déguerpir au plus vite.

Pendant qu'elle attend son tour, elle ne peut s'empêcher de participer à la conversation entre la pharmacienne et une dame âgée :

— Excusez-moi... De quel virus parlez-vous ?

La pharmacienne esquisse un sourire condescendant qui semble vouloir dire : « Je savais bien que tu reviendrais ici la queue entre les jambes, ma belle. »

— Eh bien, capitaine. Ça faisait longtemps. On croyait que vous aviez déménagé.

— Non, je vis toujours au même endroit. De quoi parliez-vous ? insiste-t-elle.

— D'un virus qui arrive d'Extrême-Orient. Ils disent que

l'on doit s'y préparer parce qu'il va bientôt faire le grand saut vers l'Europe.

— Où avez-vous entendu ça ? demande Indira, effrayée.

— Je suis pharmacienne, j'ai l'habitude d'être informée de ce genre de chose avant tout le monde, répond-elle d'un air supérieur. Mais pour votre gouverne, ils en parlent déjà à la radio depuis plusieurs jours.

— Moi, ce que j'ai entendu, intervient la cliente, c'est qu'une chauve-souris a mordu un Chinois dans un supermarché.

Indira regarde la vieille dame, abasourdie, le front plissé.

— Quoi ?!

— Ce qu'elle veut dire, poursuit la pharmacienne, c'est qu'en Chine, ils mangent ces bestioles-là et que visiblement, l'une d'elles était contaminée et a transmis le virus à un humain.

— Mais c'est super dangereux, ça ! s'écrie Indira, affolée. Ça fait des années que les scientifiques annoncent qu'un virus pourrait passer des oiseaux et des mammifères aux êtres humains.

— Eh bien, il semblerait que ce soit arrivé, jubile la pharmacienne, qui jouit de nourrir l'angoisse d'Indira. Alors, que puis-je faire pour vous ?

— Quelque chose contre les malaises.

— Je ne suis ni devin ni médecin, vous allez devoir être un peu plus précise, la sermonne la peau de vache.

— Je crois que je couve quelque chose.

— Ce n'est pas une autre de vos manies, des fois ?

— Non. J'ai des nausées, je vomis sans raison, je suis constipée, mais j'urine plus souvent que d'habitude. Dès le réveil, il me semble que je suis fatiguée et j'ai des genres de crampes au ventre. Ah, mes seins sont très gonflés et très sensibles, aussi.

La pharmacienne et la vieille dame se regardent en silence d'un air entendu.

Indira entre dans la salle de bains, verte de peur. Elle sort à toute vitesse la notice de la petite boîte que lui a vendue la pharmacienne et, quand elle tombe sur ce qu'elle cherche, elle lit à haute voix :

— « Placez la partie absorbante vers le bas dans le même sens que celui de l'urine pendant cinq secondes, en prenant soin de ne pas mouiller le reste du bâtonnet-test digital de grossesse. Remettez le capuchon et placez le test en position horizontale sur une surface sèche. Au bout de trois minutes, le résultat final apparaîtra à l'écran. »

Elle suit scrupuleusement les instructions et passe les trois minutes réglementaires à regarder le petit sablier tourner sur l'écran. Ces cent quatre-vingts secondes deviennent l'attente la plus longue de sa vie, plus longue encore que le temps qui s'était écoulé alors qu'elle attendait les secours dans cette fosse septique, cinq ans auparavant.

Quand le sablier disparaît et laisse place à un seul mot, Indira a l'impression que le sang s'est retiré de son visage.

— Ah ! Merde…

REMERCIEMENTS

J'ai eu besoin de l'aide de beaucoup de personnes pour écrire ce roman.

Tout d'abord, je veux remercier Patricia qui continue de me supporter, de m'aider et de m'encourager, et mon frère Jorge pour sa patience et ses conseils.

Justyna, mon agente, qui a cru à mon manuscrit depuis le début et qui a trouvé la maison d'édition où il devait être publié.

Merci à toute l'équipe de Penguin Random House qui m'a aidé, d'une manière ou d'une autre, pour que mon travail voie le jour, et en particulier Jaume Bonfill, María Fasce et Ilaria Martinelli, mes éditeurs, pour leur enthousiasme, leur confiance, leurs conseils et leurs idées, qui ont fait en sorte que ce roman soit bien meilleur.

Merci à l'officier de police Daniel López pour ses conseils concernant la police, au docteur Antonio Oliveros pour résoudre mes doutes dans le domaine médical et à Daniel Rubio pour son aide quant à mes hésitations archéologiques.

Merci aux scénaristes Daniel Corpas et Nuria Cabello pour vos apports ainsi qu'à mes premiers lecteurs pour vos idées et critiques. Parmi eux, il y a Guillermo Mateo, mes frères Antonio et Juanchi, mes camarades de Fendetestas, de Marchagolf et mes plus proches amis. Vous vous reconnaîtrez.

Et enfin, je veux vous remercier vous, lecteurs, d'avoir acheté ce roman. Je trouve encore ça incroyable.

Aussi, si vous avez aimé *Le Bon Père*, j'apprécierais que vous le recommandiez dans votre cercle d'amis et sur les réseaux sociaux.

Vous n'imaginez pas quel service vous me rendez.

MIXTE
Papier issu de sources responsables
FSC® C003309

L'éditeur de cet ouvrage s'engage dans une démarche de certification FSC® qui contribue à la préservation des forêts pour les générations futures.

Pour en savoir plus :
www.editis.com/engagement-rse/

Achevé d'imprimer par
Normandie Roto Impression s.a.s. à Lonrai
N° d'impression : 2201886

Imprimé en France